천성래 대하소설

正本 **국경의 아침**

천성래 대하소설

正本 **국경의 아침**

①

제1부 이상한 나라

지우출판

正本

국경의 아침 ①

제1부 이상한 나라

인쇄 / 2022. 9. 25.

발행 / 2022. 10. 5.

지은이 _ 천성래

발행인 _ 김용성

발행처 _ 지우출판

출판등록 _ 2003년 8월 19일

서울시 동대문구 천장산로 11길17. 204-102

TEL: 02-962-9154 / FAX: 02-962-9156

ISBN 978-89-91622-93-7   04810

ISBN 978-89-91622-92-0   04810 세트 전10권

lawnbook@hanmail.net

값 16,000원

작가의 말

　작가 생활을 시작하면서 숱한 고뇌와 회한의 시간 속에 갇혀 지냈다. 단언컨대 나는 삼십여 년을 오롯이 원고지 속에 갇혀 지내면서 우리의 삶과 역사의 맥을 짚어내어 문학으로의 꽃을 피워내고자 하였다. 지치고 지친 날들, 산을 넘으면 다시 넘어야 할 산들이 내 앞을 가로막았다. 이제껏 내가 살아온 거친 날들, 돌이켜보면 수없이 꽃봉오리를 맺고 피우고자 했으나 이렇다 할 결실은 보지 못한 삶이었다.

　나는 그동안 소설 쓰는 일밖에 모르고 살았다. 돌을 씹어도 소화를 시킨다는 이십 대 문청 시절부터 피 끓는 삼사십 대의 객기는 매번 나를 절망의 늪 속에 빠지게 했다. 무엇이든 작정하면 쓰고 본다는 나의 남다른 호기豪氣는 나를 가장 치열하게 살아가도록 했지만 한편으론 수없이 괴롭히고 발부리를 넘어뜨렸다. 우리 사회의 한 구성원이며 한 가정의 가장으로서 나는 과연 최선을 다했는가?

　나는 지금까지 연작소설 『베틀』 장편 『단발령』 등을 통해서 우리 근대사의 아픔을 되돌아보고, 소설집 『고양이와 소녀』 장편 『젊은 날의 약속』 등을 통해 나와 함께 살아가고 있는 동시대 사람들의 의식과 가치의 세계를 소설 속에 담아내고자 하였다. 역사 장편 『천추태후』전2권를 통해 천 년 전의 우리 역사를 음미해 보기도 하였다. 하지만 어찌 저 유구한 역사와 찬란한 삶의 궤적을 소설이란 그릇으로 오롯이 빚어낼 수 있을 것인가? 내 미약한 능력과 의식으로는 저 도저한 인간의 위대함에 흠집이나 내는 말장난밖에 되지 못했음을 수없이 절망하며 확인하게 된다.

그런데도 나는 여전히 허기져 있다. 우리 역사의 뒤란에서 허기지고 바닥난 내 의식을 일으켜 세워 하나씩 활자를 메워나갈 때 의연히 되살아나던 의식 한 올, 그 한 올의 의식을 건져 올려 이 십여 년 넘게 달려온 것이 바로 『국경의 아침』이었다. 글쓰기의 힘듦과 한국문학의 현실, 종이책이 쓰러져가는 출판계의 현실을 목도하면서 특히 여러 동료 작가들은 10여 권의 대하소설 작업이 스스로 무덤을 파는 일이라고 쓴소리를 했다. 나는 동료들이 왜 우려의 목소리를 내뱉는지 결코 모르지 않았다. 하지만 그럴수록 더욱 오기가 생겼고 무엇보다 스스로 작가로서의 숙명이라고 생각했다.

인류 역사상 마지막 분단국가인 한국, 이 민족의 핏줄로 태어나 이 땅 이 시대에 소설가로 살아가는 내가 민족, 분단의 화두를 저버리고 어찌 감히 글 쓰는 사람이라 할 수 있을 것인가. 내 삶을 되돌아보면, 어느 하루 편할 날이 없었다. 글을 쓰고 강의하고 밥벌이를 하는 문제의 지겨움을 떠나 나는 가슴 깊이 소용돌이치는 의식으로 밤마다 차가운 별을 마주하고 살았다. 의식의 날을 세우는 일이 소설가에게 뭐가 그리 대단한 것일까? 그럼에도 여전히 이 글을 쓰는 순간에도 내게 가장 강력한 무기는 의식의 예리한 칼날이란 생각이 든다. 작가는 의식이 무뎌지면 아무짝에도 쓸모가 없다는 게 내 생애에 키워온 지론이기 때문이다.

　분단 70여 년을 향해 갈수록 우리 민족은 폐허 속에 침몰할지도 모른다는 자괴감이 앞선다. 단재 신채호 선생은 역사를 망각한 민족에게 미래는 없다고 말씀하셨다. 우리 역사의 족적을 찾아 기록하고 재구성하는 일도 중요하다. 하지만 진정 중요한 문제는 우리가 만들어가는 역사의 줄기를 바로 세우는 일이다. 강은 굽이굽이 흘러 바다에서 하나가 된다는데 역사의 강줄기는 멀어지면 쉽게 바다에 닿을 수가 없으리란 생각 때문이다.

　이 소설에 대해 되도록 주관적 서사를 아끼고 싶다. 자칫 작품에 대한 독자의 객관적인 느낌을 상쇄시킬 뿐만 아니라 책을 상재 하기까지의 우여곡절에 대한 동정 역시 바라지 않기 때문이다. 이데올로기의 시대는 끝났다. 이념의 포효와 흑백논리의 오류는 더이상 우리에게 다가올 수 없는 넋두리에 지나지 않는다. 나는 소설을 쓰는 내내, 또한 이 소설을 쓰고 있는 지금 이순간도 이데올로기에 경도되지 않았다. 인물들의 삶 속에 이런 것들은 이미 용해되어 있다. 이 책을 읽어가는 동안 우리는 녹아있는 분자들의 결정체를 음미할 수 있을 것이다. 어두운 역사의 뒤란을 걸어온 우리가, 우리도 하나의 인간이며, 사랑하고 미워하고 슬퍼하고 행복할 수 있기를 처절하게 부르짖는 존재임을 기억하고자 한다면 작가의 지나친 욕심인 것인가?

　나는 이 소설이 지구 반대편에 있는 어떤 핍박과 억압 속에서 밤마다 잠 못 이루는 어느 소년의 머리맡에 놓여 작은 위로의 글이 되기를 바란다. 내가 지난날 귄터그라스의 『양철북』을 읽고 작가의 길로 들어섰던 것처럼, 지상의 누군가에게 꿈과 희망이 되기를 희망한다. 끝으로

이 책이 빛을 볼 수 있도록 오랜 세월 곁에서 작가로의 길을 응원해 준 아내와 가족들에게 감사드리며, 늘 나를 믿고 지지해 주신 지인들, 무엇보다 북한의 현실을 현미경 들여다보듯 섬세한 자료와 인터뷰에 응해주신 새터민들, 자유북한국제네트워크 김동남 대표님, 부족한 작품을 훌륭한 책으로 만들어 주신 지우출판 김용성 사장님과 편집부에 깊은 감사를 드린다.

2022년 8월 천성래 삼가 쓰다

차 례

작가의 말 _ 005

프롤로그 _ 011

제1장 후회 _ 019

제2장 유적流謫 _ 055

제3장 인민의 사과 _ 089

제4장 허기지다, 노래여 _ 127

제5장 오랑캐꽃, 그녀 _ 151

제6장 뻐꾸기 알을 품다 _ 179

제7장 씨누스 인생 _ 213

제8장 평정서, 빗나간 추측 _ 241

제9장 영혼의 나비 _ 271

프롤로그

평양 만수대 꼭대기에서 올려다보는 달빛은 처연하기 그지없었다. 갈고리 모양의 초승달이 별빛도 희미한 겨울 하늘에 외로이 매달려 있었다. 무심한 초승달은 차갑게 얼어붙은 채로 허기진 인민들의 발걸음을 재촉하고 있었다. 갈 길이 바쁜 겨울 해가 노을빛 자취를 남기며 얼어붙은 서쪽 하늘 모서리를 돌고 있었다. 악머구리 끓듯 하던 만수대 언덕이 순간 초저녁 안개 속의 적요에 빠져들기 시작했다. 죄를 지은 사람처럼 고두사죄叩頭謝罪를 하던 한 나그네의 이마에는 겨울답지 않게 식은땀이 배어 나오고 있었다.

- 명호야, 아버지 말을 잘 들으라.

명호는 물끄러미 떨리는 아버지의 입술을 바라다보았다.

- 북조선에서 우리는 불피코분명코 핵심계층이 될 수 없다!

- 아버지, 어찌 그렇습니까?

명호의 따져드는 듯한 물음에 아버지는 한참동안 침묵했다.

- 그런 불평등한 나라가 이 북조선입니까?

침묵의 틈이 길어지자 명호가 재우쳐 물었고 그때에서야 입을 뗀 아버지의 목소리는 쓸쓸하기 그지없었다.

- 네 몸속에 흐르는 피는 분자가 남쪽이라.

어린 명호에게 남쪽이란 말이 날카롭게 귀에 꽂혀 들려왔다. 명호에게 남쪽이란 말은 까닭 모를 슬픔만을 가져다주었다. 아버지는 더욱 쓸쓸함에 젖은 목소리로 입을 열었다.

- 발버둥 쳐서 오른들 끝내 추락하고 마는 거야.

- 추락~

아버지의 말에 명호의 입에서 힘없이 빠져나온 단어는 추락이었다. 명호는 자신의 삶이 추락에 닿아있다는 상상을 하자 끝을 알 수 없는 암울한 미래가 떠오르며 절망스러웠다.

 - 우리는 사다리를 오를 수 없습니까?

 - ⋯⋯ ⋯⋯

명호의 머릿속에 사다리의 발판을 악착같이 딛고 올라가려는 인민들의 모습이 선명하게 떠올랐다. 아버지의 몸속에는 언제 추락할지 모르는 위태로운 사다리의 흔들림 앞에서 압도된 두려움만이 흐르고 있는 듯했다.

 - 아버지는 조선인민공화국의 충성분자 아니오?

명호는 울먹이는 소리로 물었다. 비록 나이는 어리지만 아버지의 가슴속에서 소용돌이치는 침묵의 소리를 생생히 느끼고 있었기 때문이다.

 - 여기까지가 반쪽 피의 운명이란다. 휴~

아버지의 입에서 절망적인 한숨이 흘러나왔다. 아버지의 한숨 소리가 명호에게는 무척 서글프게 들렸다. 명호가 다시 물었다.

 - 왜 난리 끝에 남쪽으로 돌아가지 않고 이 완전치 못한 불순 세포를 낳았습니까?

 - 내래 속았지. 눈깔이 뒤집혔는지 감언이설에 완전히 속았잖느냐 말이야~

평양 만수대 조선혁명박물관의 박제된 영웅들은 모든 인민들의 영혼 속에서 꽃을 피우는 듯하지만 모든 꽃이 계절의 순환에 맞게 피우는 것은 아니었다. 차가운 겨울 끝 땅거미를 딛고선 인민들의 가슴에 피어나는 그 뜨거운 충성심의 꽃은 겨우내 사그라져 결실을 맺지 못할 허무한 꽃이 되리라는 것을 모르지 않았다. 남쪽 모악산의 정기를 받아 수백 년 발복發福하여 대대로 꽃을 피운다는 조선인민공화국에 떠도는 전설은 마치 사실이 된 것처럼 만수대 박물관의 진열장에 박제되어 있었지만 언젠가는 툭 건들면 산산이 흩어져 민낯을 드러낼지도 모를 허상일 것이다. 평양 만수대 꼭대기의 허상은 아직 부서지기에는 어쩌면 모악산의 정기가 여전히 닿고 있는지도 모를 일이다.

전주 모악산의 정기가 일조一助하고 있다는 말을 조선인민공화국 인민들은 쉬이 듣지 못했다. 하지만 남조선에 고향을 둔 포로군인 출신들의 심중에는 이런 기억의 불씨가 꺼져들지 않았다. 아버지가 아들애한테 귓속말로 전하여 아련한 력사의 심장을 계속 뛰게 하니 전설이란 것이 묻힐 리도 없고 꼬리를 물고 타오르는 등잔불의 자취처럼 선명하게 기억되고 있었다.

– 6·25 난리통에 모악산으로 피신하면 목숨을 건질 수 있다는 말이 돌았더니라.

– 어찌하여 모악산이었답니까?

명호는 호기심 어린 표정으로 물었다.

– 그야 김일성이 조상의 묘가 거기에 있다지 않나.

아버지의 말이 아들애의 가슴에 기억되고 다시 그 아들애의 자식한테 기억되면서 결국 평양 대동강으로 잠입하는 미국 상선 제너럴셔면호의 화재사건에 이르게 되었다. 조선인민공화국의 날조된 력사는 일견 화려하고 열렬히 피어나는 화톳불처럼 뜨거울지 몰라도 대동강에 살얼음이 녹아내릴 때 함께 무너져버릴 고드름과도 같은 것이었다. 김응우, 즉 김일성의 증조부가 대동강을 타고 잠입하는 미국 상선 제너럴셔면호에 불을 질러 토마스 선교사를 비롯해 승조원 24명 전원을 하나도 남김없이 죽었다고 공화국은 오랜 세월 선전해왔던 것이다.

승조원들이 잠입할 때는 장맛비로 강물이 불어나서 강줄기를 거슬러 갈 수 있었지만 비가 그치면서 강물이 줄어들어 배의 운항이 어렵게 되자 당황한 승조원들은 강변 고을에서 노략질을 자행하였고 급기야는 평양 주민들과 충돌하기에 이르렀다. 사태가 커지자 평양 감사 박규수와 철산 부사 백낙연이 백성들과 힘을 합쳐 작은 배들에 땔나무를 잔뜩 실었다. 그런 다음에 셔먼호를 에워싸고 화공작전火攻作戰을 펼쳐서 결국 모든 승조원들을 몰살시켰던 사건이 있었다.

그런데 이 셔먼호 사건에서 그 화공작전의 선봉에 섰던 민간인 선봉장이 바로 김일성의 증조부 김응우라고 하면서 조선인민공화국의 력사에 대한 날조가 시작된 셈이다. 그러나 김응우에 대한 얘기는 당시 어떤 력사적 기록에도 등장하지 않는다. 오히려 당시의 민간인 선봉장은 퇴역 장교 출신의 박춘권이라는 기록이 있었으며 1968년 이전까지의 조선인민공화국의 력사책에도 그 화공작전을 이끈 사람이 박춘권이라고 기록하고 있었다. 그러나 1968년 이후의 력사책에서 슬그머니 박춘권을 밀어내고 김일성의 증조부 김응우를 끼워 넣은 것이다.

그러니까 평양 만수대 꼭대기에 빛나는 영웅의 시작은 날조된 인물 김응우로부터 비롯된 것이다. 조선혁명박물관의 세멘트 벽 위에 셔먼호를 단호히 쳐부수는 모습의 김응우에 관한 벽화 장면은 단단한 세멘트 벽처럼 날조의 흔적을 견고하게 숨기고 인민들의 가슴에 뜨거운 불을 지피고 있었다. 그러나 영원히 감출 수 있는 력사적 사실이란 있을 수 없는 법이다.

― 아들아, 북조선의 날조된 력사를 가슴속에 품지 말거라~

- 아버지, 무슨 말씀입니까?

명호는 저도 모르게 주위를 둘러보며 떨리는 목소리로 물었다.

- 고저 동무들 말밥구설수에 오르지 말란 말이지~

아들애의 앞날이 걱정스럽던 아버지의 당부는 어쩌면 당연한 것인지 모른다. 발버둥 쳐서 사다리를 올라간다고 해도 결국에는 추락하고 마는 허무한 운명이라는 것을 아버지는 너무나 잘 알고 계셨던 것인지도 모른다.

평양 만수대 언덕에서 올려다본 겨울 하늘은 차갑게 얼어붙어 있었다. 조선혁명박물관의 세멘트 벽 속에는 정체를 완전히 숨긴 력사적 사실이 또 하나 있었다. 김일성의 어머니 강반석, 분단 전에는 자랑스럽게 드러냈던 김정일의 할머니이기도 한 강반석은 북조선에서 한때 조선의 어머니로 추앙받은 독실한 기독교인이었다. 그런 연유로 김일성이 세례를 받고 김정일 역시 세례를 받았으나 이들 부자父子는 그런 사실을 일체 함구緘口해왔던 것이다.

조선인민공화국 인민들은 조선혁명박물관의 벽화 앞에서 고압적인 의식에 경도되어 여전히 충성맹세를 하고 있었다. 그러나 그 충성심이란 언젠가는 녹아내릴 고드름과 조금도 다르지 않았다. 그런데도 만수대 언덕 김일성 김정일 부자의 견고해 보이는 동상은 간혹 숭배문화를 취재하는 외국인들의 관심거리가 되어 왔다. 조선인민공화국을 방문한 외국인들 사이에서는 김일성, 김정일 부자父子의 동상 전체를 렌즈에 담지 않으면 무례라는 우스갯소리까지 퍼지면서 세계 유일의 세습 독재체제에 대한 호기심 어린 상징물처럼 존재하고 있었다.

조선인민공화국은 사회주의와 공산주의의 완전한 승리라고 주장하며 모든 인민에게 평등이 보장되어 있다며 선전하고 있다. 그러나 조선인민공화국 인민들이 김일성 일가의 우상화와 독재정치에 대한 합리화의 도구로 이용되고 있음은 자명한 일이다. 더구나 김정은에 대한 우상화 작업이 이미 진행되고 있다. 그러나 이념적 공산주의가 이 땅에서 꼬리를 감추었듯이 간교한 김씨 일가의 우상화 정책이 견고해질수록 넘어질 때는 역시 부챗살처럼 일시에 쓰러질 것이다.

– 리명호, 동무의 사상이 어디부터 잘 못 되었는지 아는가?

– 박태산 동무, 어찌 그런 발칙한 말을~

명호는 스스로 사상의 심지만큼은 누구보다 굳건하다고 자신하고 있었다.

– 지난 청년 근위대에서 나를 무참히 밟고 승리의 깃발을 올릴 때부터 알아보았단 말이지~ 동무에 그 탐욕스런 눈초리~

– 태산이 동무, 아니 우리는 어디까지나 어릴적부터 동무 아니니? 어찌 그저 꿈만하게 바라보던 눈초리 탓을~

인민학교 때부터 친구가 되어 어깨를 겨누기 시작했던 벗의 존재는 점차 살벌한 경쟁 관계로 빠져들며 서로에게 괴물 같은 모습으로 변해가고 있었다. 평양 만수대 방문에서도 모두가 썰물처럼 빠져나간 그 자리에 마지막까지 남아 먼빛으로 자신의 사상 알맹이를 노려보던 태산의 눈빛을 명호는 기억하고 있었다.

정숙 동무를 가운데 두고 밀고 당기기를 했던 것이 서로 간에 회복할 수 없는 원한이 되었던 것인가? 이제는 어두운 땅을 딛고 하루하루를 힘겹게 밀어내며 살아온 세월의 무게가 느껴지는 나이가 되었다. 서로를 너무 깊게 들여다 보아버린 것이 불행이라면 불행이었다. 그녀정숙의 나그네남편가 되지 않았다면 박태산 동무가 끈질기게 반칙을 해오는 일은 없지 않았을까? 그러나 그것을 깨달았다 하여도 아버지의 말처럼 몸속에 흐르는 피의 분자가 남쪽인 것까지 극복할 수는 없는 노릇이었다.

제1장 후회

1

포로군인의 아들애라는 족쇄를 차고 숨이 막힐 정도의 감시를 받을 수밖에 없었던 리명호의 가슴에도 젊은 피라는 것이 흐르고 있었다. 젊은 피의 흐름이란 당장 목에 칼이 들어와도 자존심을 일떠세우는 뜨거운 기개였다. 눈이 있으니 대동강 강가의 수양버들이 하늘거리는 것도 보고 귀가 있으므로 혁명의 투쟁대열 선봉에서 태양 상을 향해 씩씩하게 부르짖는'우러러 총!'이라는 소리도 듣고 가슴속 젊은 피가 흐르니 천리준마를 채찍으로 다그치며 '위대한 대원수님'을 외치면서 펄떡이는 충성심에 고패치는굽이치는 심장 소리를 들으며 내달리고 있었다.

모든 것이 뜨겁고 혈기가 넘쳤다. 아버지는 남쪽에 탯줄을 묻었지만 자신은 북쪽의 심장에 탯줄을 묻었으니 얼마든지 사람답게 한번 살아 볼 것임을 다짐했다. 그러나 아버지의 말처럼 몸속에 흐르는 피의 분자가 남쪽이라는 사실을 깨닫기까지는 그리 많은 시간이 필요하지 않았다.

명호의 고등중학 5학년우리의 고2 시절이야말로 자신의 인생에 채워진 커다란 족쇄를 느끼게 되는 시절이었다. 인생에서 가슴속에 승부욕을 키우던 시절, 어떤 난관이 닥치더라도 누구에게도 뒤처지지 않고 반드시 승리해야 한다는 굳건한 마음을 품고 살았다. 승부, 어쩌면 위태한 성분으로 북쪽에 남아 살아남기 위해 승부의 근성이 일찍부터 몸에 배어버린 아버지로부터 물려받은 근성인지 모른다. 상대를 눕히지 못하면 자신이 쓰러져야 하는 절체절명의 순간들을 아버지는 잊을 수가 없었을 것이다. 그럼에도 태산과의 승부에서 이기고 돌아오는 길목에서 난데없이 흘러나온 아버지의 쓰라린 탄식.

　－ 장차 이 일을 어찌할 거냐?

　－ 아버지, 태산이를 제쳤는데 어찌 놀라는 겁니까?

　명호의 가슴은 아직도 태산이 동무를 제친 감동으로 뛰었다.

　－ 명호야, 승리라는 거는 져야할 때를 아는 거란 말이야. 태산이 아버지가 말이다. 떡메전사라는 걸 어찌 몰랐단 말이냐.

　아버지로부터 떡메전사라는 말이 흘러나올 때까지도 리명호는 도대체 무엇이 잘못 되었는지 이해할 수가 없었다. 박태산 동무 아버지의 어깨 위에 항상 훈장처럼 빛나던 계급견장, 그 견장의 힘이 대체 무엇이란 말인가. 떡메전사라는 말은 간혹 사람들한테 들어보았다. 태산이 스스로 자기 아버지가 떡메전사임을 은근히 자랑했던 적도 있다. 그 견장의 힘이 어떤 것인지 당시 명호는 알지 못했다. 다만 고등중학 시절에 붉은 청년 근위대에 2주 동안 입소하여 치른 훈련에서 반드시 태산이를 이겨야 한다는 생각뿐이었다. 일이 이렇게 된 데에는 지금의 아내 오정숙 동무에 대한 연분사랑으로부터 시작되었다. 그러니까 여자 하나를 두고 리명호와 박태산이 신경질적으로 경쟁을 하고 있었던 셈이다.

　고등중학 시절, 박태산과의 경쟁에서 명호는 연분하던 오정숙의 마음을 사로잡았다. 조선공화국의 녀학생들은 승리자의 전리품 같았다. 녀학생들은 경쟁체제를 통해 우월한 사람에게 마음이 모아지는 모양이다. 신분적으로 박태산을 따라갈 수가 없었던 명호는 어떤 경쟁에서도 박태산에게 패배하고 싶지 않았다.

　정숙을 마음속에 품어오던 어느 날이었던가, 지금의 아내 오정숙 동무에게 그녀를 연분한다는 고백을 했던 날을 잊을 수가 없다. 오정숙 동무의 미모는 단연 돋보였다. 수많은 무리 속에 섞여 있어도 학처럼 두드러지게 눈에 띄었다. 어디에 있어도 그 돋보임은 눈이 부시어 시선을 잡아당기는 매력의 소유자였다.

조선인민공화국에서 학생들 간의 사랑 고백 방식은 말로는 표현하지 못하고 은근히 숨어서 눈빛만 보낼 뿐이었다. 그런데 이런 명호의 움직임이 박태산의 눈을 거슬리게 만들었다. 나중에야 알게 된 일이지만 명호보다 먼저 박태산이 오정숙 동무에게 연분의 고백을 했던 것이다. 그러니 오정숙 동무로선 마음의 갈등을 일으키고 있었고, 박태산에게 명호의 존재는 눈엣가시와 같은 것이었다.

– 리명호 동무, 우린 나이는 아직 어리지만 불알 지닌 사내들이지. 정숙 동무 연분하는 거야 누구 탓도 아닐 테고. 고저 조선공화국에서 사내들에 승부란 위대한 령도자에 대한 충성심으로 갈리지 않겠나?

– 그래 그 충성심의 알맹이를 무엇으로 비춰보겠? 천리준마를 타고 백두산을 넘을 수도 없고 유치하게 불알 차고 백병전을 치를 수도 없으니......

태산에게는 결코 굽기세이 잘리고 싶지 않았다.

– 좋슴. 사나이답게 충성심의 알맹이를 어찌 비춰 보일 수 있는지 정숙 동무한테 물어 보자우다.

오정숙 동무가 박태산이 보다 명호 자신에게 마음이 닿아있음을 명호는 그때 알게 되었다. 자신들의 충성심의 알맹이를 어떻게 비춰 보일 수 있는지 오정숙 동무에게 물어보았는데 그녀가 먼저 명호를 학교 뒤란으로 불러냈다.

– 명호 동무가 태산이 동무를 이겨낼 수 있는 게 뭐야?

– 내래 뭐인들 태산이 동무에게 지기 싫은 사람이야. 그래서 내래 세

위총부터 대열훈련, 실탄사격이야말로 인민학교 때부터 태산일 능가하고 싶었단 말이지~

명호는 힘껏 주먹을 말아 쥐었다.

- 명호 동무, 이번 여름방학 훈련에서 보기 좋게 태산 동무를 눕혀 주오. 떡메전사 아들애의 오만한 광기를 보란 듯 비웃어 주오.

오정숙 동무가 뒤틀린 성미의 박태산을 받아들이기란 쉽지 않았을 것이다. 신체 여물지 않던 10대의 열정들, 떡메전사의 보이지 않는 힘을 오정숙 동무 역시 알고 있었던 모양이다. 그런 은근한 힘을 의지하지 않고 사내답게 경쟁을 통해 승리하는 자를 축하해 주겠다는 오정숙 동무의 결의는 박태산에게도 정정당당한 대결처럼 보였다. 일찍부터 어깨에 붙인 견장을 보며 자란 박태산에겐 어쩌면 자신감이 용솟음쳤을지도 모른다.

그 어느 여름날, 그들은 북조선 인민군의 후비대로서 중대급으로 편성된 근위대에 하늘을 향해 쭉쭉 뻗은 마가목 나무들의 도열을 받으며 입소했던 것이다. 그곳에 입소한 근위대원들에겐 콩 볶는 듯한 열기 속에서 하나같이 우렁찬 목소리와 다부진 몸짓으로 충성맹세를 다지는 날들이 이어졌다. 명호와 태산도 강렬하게 내리쬐는 한여름의 태양 볕이 무색하게 앞다투어 뛰고 넘어지는 가열찬 훈련으로 비지땀을 흘렸다.

태양을 향해 세워총과 우러러 총으로 받들던 근위대원들의 하루는 고단했지만 충성맹세의 날들이 여물어간다는 것에 힘겨울 여유조차 없었다. 모든 동무들이 태양을 향해 목청을 돋우고 앞을 다투어 허수아비로 만든 적의 가슴에 칼침을 놓을 때 리명호와 박태산의 가슴은 뜨겁게 달아올랐다. 이런 지옥 같은 훈련 속에서도 그들은 모두 가슴이 설레었다.

　두 사람을 바라보는 오정숙 동무의 가슴에도 설렘이 일렁이고 있었다. 어떤 훈련 때보다 몸이 고달프고 힘이 소진해 넘어지고 목덜미에 팥죽 같은 땀이 흘러내려도 아랑곳하지 않고 묘연하게 콩닥거리는 두 동무의 심장, 어쩌면 연분의 힘이었을지도 모른다. 14일 동안의 훈련이 마감되는 날, 중대원 앞에서 이번 훈련의 결과를 토론하는 총화시간이 다가오자 명호는 가슴이 부풀었다.

　대열훈련, 사격훈련, 실탄훈련, 모든 부분에서 최우수 근위대원으로 뽑힌 것은 바로 리명호였던 것이다. 중대장의 발표가 있던 순간 명호를 노려보던 박태산의 눈빛에는 마치 발톱을 세운 굶주린 매의 눈빛처럼 살기가 배어 있었다.

2

　모든 경쟁에서 무조건적으로 승리를 해야 한다고 아들을 가르친 것이 아버지의 실수라고 하였지만 명호는 아버지의 말씀을 받아들이지 않았다. 아버지가 때로 경쟁에서 져야 하는 순간도 있음을 아들한테 주입시켰다 하더라도 명호는 절대 박태산에게는 밀리려고 하지 않았을 것이다. 설령 박태산의 아버지가 떡메전사라는 사실과 그 뒤에는 부문당비서라는 태산의 삼촌아버지작은 아버지가 버티고 있어서 무소불위의 힘을 가졌다는 사실을 알았더라도 결코 물러설 수가 없었을 것이다. 생애 처음 그의 가슴에 들어온 녀성동무 앞에서 패배라는 수치심을 안고 비겁하게 내몰릴 수는 없는 일이었다. 그럼에도 그런 자신의 결기를 후회하지 않을 수가 없었던 것은 얼마 후 구락부에서 어이없는 광경을 목격했기 때문이다.

문화교양사업이 이루어지는 구락부 건물, 사회주의 사회에서 모든 문화는 군중을 기반으로 발전하며 문화예술의 참다운 향유자 또한 인민 대중이라고 하였다. 자본주의 사회를 억압과 착취의 사회로 규정하고 있으며 반면에 사회주의 사회를 억압과 착취에서 해방된 사회로 규정하고 있었다. 그래서 당연히 근로대중이 군중 문화에 적극적으로 참여해야 한다고 했다. 지방에서는 이름만 들어도 떠르르 하던 부문당비서의 훈시에는 서슬이 파랗게 돋아 있었다.

- 군중의 문화 교양은 바로 현장에서 만들어집니다. 자기의 생활과 자기의 체험을 토대로 이야기를 찾아내서 소박하고 대중적인 예술로 승화시켜 생동적이고 현실적인 문화 교양을 만들어 냅시다.

부문당 비서라는 사람은 사실 박태산의 삼촌작은 아버지였다. 태산의 아버지와 삼촌 아버지 역시 소도시에서는 떠르르한 사람들이었다. 부문당비서의 훈시 끝에 여기저기서 이야기를 끄집어내느라 앞을 다투었다.

- 김일성 대원수, 김정일 국방위원장의 생신에 문화예술 현상 모집을 실시하여 주민참여를 유도합시다.

너도나도 번쩍 손을 들어 의견을 말했다.

- 여러 학교는 물론 기관이나 공장, 광산, 군부대 등등 장소를 가리지 말고 예술선전대를 조직하는 것은 어떻소?

이러한 얘기에서부터

- 노래 수첩을 가지고 다닙시다.

하며 주머니에서 직접 목책수첩을 꺼내 보이며 말했다.

- 노래 보급원을 임명합시다.

목책 얘기를 꺼낸 동무의 견해에 동의하듯 중늙은이가 말했다.

- 한 인민이 하나의 악기를 다룹시다.

저마다 자신의 주장을 앞세워 책상들이 하듯 입을 놀렸다. 심지어 영화의 주인공을 따라 충성심을 배우기까지 다양한 견해들이 쏟아져 나왔다. 여기까지 진행되는 과정에서는 아무런 문제가 없었다. 훈시를 마친 부문당 비서는 분노감으로 핏발이 서린 눈빛으로 명호의 아버지를 찾느라 군중들 사이를 헤집었다.

- 리병기 동무, 숨어서 빼주고량주래 그만 마시고 남조선에서 체험한 이야기나 들려주시오.

부문당 비서의 말투는 고압적이었다. 명호의 아버지는 부문당 비서의 콕 집어 들어오는 공격에 어망처망스럽게어이없이 비서를 올려다보았다. 무슨 말이든 꺼내야지 않겠나 맘속으로 채근하는 사이 연단에 놓인 연탁판이 쿵 하고 먼저 울렸다. 인민들의 시선이 연탁판으로 향하는 것이 아니라 명호의 아버지에게 향했던 것은 장차 일어날 일의 다급함을 보여주는 것이었다. 명호 아버지는 차라리 침묵하는 편이 나았을 것이다.

- 고저 김일성 원수님에 12대조께서 전주에서 함경도로 이주해올 적에 전통적으로다 소작농이었습네다. 핍박받는 하층계급분자였댔는데 전주 모악산의 정기를 받아설라무네 미제 괴뢰들에 선박을 불태우고......

명호의 아버지는 얼떨결에 입에 담아서는 안 될 얘기를 꺼내버렸다. 남조선에 가족을 둔 것으로 당의 눈초리를 의뭉스럽게 만들던 판국에 말주변이 없는 아버지로서는 무슨 얘기든지 지껄여야 했다. 인민들이

왁짝 떠드는 소리가 강당에 피어올랐다. 마침 떡메전사마저 언제 들어 왔는지 구락부 건물에 들어와 경청하고 있었다. 명호는 까닭모를 소름 이 돋아 아버지의 발등을 우지끈 밟아댔다. 그러나 아버지의 열린 입 은 다물어지지 않았다.

— 그 모악산 명당 터에 묘를 써서 우리 인민들까지 그 땅의 기운에 힘을 얻어서리 문화 교양의 혁명에 총대가 되고 있습네다.

— 저, 저런 반동 새끼! 당장 끌어내라! 뭐라? 하층계급분자라 주둥 이 지껄여 댔소? 김일성 원수님에 하해와 같은 은덕을 남조선 모악산 땅속에 처박은 반동 새끼 아이니 저거?

명호는 북조선 인민보안원의 동작이 그때처럼 빠르다는 것을 알지 못했다. 어디서 방구다가 나타난 것인지 모르겠지만 우다닥 튀어 들어 와서 마치 중죄인을 호송하듯 아버지의 허리를 꺾어 데리고 나가버렸 다. 명호의 허둥대던 모습을 비웃듯이 지켜보던 박태산의 느끼한 얼굴 을 명호는 결코 잊을 수가 없었다.

떡메전사와 부문당 비서의 합작은 속전속결이었으며 아버지의 결박 은 마치 예견되기라도 한 듯이 정교하게 이루어져서 속수무책이었다. 인민들 어느 누구도 수인차에 끌려가는 아버지에게 손을 내밀지 못했 다. 본분을 잊고 제 잇속을 챙겨 원장을 하던 부문당 비서와 떡메전사 의 권력 앞에 문제를 제기할 인민들이 있을 리 만무했다. 명호는 아버 지가 내쏟은 김일성 원수님 조상의 묘에 대한 말을 생각할 적에 그것 이 그렇게 저들의 비윗장을 거슬렸던 것인지 이해하기 어려웠지만 오 정숙 동무를 사이에 두고 근위대 야영장에서 승리로써 박태산을 제압 한 대가라는 생각이 어렴풋이 들었던 것이다.

근위대 최우수 대원으로 박태산을 제쳤다는 아들의 말을 듣고 허리를 꺾어 탄식을 흘리던 아버지의 당혹한 모습을 잊을 수가 없었다. 아버지가 죄수처럼 끌려가고 박태산 동무의 너벗한 품새에 끙끙 마음을 졸이던 오정숙 동무의 마음이 당시 명호를 위로해준 유일한 힘이었다. 정숙 동무의 아름다운 마음을 명호는 오래오래 기억하고 싶었다.

무조건 모든 일에 승리해야 한다는 믿음을 갖게 된 것을 처음으로 후회하게 되었다. 아버지의 말씀은 아직도 진리처럼 귓전에 맴돌고 있다. 승리라는 것은 져야 할 때를 아는 것이라 하였던가. 승리를 대견스레 아버지에게 자랑하던 그때 그 순간에 허물어지듯 아픈 탄식을 쏟아내던 아버지의 모습을 이제 이해할 것만 같았다.

3

아버지가 어디론가 끌려가고 난 다음 명호는 공화국에서의 승리의 진정한 의미에 대해 깊은 깨달음을 얻게 되었다. 그해 여름 해는 유난히 길었다. 아버지를 구하려고 명호는 어머니와 백방으로 뛰어보았지만 아버지가 어디에 있는지조차 알아내지 못했다. 명호는 하는 수 없이 박태산을 찾아가 무릎을 꿇어버렸다.

- 태산이, 내가 잘 못 했어. 우리 아버지, 동무가 꺼내 달라야!

- 그럼 동무가 좋아하는 정숙이 포기할 수 있네?

명호의 입은 거기에서 쉽게 열리지 않았다. 태산이 앞에서 무릎을 꿇은 것은 지금까지 지켜온 모든 자존심을 내팽개치는 치욕적인 일이었다. 더구나 아버지를 구하려고 연분하던 녀성 동무를 포기한다는 것은 도저히 자존심이 허락하지 않았다. 박태산을 올려다보는 명호의 처절한 눈빛, 그러나 태산은 정숙을 향한 명호의 마음을 움직이지 못했다. 차라리 손가락 한 마디를 쳐내라고 한다면 결정하기 훨씬 쉬웠을 것이다. 명호는 후줄근하게 집으로 돌아올 수밖에 없었다.

어머니 역시 아버지를 꺼내려고 나름대로 수고를 아끼지 않은 모양이었다. 태산이 어머니를 찾아가고 태산이 작은어머니를 찾아가고 떡메전사까지 찾아가 옷자락을 붙잡았던 모양이다. 그럼에도 아버지는 집으로 돌아오지 못했다. 아버지가 어디로 끌려가서 어떤 조사를 받고 지금 어떻게 지내고 있는지조차 알 수 없었다.

열기가 후끈한 여름, 그렇게 끌려간 아버지의 행방은 한참동안 알수 없었다. 가을의 마지막 절기인 상강이 지나도록 소식조차 듣지 못했다. 지난 여름날에 야영장 주변에서 도열을 하여 박수를 쳐대던 마가목 나무의 이파리들도 마가을 무렵에는 누렇게 시들어 포도 위에 나뒹굴었다. 석양은 온기도 없이 길게 꼬리를 끌리며 초라하게 대지를 비추고 있었다.

식량 배급을 받지 못해 굶주린 인민들의 가을도 저물어가고 있었다. 그러다가 유난히 날씨가 포근한 어느 날 퇴마루退마루에서 낮은 담벼락을 하염없이 넘겨다보며 어머니가 혼잣말처럼 입을 열었다. 바로 그날이 겨울을 알리는 입동立冬 날이었는데 명호는 바로 그날 아버지의 소식을 접할 수 있었다.

– 입동 날 날이 따뜻하면 겨울도 따뜻하다는데 네 아버지는 어디에 계신 지……

그들의 처지를 불쌍히 여겼던지 부문당 비서 밑에서 약삭빠르게 초라니 노릇을 한다는 세포 비서라는 자가 어머니를 찾아와 귀띔을 해주었다. 아버지가 며칠 내에 사회 보안서에서 정치보위부로 이송된다는 말이었다. 보안서에서 보위부로의 이송이라면 결코 살아나올 수 있다는 기대를 하지 못한다는 것을 모든 인민들이 잘 알고 있었다.

보안원우리의 경찰이 공개적으로 인민들을 억압하고 통제하는 곳이라면 보위부원우리의 정보원은 교묘하게 숨어서 뒤를 감시했다. 감언이설로 관용을 베풀 것처럼 구슬려서 정보를 입수하고 난후에는 악랄하게 변하여 협박과 문초로 들이대는 것이었다. 누구네 집에 보위부원이 들어갔다면 그 집은 정치적 사상적으로 문제가 있는 집으로 낙인이 찍힐 정도였던 것이다. 세포비서로부터 서슬이 퍼렇다는 보위부 소식을 듣고 이제야말로 명호와 어머니는 아버지와 남편을 위해 무엇인가 하지 않으면 안된다는 절박함이 느껴졌다.

－명호야, 태산이 아버지 떡메전사를 한번 더 만나보고 와야겠다.

명호가 마음속에 어떻게 해야 할지 궁리하는 사이 어머니가 먼저 명호에게 말했다. 아버지를 구하리란 다부진 결기가 어머니 표정에 나타났다. 너희 아버지 꺼내는 일이라면 뭔들 못하겠니. 오늘 내 질긴 목숨을 끊어 상세초상가 난다고 해도 끝을 내고 말 거야, 하며 어머니는 귀밑 살이 단단해질 정도로 어금니에 힘을 주었다.

서둘러 집을 나서는 어머니를 한참동안 부둥켜안고 눈물을 흘렸다. 명호 역시 아버지를 위해 뭔가 해야 한다는 생각이 들었다. 그리고 박태산을 만나 당시 명호로서는 최고의 자존심을 뭉턱 내려놓고 말았다.

－태산이, 사내대장부끼리 약속하자. 내가 정숙 동무를 포기하겠어. 우리 아버지래 보위부로 이송된다는 말이야. 태산이가 꺼내줄 수 있나?

명호의 말에 순간 태산의 얼굴에 회심의 미소가 지나갔다. 명호는 사내로서 수치심을 씹어 삼켜야 했다. 아버지의 목숨이 경각에 달려 있

는 판국에 사내의 자존심이 무슨 대수이며 사내의 수치심이 무슨 대수
란 말인가.

ㅡ 명호 동무가 정말 락속할 수 있나? 정숙이 앞에서도 지금처럼 똑
같이 말을 할 수 있나 말이다.

미덥지 않았던지 태산의 다그침이 명호의 말에 쐐기를 박아버렸다.
명호는 한 치의 흔들림이나 망설임 없이 고개를 끄덕였다. 태산의 얼굴
이 그때처럼 밝아진 것을 보지 못했다. 두 사람은 지체하지 않고 오정
숙 동무를 불러냈다. 고등중학교 뒤란의 헐벗은 후박나무 아래서 정숙
동무를 불러놓고 태산이 너볏하게 말을 꺼냈다.

ㅡ 정숙아, 리명호 동무가 그대를 배반했다~

ㅡ 태산이, 이게 무슨 돼지바우 같은 소리니?

무연스레 명호를 올려다보는 오정숙의 눈빛을 명호는 차마 받아내
기 어려워 고개를 떨구고야 말았다.

ㅡ 명호야, 고개 숙이지 말고 이실직고하라. 나한테 하던 식으로 크
게 외쳐보란 말이다. 너 아버지 꺼내 달라 하지 않았니?

태산의 말이 명호의 가슴에 박혀들었다. 태산의 말에 당황한 사람은
명호보다 정숙이었다. 정숙은 태산의 입에서 명호가 자신의 아버지를
꺼내 달라 했다는 말을 듣는 순간 사건의 전모를 모두 파악해버렸다.

ㅡ 사내끼리에 약속 맞아. 정숙 동무 연분하지 않겠단 말이다.

ㅡ 됐어. 정숙 동무 들었지? 쩨쩨하게 청년동맹에 불려가서 처벌받지
않도록 명호 네 고 입조심하라.

고등중학생 신분으로 이성교제를 하는 것은 허락되지 않은 일이었
다. 따라서 이성간의 교제 사실이 탄로가 나면 청년연맹에 불려가서 비
판서를 쓰며 처벌을 받게 되어 있었다. 아직 여물지 않은 청소년들의

이성교제는 그래서 결코 오래가지 못했다. 하는 수 없이 오정숙 앞에서 사내로서의 자부심을 땅바닥에 처박아버렸다.

명호의 입에서 상상조차 할 수 없는 말이 튀어나오자 정숙은 잇새로 마치 갈대 이파리들이 삭풍에 매섭게 부딪치며 내는 쇳소리 같은 소리를 내더니 가녀린 여자의 손회목이 명호의 귀살쩍을 후려쳤다. 명호는 아무런 저항도 하지 못하고 정숙의 찰지고 찰진 손바닥 세례를 고스란히 받아들이고 있었다.

정숙의 손바닥 세례의 아픔보다 태산이 앞에서 정숙 동무를 배반하게 된 것이 가슴을 아프게 만들었다. 어떤 것에도 뒤지고 싶지 않았던 태산 앞에서 깨끗이 패배를 인정하고 맘속에 연분하던 녀성동무마저 깡그리 부정해버린 데 따른 자존심이 허물어지는 것이 더욱 가슴을 쓰라리게 만들어버렸던 것이다.

그런 일이 있고서 바로 다음 날 정말 거짓처럼 명호의 아버지는 집으로 돌아왔다. 명호는 정숙 동무를 포기한 대가로 태산의 아버지 떡메 전사와 삼촌 아버지 부문당비서가 힘을 발휘했을 것으로 여기고 있었다. 당시 어머니 역시 태산의 아버지와 작은아버지를 두루 찾아다니며 아버지를 꺼내려고 죽는시늉까지 했다는 것이지만 누구의 노력으로 아버지가 풀려나온 것인지 정확히 구분 지을 수는 없었다. 아버지의 귀가, 결과는 하나이니 굳이 누구의 힘이 어떻게 작용했던 것인지 따져볼 필요는 없었다.

아버지의 귀가 후에 명호는 약속처럼 오정숙 동무를 연분하지 않았으며 학교에서 간혹 마주칠 때도 먼저 몸을 외로 틀어버렸다. 그렇다고 박태산과 오정숙의 거리가 특별히 가까워졌거나 각별해진 기미는 보이지 않았다. 학교 인근 지구대에서 만나 행군하며 등교하는 길에서 간혹 서로 마주칠 기회가 있었지만 별다른 변화를 느끼지 못했다. 등교하는 학생들을 인솔하는 지구 반장의 구령에 맞춰 정확히 걸음을 떼는 명호의 태연함에서 동무들은 어떤 감지도 하지 못했다.

업간체조 시간에도 넌지시 운동장을 가로질러 보면 박태산과 오정숙의 사이에 특별함이란 느껴지지 않았다. 정숙 동무의 경쾌한 율동이나 팔과 다리를 거침없는 모양새로 휘두르며 건강태권도를 하는 박태산의 활기는 마치 폭풍전야의 고요처럼 명호에게 부담이 되었다. 당시 명호는 가슴에 약속처럼 정숙 동무를 연분하지 않고 멀리하는 것이 태산을 이기는 것이라는 생각을 억지로 심었다.

아버지는 무슨 일이 있었는지 명호에게 아무 말도 하지 않았다. 예전 같으면 남쪽에서 있었던 일을 간혹 귓속말로 했을 법도 하지만 보안서에서 어떤 일이 있었는지 말하려들지 않았다. 어머니한테조차 보안서에서의 일을 말하지 않았다는 것이다. 아버지의 심경에 변화라는 것은 바로 함구緘口, 이것만이 가족의 안전을 지켜낼 수 있다는 것인지 아버지는 정말 귀가歸家 이후 쉬이 입을 열려고 하지 않았다. 물끄러미 하늘을 쳐다보거나 멍하니 먼 산 너머를 응시하거나 하는 것이었고, 장독대에 있던 도자기처럼 생긴 작은 호리병을 씻고 씻어 자신의 얼굴을 비쳐 보이는 행동뿐이었다.

이런 모든 환경은 무조건 승리를 해야 한다고 가르친 아버지의 실수로부터 비롯된 것이 아니라 몸속에 흐르는 피의 분자가 남쪽이라는 사실 때문에 비롯된 것이었다. 또한 명호에게 승리라는 것은 결코 기쁨이나 자랑거리가 아니라 후회의 연속이었다. 다시는 태산이 동무를 이기겠다는 엄두도 내지 못하도록 의지를 꺾어버린 무언의 다그침이었다.

4

실력을 마음껏 발휘하지 못한다는 것은 가슴속에 유적流謫:유배과도 같은 세월을 거느리며 사는 것과 다르지 않았다. 승리의 모순에 대해 깨닫고 아버지의 함구의 의미에 대하여 자연스레 깨닫게 되면서 까닭 모를 불안감이 엄습해들었다. 겨드랑이에 독버섯의 홀씨를 숨겨두고 숨통을 조이던 유적의 세월을 명호는 아버지를 통해 목도할 수가 있었다.

- 아버지, 뭐라고 말을 해봐요.
- 왜 그러오? 남쪽 이녁 생각나 그러하오?

어머니의 핀잔 섞인 강샘이 아버지의 눈동자에 노여움을 심었지만 아들의 간절한 청에도 아버지의 입은 열리지 않았다. 명호는 아버지의 이런 함구가 사회보안서에 감금된 일과 관련이 있음을 모르지 않았다. 명호가 어렸을 적에 아버지가 장독대 항아리들을 닦아내며 의미모를 얘기를 했던 모습들이 떠올랐다.

가만히 명호의 귓전에 대고 남쪽의 고향 효자골에 대한 얘기를 했었고 더러 어머니의 눈치를 보며 전쟁통에 이별한 남쪽 아내에 대한 얘기를 했었다. 북쪽의 역사는 반쪽의 역사이며 날조된 역사의 수렁에 발을 담그고 살아가는 자신의 모습을 아버지는 매우 부끄럽게 생각하고 있었다. 권세도 없고 지닌 것도 없고 든든한 배경도 없으니 오직 공부라는 말도 명호 앞에서 더는 꺼내지 않았다. 이렇게 되면서 명호는 오히려 지난날 귀에 딱지가 앉도록 들었던 아버지의 말이 새삼스럽게 떠올랐다.

- 아들아, 너는 불피코 선생질은 하지 말아라.

- 아버지, 어찌 그런 말씀을 하십니까?

명호는 아버지의 말씀에 깜짝 놀랐다.

- 이 땅에서 력사에 진실이란 죄 땅에 묻혀있음. 차라리 농사꾼이 될지언정 날조된 력사를 가르치는 파렴치한은 되지 말란 말이다.

아버지의 당부는 오정숙 동무와의 일로 패기를 잃은 명호에게 더욱 큰 상처가 되었다. 명호는 장래의 진로에 대하여 아버지의 생각과는 달리 학생들을 가르치는 직업을 선택하고 싶었다. 어둠에 묻힌 역사의 진실을 파헤쳐 인민들의 가슴속에 심어주고 싶었던 것이다. 아버지의 당부가 강력할수록 이상하게 명호의 마음속에서 반발심이 일었다.

고등중학교를 마치면서 인생의 중대한 기로에 섰을 때 명호로서는 자신의 처지가 외려 자신의 미래의 지향점을 정할 수 있는 기회로 작용했다. 신분이 좋은 동무들과는 출발선부터 다른 상황이므로 명호는 동무들보다 수십 배의 노력을 하지 않으면 안되었다. 조선공화국에서는 대학 입학 과정의 대부분을 학생이 아닌 국가에서 관여하고 있었다. 국가에서 고등중학교의 학생들에게 입시를 치를 대학과 인원을 지정해주었다.

학생들이 원하는 대학에 가고 싶어도 스스로의 힘으로 그 대학에 들어갈 수 있는 구조가 아니었다. 천재라는 학생으로 평가되지 않고서는 개별적인 대학선택은 어려운 일이었다. 명호에게 이런 제도에서는 오직 목숨을 걸고 공부를 하는 도리밖에 없었던 것이다. 대학에 낙방하면 명호가 바라는 인생은 없는 것이다. 대학에 들어가지 못하면 당장에 군대에 초모招募:징집되어 10여 년이란 세월을 산속에서 보내야 한다. 명호의 인생에서 이런 삶은 상상만 하더라도 멀미가 올라왔다.

공부를 좀 한다는 동무들이나 신분이 높은 집안의 동무들은 꿈이 잔뜩 부풀어 있었다. 적대계층에 속하지만 나름대로 돈을 모은 집안의 동무는 방침입학을 준비하고 있었다. 남쪽의 기부입학과 유사한 것으로 동요계층이나 적대계층을 달래기 위해 선의의 정책으로 시작한 것이지만 당의 간부가 결정권을 갖고 있기 때문에 뇌물이 뒷받침해 주어야 가능한 일이었다.

명호는 고등중학교 성적이 최상위에 올라 있었지만 자신이 원하는 김형직 사범대학에는 입학하기 어려웠다. 명호와 최상을 견주는 동무 하나는 북한 최고 의대라는 함흥의대에 들어가서 만수무강연구소의 연구원으로 일하기를 바랐다. 함흥의대 출신들로 포진한 만수무강연구소 연구원이야말로 공화국 사회에서 최고의 직업으로 분류되었다.

김일성 종합대학 의대도 있었지만 실력이 부족한 간부의 자식들을 입학시켜 전체적으로 수준이 낮아졌기 때문에 정말 실력 있는 의대는 함흥의대였다. 그래서 공부깨나 한다는 동무들이 한번쯤 품어볼 수 있는 꿈이 바로 평양 명문 함흥의대나 또는 김형직 사범대학 같은 데에 입학하는 것이었다. 이런 상황에서 무조건 입학시험에 합격해야 하는 것이 당시 명호의 최대 목표였다.

또한 군사복무는 북쪽의 인민으로서 피할 수 없는 숙명과도 같은 험난한 산이었지만 반드시 그 산을 넘지 않으면 애국도 충성도 이룰 수가 없는 것이었다. 대학입시에 실패하면 징집당하는 것이며 징집당하면 뾰족한 수가 없는 한 10여 년 세월을 산속에서 혹독한 훈련과 육체노동으로 보내야 했기 때문이다.

명호는 다행히 뼈를 깎는 노력 덕분에 지방의 한 사범대학에 입학할 수가 있었다. 아버지는 역사를 공부하지 말라고 신신당부를 하셨지만 명호의 생각은 완전히 달랐다. 오히려 역사를 공부해 제대로 아이들을 가르치고 싶었다.

그런데 정말 놀라운 일은 박태산에게서 일어났다. 박태산은 공부로 보면 명호보다 한 수 아래에 있었지만 보란 듯이 김형직 사범대에 입학한 것이었다. 명호는 태산이 동무가 김형직 사범대에 들어갔다는 소식을 듣고 어릴 적에 경풍을 일으킨 적 있었던 마르크스 초상화를 볼 때보다 놀랐다. 박태산이 평소에 선생이 되어 학생들을 가르치고 싶다는 말을 동무들에게 했던 적이 없었는데, 아무튼 박태산은 명호가 바라볼 수 없는 최고의 사범대에 입학했던 것이다.

명호가 지방의 사범대학시험에 배정된 것을 알고 보란 듯이 김형직 사범대에 들어간 것인지 알 수는 없었다. 태산의 소식을 듣고 명호는 부르르 몸을 떨었다. 박태산이 장차 사범대나 교원대의 교원으로 가려고 김형직 사범대를 택하지는 않았을 것이다. 내각 교육성에 배치되기 위한 첫걸음이라는 것이 명호의 생각이었다. 명호가 뒷날 탈북을 해야 하는 상황에 직면한 것이 바로 이러한 연유에서 비롯된 것인지 당시에는 알지 못했던 것이다.

5

명호는 지방 사범대에서 력사 선생을 목표로 열심히 공부했다. 아들의 사범대 진학에 대해 아버지의 마음이 처음엔 부정적이었던 것과는 달리 점차 명호를 향한 대견한 생각이 자라고 있었다. 그러나 집을 나서는 아들애의 뒷모습을 근심 어린 시선으로 바라보던 아버지의 표정을 명호는 기억하고 있었다. 아버지의 시선이 무엇을 의미하는지 당시 대학에 다니는 명호로서는 뚜렷하게 이해하기 어려웠다. 그래서 기숙사 생활을 하다 이따금 집에 들르는 날이면 명호의 마음이 결코 편할 수가 없었다.

오정숙 동무에 대한 소식은 고등중학교를 졸업하고 한동안 듣지 못했다. 공부에도 열성적이었던 오정숙에 대한 소식을 명호는 부러 회피해 왔는지도 모른다. 당시에는 공연히 녀성 동무의 문제 따위로 생각이 복잡해지기 싫었고 다른 동무들의 말밥에 오르내리기 싫었다. 어떻든 당시 명호가 자존심 상했던 것은 박태산이 자신보다 한 단계 위에 있는 김형직 사범대학에 들어갔다는 것이었다.

김형직 사범대학이 지방 사범대학의 상위대학이며 이러한 상위대학 출신자들이 지방 사범대학에 교수나 교원으로 오기 때문이었다. 그리고 태산이 때문에 더욱 기가 죽은 것은 이듬해 봄에 오정숙 동무에 대한 소식을 듣고 나서였다. 오정숙 동무에 대한 소식은 고등중학교 같은 학년이었던 녀성 동무를 어느 강변에서 우연히 만나 듣게 되었다. 지방의 장공장에서 실험공들의 허드렛일을 돕고 있다는 녀성동무로부터 들었던 오정숙에 대한 소식은 명호에게 정말 충격적이었다.

– 명호 동무, 오정숙 동무에 소식 정말 못 들었나?

– 나는 정숙 동무 관심 없어.

명호는 마음에도 없는 말을 내뱉었다.

– 하하, 줏대 높은 명호 동무가 내숭을 떨고 있네.

하하, 하며 놀랍다는 듯 입을 비틀어 올리면서 비웃음인지 모를 쌀쌀한 말투로 내뱉은 정숙에 대한 소식은 대번에 명호의 머리에 강한 충격을 주는 것이었다.

- 하하, 정숙이 동무하고 명호 동무래 태산이 노리개 돼뿌렀다.

- 아니 요 계집애 말하는 본새 보라. 어찌 내하고 정숙 동무가 태산이 노리개란 말이니?

순간 골이 난 탓에 낯바닥이 화끈 달아올랐다.

- 대학 다닌다는 동무 머릿속에 쥐가 달라붙었나. 그래 그 꽉 막힌 머리로 어찌 공화국 수령 찬양하는 력사 선생이 되려고 하지?

녀성 동무의 발칙한 말에 명호는 꼭뒤가 쭈뼛하게 일어서는 것을 느꼈다. 눈에 전혀 띄지 않았던 녀성 동무로부터 느닷없이 꼭뒤를 강타당한 느낌이었다. 명호는 어이가 없어 아무런 대꾸를 하지 않고 빤히 내려다보았다.

- 정숙이 그 계집애, 교원대 들어간 거 동무 정말 몰랐나?

- 뭐, 뭐이야? 정숙 동무가 교원대에 들어가?

야무지게 놀리는 표정으로 마치 투정을 부리듯 정숙의 소식을 떨구며 부리나케 종종걸음을 치던 녀성 동무의 뒷모습이 정말 원망스러웠다. 오정숙 동무와 리명호 동무가 박태산의 노리개가 되었다고 당당하게 아퀴를 짓고 떠나는 녀성 동무의 말이 결코 그르지 않았다.

지방 사범대나 교원대는 반드시 김형직 사범대를 상위대학으로 두고 있는 터였다. 녀성 동무의 말이 결코 틀리지 않았지만 명호의 속은 이미 뒤틀려버렸다. 평생을 두고 동무의 지배와 감시를 받아야 하는 사람의 운명은 가혹하기 짝이 없지 않은가? 더군다나 맘속에 연분하던 녀성동무마저 그런 환경에 놓일 것이 불을 보듯 뻔한 상황에서 명호가 할 수 있는 일은 아무것도 없었다.

그저 명호는 낙담 속에서도 사범대생의 본분은 외면하지 않았다. 절름발이 신분 속에서도 그래도 여태 목숨 부지하고 살아내신 아버지의 질경이 같은 삶, 명호는 아무리 너덜경한 자갈밭이라도 끈질기게 숨구멍을 찾아 뚫고 올라오는 잡초처럼 살리라 다짐을 했다.

명호는 대학 시절에 누구보다도 열심히 력사 공부에 탐닉했다. 력사 책의 탐독에 대한 보상은 그의 심연深淵에서 강철 같은 의식의 무장으로 거듭나게 만들었다. 학문의 심연에도 꺼지지 않고 되살아나 활화산을 일구는 영혼이란 것이 존재하고 있었다. 학문에 빠져들면서 명호는 보이지 않는 존재에 영혼이 있음을 느끼게 되었다. 그 영혼이란 한 녀성에게 혼 줄기를 빼앗긴 상태에서도 학문적 욕구를 실현하고자 하려는 에너지가 되었다.

정숙 동무에 대한 그리움 따위는 학문 탐닉의 방해요소가 되지 못했다. 학문이란 것이 즐겁다는 생각을 비로소 했던 시절, 나중에 몰래 만나보게 되었던 배우고 또 익히니 또한 즐겁다는 구절을 그때에는 만나보지 못했던지라 딱히 그 즐거움을 무엇에 비견할 수가 없었다. 명호가 초기에 즐겨 탐독한 책들은 〈력사〉〈조선인민〉〈김일성 로작〉 등이었다. 학기와 학년이 거듭될수록 편성 교과목은 기본이요 〈조선통사〉〈조선철학사〉 같은 정신을 크게 지배하는 책을 탐독했다. 특히 명호는 〈조선통사〉의 유물사관에 입각한 원시공동체 사회 → 노예소유자 사회 → 봉건사회 등의 분류가 마음에 들었다. 또한 〈조선철학사〉에서는 관념론과 유물론의 끝없는 투쟁으로 역사를 설명하면서 고조선부터 조선말기의 조선 철학사를 일목 요연히 나열하고 있는 것도 마음에 들었다. 그러나 당시 명호가 맘속에 이런 사상이나 철학 등을 완전히 긍정적으로 받아들였는지는 여전히 알 수가 없다.

그리고 어느 해 겨울, 명호의 마음속에 돌연히 반란의 불씨가 타오르기 시작했다. 그것은 겨울 초입 아궁이에 군불 연기 냄새가 싸락눈을 휘감을 때 난데없이 가슴에 생채기를 내며 가슴속으로 덤벼들었다. 공교롭게도 그 불씨는 아버지와의 대화에서 비롯되었다.

- 명호야, 공부도 좋지만 몸 생각도 해야 하지 않나. 어찌 날밤을 새워 책을 읽느냐?

- 대원수님에 말이 어찌나 가슴에 사무치는지~

조선혁명이란 말만 들어도 충성의 피가 끓었다.

- 뭐이야? 력사 공부한다는 아이 요 말하는 거 보라.

아버지의 붉게 핏발선 눈빛이 명호의 시야를 흔들리게 했다.

- 아버지, 내가 뭐 잘 못 항거 있습니까? 조선혁명을 잘하려면 우리 력사에 대해 잘 알아야 한다는 대원수님에 교시가 있었잖습니까?

대원수가 이룩한 조선의 력사가 자랑스럽다고 생각했다.

- 명호 네가 장차 학생들 배워주는 것이야 어쩔 수 없다만 력사를 가르치는 짓이 내래 탐탁찮은 거야.

- 어찌 그렇습니까?

명호는 아버지의 의중을 이해하지 못했다. 사범대학에 당당히 들어 갈 때 애초 선생이 되는 것을 탐탁찮게 생각한 것과는 달리 아버지는 누구보다 기뻐하셨기 때문이다.

- 아비가 애당초 남쪽에서도 공부는 엉뚱한데 말뚝 박고 등을 돌렸다만 맹탕 돼지바우는 아니었단 말이지. 북조선 력사래 죄에 날조된 거란 말이야. 고저 조선말을 가르치는 선생이람 몰라도 아비는 뻔히 눈 뜨고 있는데 공갈쳐 먹는 선생 같은 거 바라지 않는다.

명호는 아버지의 말에 어리둥절하고 대체 동이 닿지 않는다고 생각했다. 눈 뜨고 공갈쳐 먹는 선생이란 명호의 머릿속에 결코 가당찮은 말이었다. 아버지의 말에 가슴속에 휑한 한 떨기 바람이 쓸고 지나갔지만 명호는 아버지 앞에서 태연한 척 아닌 보살을 피웠다.

— 아버지, 북조선 력사에 불만이 많습니까? 혹시 고구려야말로 민
족통일정책을 추진했다는 우리에 력사를 부정하는 것입니까?

— 모르겠다만 우리 조선민족의 력사는 분명 하나일진대 어찌 북남
에 각기 다른 력사가 존재하는가 말이야. 신라라는 나라가 애당초 통
일 의지도 없이 당나라하고 짜고서 우리 민족을 분할하려던 사대주의
라는데 어찌 공화국은 번번이 남조선의 력사를 짓뭉개는가 말이야.

아버지의 말을 듣고 명호는 아버지의 가슴팍에 단단한 얼음판이 박
혀 있음을 알았다. 뜻밖에도 아버지의 역사에 대한 인식이 높다는 생
각에 순간 아버지가 존경스럽게 여겨졌지만 명호는 아버지와의 태생적
차이를 극복할 수 없는 현실이 안타까웠다. 북조선 인민으로서 고구
려의 토대 위에 활짝 피어난 조선의 역사를 받들고 다지는 것이야말로
정당한 인민의 태도일 것이라고 생각했다. 보안원에 끌려가 돌아온 이
후 진정 처음으로 아버지의 입이 열린 순간이었다.

이후, 명호는 학교에서 집에 돌아오는 날은 아버지와의 대화를 가급
적 삼갔다. 어머니와 아버지의 사사로운 대화 속에 끼어들어 자식으로
서 부모와의 가벼운 대화 정도를 하는 기회로 삼았다. 아버지도 그날
이후 딱히 력사에 관한 말을 꺼내지 않았다. 아버지는 하루하루를 먼
산을 바라보거나 마라초를 하염없이 피우는 일로 보냈다.

명호는 아버지의 심중에 남쪽에 남겨둔 가족에 관한 생각이 들어차
있음을 당시에는 짐작조차 하지 못했다. 어머니 역시 남쪽에 남겨둔
아버지의 아내와 자식에 대해 마음에 두지 않고 아마 알면서도 아는
주정이 느껴지도록모르는 척 했는지도 모른다. 정신을 놓은 채로 먼산
바라기를 하는 아버지의 심중을 어머닌들 어찌 들여다보지 못했을까.

그런 아버지를 생각하며 응쳐진 마음이야 어머닌들 없었을까. 어머니 역시 하나의 여자가 아니던가 말이다.

떡메전사와 부문당 비서의 합작으로 끌려갔다 나온 이후 아버지의 입은 정말 쉽게 열리지 않았다. 어깨는 더욱 낮아 보였고 거세찬 열정의 구석은 찾아보기 어려웠다. 그저 속대 약한 반쪽 사람의 모습뿐이었다. 장독대에서 항아리를 만지작거리는 아버지에게 따뜻한 시선 한 번 주지 못한 어머니의 태도 역시 명호는 당시 이해하지 못했다. 이런 모든 일들이 남쪽의 아내와 자식으로부터 비롯된 것임을 어린 명호로서 어찌 짐작이나 할 수 있었겠는가. 그러나 뒷날 명호가 위기에 처했을 때는 아버지의 닫힌 입은 거침없이 열렸다. 이것이 남쪽이든 북쪽이든 가족을 지키기 위한 가장의 몸짓이었다.

6

명호와 같은 대학에 다니던 고등중학교 조기백 동무의 제안은 명호에게 매우 솔깃했지만 첫마디에는 응대조차 하지 않았다. 조선인민공화국에서 이런 일을 찾아보기도 어려웠거니와 학생활동의 풍속을 어지럽히며 특히 학맥을 통해 밀고 당기는 일은 상상조차 하기 싫었기 때문이다.

– 동무, 우리 은밀히 동문 거래 하자.

조기백 동무의 말에 함구한 채로 턱만 치켜세웠다. 가당치도 않는 말이지, 하고 속말을 뿌리는데 이어지는 말에 명호는 뒤통수를 잡아당기는 제안이란 것을 알고 겨울 담벼락에 부딪쳐 반사되는 햇살처럼 은근짜가 튀어 올랐다.

– 오정숙 동무 다니는 교원대학 녀성 동무들 하고 한번 만나보지 않겠나?

– 뭐야? 오 동무에 교원대학 녀성 동무들?

기백의 말에 명호는 펄쩍 뛰었다.

– 하하 동무에 고 뇌세포가 본능적으로 꿈틀대는구나. 고저 우리에 아까운 청춘을 썩히지 말잔 취지루다……

솔깃한 제안에 순간 명호의 마음이 흔들렸지만 고개를 흔들어 잔망스러운 자기 마음을 비쳐보였다. 명호의 표정에 조기백 동무는 실망스러운 기색이 역력했다. 그래도 조기백 동무는 명호를 향해 자신의 마음을 숨김없이 드러내려고 애를 썼다.

– 명호 동무, 안타까워서 이러는 거지. 학벌 따라 만나고 지연 따라 만나는 거야 남조선 반동 새키들 짓거리 아니냐. 하지만 명호 동무는 오정숙 동무 연분 하는 거 아니었나?

– 동무에 고 마음 씀씀이는 고맙지. 하지만 이거 옳지 않단 말이야.

명호는 사상의 나약함을 동무에게 드러내고 싶지 않았다.

– 동무 알아서 하라. 정숙 동무한테도 통기가 갔을 테고....듣자 하니 김형직 사범대학 쪽에서도 우리 고등중학 동무들과 함께 은밀히 교원대학 녀성 동무들하고 거래를 틀 거라는데~

조기백 동무의 말에 명호의 속눈썹이 가늘게 흔들거렸다. 명호는 박태산 동무와 오정숙 동무가 다시 만나게 될지도 모른다는 생각에 머릿속이 몹시 복잡하게 얽혀들었다. 패거리 짓에 동참하자니 위험성이 너무나도 컸고 한걸음 물러나자니 오정숙 동무를 향한 심장 깊숙이 박힌 진실의 거울이 파산할 것만 같았다.

명호는 그적에서야 자신의 뇌리에 오정숙 동무에 대한 그리움이 깊이 박혀 있었음을 깨달았다. 그러나 이 순간 거미줄의 바퀴통에서 퍼덕이는 나비의 처절한 몸짓이 명호의 뇌리에 떠올라 어금니를 우지끈 깨물어 도리질을 했다. 이런 명호를 향해 쐐기를 박아버리듯 조기백 동무가 만나는 날짜와 시간을 알려주면서 덧붙였다.

– 주체사상탑 앞에서 모여 부벽루에 올라 장기자랑들을 한다는 거야. 동무, 고저 떡메전사 아들놈한테서 정숙 동물 지켜라. 정숙 동무가 고 태산이 동무한테 걸려들면 신세 조지는 거야. 태산이 동무가 불망나니인 줄 동무가 몰라서 이러니? 동무, 바보 같은 질통바리 아니지? 고집부리지 말라. 차탈 피탈하다 헛다리질 할 거야?

차라리 조기백 동무로부터 그런 소식을 듣지 말았어야 했다. 약속한 날짜가 다가올수록 명호의 가슴이 타들면서 된 걱정만 늘었다. 역사서를 탐독하느라 침침하던 눈이 급기야 피 눈이 되어 시큰거릴 정도였다. 떡메전사의 힘을 믿고 지드럭거리기 좋아하는 태산, 떡메전사가 대체 어떤 위치에 있는 것이기에……

당시 명호는 정말 떡메전사가 대체 무엇인지 그게 가장 궁금했다. 보안원과 연관된 대수롭지 않은 사람 정도로 생각했다. 뒷날 명호가 교도대에 입대하여 떡메전사의 실체를 알면서 정말이지 흐물흐물 실소가 터져나와버렸으니까. 세상에 전사라는 계급은 가장 하급 군인이 아니었던가 말이다. 그러니 그 떡메전사의 뒤에 부문당 비서의 힘이 작용하고 있었을 것임은 명약관화한 일이었다.

그런데 아무리 비아냥대며 은유적인 표현을 썼더라도 오죽하면 동무들 사이에 태산에게 지드럭방망이라는 별명이 붙었을 정도였으니 생각하면 마르크스 초상화를 보고 경풍을 일으키는 일보다 더한 노릇이었다. 명호는 자신의 진심을 부러 부정하려고 애를 쓰면서 츠름 츠름하다가 약속 날짜가 코앞으로 다가왔다. 오정숙 동무는 과연 약속 장소에 교원대 녀성 동무들과 같이 나올 것인가? 생각할수록 명호의 마음은 조마롭기 그지없었다.

마침내 약속한 날짜에 명호는 저도 모르게 주체사상탑을 향하고 있었다. 여행허가증을 받아 평양 대동강 강변으로 향하는 명호의 발걸음은 설레면서도 한편으로 착잡한 마음이었다. 오정숙 동무를 만나면 무슨 말부터 꺼내야 하지? 무엇보다 마주치기 싫은 태산이 동무를 어떻게 마주해야 할지 군둑거리는 꼴을 마주할 자신이 서지 않았다. 명호는 정숙 동무를 위해 살결물화장수을 하나 준비해 품속에 넣어두었다. 세상에 태어나서 몰래 마음속에 연분하는 녀성동무를 위해 생애 처음 내밀게 될 선물이었다.

약속시간 정시에 명호는 주체사상탑 앞에 도착했다. 제때에 맞춰 조기백 동무를 비롯하여 고등중학 이후 처음 만나보는 동무들의 모습이 주체사상탑 기단 앞에 보였다. 오정숙 동무를 비롯한 교원대학 동무들의 모습은 아직 보이지 않았다. 4명의 남성 동무들이 명호에게 반갑게 손을 뻗었다. 명호는 손을 덥석덥석 잡혀 주었다. 마지막에 태산이 손을 뻗으며 입을 열었다.

- 명호 동무, 반갑다. 김일성 원수님 로작논문에 흠뻑 빠진 얼굴이구나.

- 흐흐, 로작이 아니라 노죽이 아님? 고저 백두혈통에 대한 충성심으로 도저한 저 알랑방구 말일세······

비아냥거리는 다른 동무의 말에 일제히 까르르 웃어제꼈다. 명호는 개의치 않고 묵묵히 손을 내밀어 오랜 만남의 소회를 풀었다. 대학에 다니면서 동무들의 모습이 의젓해 보였는데 특히 태산의 키대는 부러울 정도로 멀쩡했다.

동무들은 주체사상탑 주변의 경관들을 보며 지난 소회를 나름대로 풀고 있는 듯했지만 오정숙 동무를 비롯한 교원대학 녀성동무들이 나타나기를 은근히 기다리고 있었다. 주체사상탑의 하늘을 찌르는 듯한 위용 앞에 명호의 어깨는 초라해 보였지만 여전히 타오르는 듯한 붉은 횃불 모양의 봉화탑 너머로 푸른 하늘이 열려 있었다.

누군가,

"누리에 빛나라 주체사상이여."

하고 기단 앞면에 쓰여진 헌시獻詩를 큰 소리로 읽었다. 고개를 돌려보니 박태산이 두 팔을 하늘을 향해 활짝 펼쳐 보이며 열정적인 몸동작을 하고 있었다. 김형직 사범대학의 패기를 우쭐한 모습으로 과시하는 것이라고 명호는 생각했다.

한참이 지나서 옷을 단정히 차려입은 녀성동무들이 주체탑 앞으로 걸어오고 있었다. 명호를 비롯한 모든 동무들의 시선은 일제히 하늘거리는 몸태를 지닌 5명의 교원대 녀성동무들에게 향했다. 녀성동무들이 주체탑 앞에 도착했을 때 명호의 눈에 가장 띄는 녀성은 역시 오정숙 동무였다. 고등중학 이후 처음 보는 오정숙은 매우 세련되고 예쁘게 가꾼 색시태가 누구보다 두드러졌다.

훤칠한 키대는 다른 녀성동무들을 압도했고 단장을 곱게 마친 단아한 정숙의 모습은 무르익은 숙녀에 다름없었다. 위아래로 나뉜 옷을 보니 붉은색 저고리에 파란 통치마가 아름답게 조화를 이뤄 대동강 주변 키나무 보다 돋보였다. 명호의 흔들리는 가슴에 대동강 강바람이 살랑살랑 불어왔다.

조기백의 안내에 따라 일행들은 주체사상탑 앞에서 묵념을 하고,

"누리에 빛나라 주체사상이여."

하고 복창을 하며 남녀 동무들의 얼굴을 익혔다. 본격적인 자기소개 따위는 명호에게는 관심도 없었고 오직 오랜만에 보게 되는 오정숙 동무에게 절로 시선이 가 있었다. 다른 동무들에게 눈치채지 않도록 적절히 대처했지만 가슴 속에 콩닥거리는 떨림은 정말 주체하기 힘들었다.

오정숙 동무 역시 간헐적으로 넌짓넌짓 명호에게 시선을 던졌지만 명호 외에 그런 모습을 눈치채는 동무들은 없었을 것이다. 남녀 동무 간의 은밀한 마음의 소통은 이렇게 이루어지는 것이다. 조기백의 안내로 150미터 주체사상탑 전망대에 올랐다. 조선공화국에 전기사정이 극도로 나빠졌지만 주체사상탑 고속승강기의 전력은 단전하지 않았다. 뒷날 고난의 행군 시기에도 딱 한 번 단전을 했을 정도로 북조선에서 가장 중요하게 관리하는 명소였기 때문이다.

그들은 전망대에서 평양 시가지를 두루 살펴보았다. 생애 처음 보는 전망대에서의 평양의 모습은 거대한 철옹성처럼 여겨졌다.

– 동무들, 우리 중에 누가 평양성에 가장 먼저 입성을 하지?

남성 동무의 말에 녀성 동무들의 시선이 단연 박태산에게 향했다. 김형직 사범대학이란 위치는 이런 자리에서도 보이지 않는 힘이었다. 명호는 그런 순간에조차 오정숙 동무의 시선을 놓치지 않았다. 남성 동무의 입에서 평양성 어쩌고 하는 말이 튀어나오는 순간 오정숙 동무의 시선 역시 박태산에게 향하고 있었다. 그런 짤막한 순간에 일어나는 일들이 명호에게 깊은 상처로 가슴에 박히고 있었다. 이러다가 여기에 나온 의미가 사라져버리는 것은 아닐까? 마치 오정숙 동무에게 난데없

이 코빵 맞은 상황이었다.

— 누군 누구냐? 고저 떡메전사의 아들 태산이지~

— 뭐야? 떡메전사? 까르륵~

조기백 동무의 말이 태산에게는 칭찬도 비난도 아닌 듯이 녀성동무들의 웃음보를 열어젖히게 만들었다. 어쩌면 떡메전사라는 말은 명호에게는 가슴을 짓누르는 마르크스 초상화같이 무서운 존재인지 모른다. 그를 떨게 하는 두려움이란 어떤 진실을 가리고 그 위에 도포된 과거의 흔적 같은 것이라고 생각했다.

주체사상탑을 돌아 남성 동무들은 녀성 동무들의 관심을 사기 위해 말자루를 잡으려고 애를 썼다. 어느결에 마치 약속이나 한 듯이 쌍쌍이 걸으며 저마다 익힌 지식과 사상의 글씨름을 주고받았다. 우연인지 필연인지 모르게 명호의 상대는 오정숙 동무가 되어 있었다. 어쩌면 두 사람 사이의 새잡이가 시작되는 운명적인 순간이었다. 이날의 만남이 없었다면 과연 명호가 오정숙 동무의 나그네남편가 될 수 있었을까? 저마다 대동강 유보도를 걸어 올라가면서 동무들 간에 상호 간격을 두고 걷고 있는데 뜻밖에 오정숙 동무가 이렇게 물어오는 것이었다.

— 명호 동무, 내래 동무에게 외짝사랑입니까?

— 고저 맘속에 정숙 동무 비워본 적이 없습니다.

명호는 관자놀이에 땀이 흘렀지만 용기를 내서 또박또박 말을 했다.

— 위험한 동문 거래지만 명호 동무를 볼 수 있을지도 몰라서 이렇게 나왔습니다.

정숙의 얼굴을 똑바로 쳐다볼 수는 없었지만 그녀의 목소리는 떨리고 있었다. 명호 역시 떨리는 목소리를 진정시키려고 깊은숨을 쉬었다.

— 고맙소, 정숙 동무~

명호는 대동강으로 향하는 언덕배기에서 멈춰서 정숙의 손을 잡았다. 생애 태어나서 처음 연분하던 녀성의 손결의 감촉을 느끼면서 쿵쾅거리는 가슴을 지그시 억눌렀다. 그리고 품에서 미리 준비한 살결물을 그녀 앞에 꺼내보였다.

- 정숙 동무, 서겁한서운한 마음 달래오.

- 어머나 이거 이거 정숙이 낯바닥 호강하겠네.

정숙은 순간 당황하면서도 몹시 기쁜 표정이었다.

- 정숙 동무, 내래 맞혼인연애결혼을 한다면 그쪽하고 하고 싶습니다.

명호는 스스로 생각해도 하는 짓이 부끄럽고 우습강우스갯짓에 다름 아니었다. 하지만 지금 용기를 내지 않으면 평생 후회할지도 모른다는 생각이 들었다. 그래 그런지 말을 뱉고 나서도 후회되지 않았다. 명호의 말을 듣고 정숙이 손을 말아 쥐어 자신의 가슴을 토닥거리며 응대했다.

- 이 숲 빈 땅에 이 숲 빈 땅에 ……

- 한 그루 나무를 내래 심어주겠습니다.

마치 무대 위의 배우처럼 자연스럽게 글씨름이 이어졌다. 명호를 향한 정숙 동무의 볼웃음이 가슴에 사무칠 때 발치에서 이들의 거동을 박태산이 눈여겨 살피고 있었다. 박태산의 짝인 녀성동무의 표정이 붉혀질 정도로 태산의 시선이 뒤쪽 명호들에 꽂힐 때 태산의 안쪽 어금니가 드르륵거렸다. 박태산은 가방에서 사진기까지 꺼내 까닭없이 명호 등을 사진기 속에 담았다.

- 태산이 동무가 사진을 박고 있는 데 어쩌면 좋아~

- 정숙 동무, 멀찍이 떨어져 걸어요.

박태산의 짓이 마음에 걸렸지만 명호와 정숙 동무의 가슴은 모두 벅차올랐다. 이날만을 보면 오늘 동문 거래의 최고의 수혜자는 단연 그들 두 사람이었다. 부벽루에 올라 각자 자기소개를 하였지만 명호와 정숙에게 더는 의미가 없었다. 이런 감정을 박태산 역시 똑같이 읽고 있었을 것이다. 명호와 정숙이 마치 사랑에 목이 말라 불을 만난 불나방처럼 불길 속에 뛰어드는 모습을 보고 태산의 표정은 납빛처럼 굳었다.

부벽루 청류벽 아래로 대동강 물이 넘실거리며 빗살무늬를 만들었다. 저 멀리 들판의 끝자리에 아련히 푸르고 깎아지른 듯한 절벽이 병풍처럼 펼쳐져 보였다. 그 속으로 유유히 역사는 흘러서 젊은이들의 가슴에서 넘실대고 있는 것 같았다. 그 세계에서 장차 펼쳐나갈 자신의 사랑과 이상과 사상에 대한 경건한 성찰이 동무들의 가슴에서 그려지고 또한 그려졌을 것이다.

일행들 중에 누군가의 입에서 가슴에 용솟음치는 벅찬 감회를 주체하지 못해 흘러나온 글귀가 고려 선비의 영혼이 대동강 물에 담겨있는 것과 같았으니 아아, 인생이란 한 치 앞도 모르는 것이라고 말을 하는 것 같았다.

성벽 기슭으로 강물 도도히 흐르고
동편 넓은 벌판 점점이 산이로세~

　　　　　　　－ 고려 시인 김황원1045~1117의 시

천 년의 력사에 울림이 없다면
조선의 심장에 메마른 사막 뿐~

의미심장한 분위기가 계속되었고, 누구인지 남성 동무의 입에서 미완성작인 김황원의 시가 자연스럽게 흘러나왔다. 김황원이라는 고려 시인이 시를 짓다 더이상 시상이 막혀 두 구절에서 멈춘 시를 어떤 동무가 이어서 읊었던 것이다. 이것이야말로 매우 고무적인 순간이라고 명호는 생각했는데 무엇보다 정숙 동무와 같이 한 방향을 바라보고 하나의 목적지를 향해 걸어가고 있다는 확신이 서로에게 있었기 때문이다. 남성 동무의 즉흥시를 명호가 이어받았다.

아 전설 같은 영웅의 노래를
목 놓아 부를 이 동무 동무들 뿐~

어느 순간에 일제히 흥분하고 있었다.

－ 빼스!
－ 빼스!
명호 역시 동무들과 함께 목소리를 높였다.
동무들의 입에서 난데없이 흥을 돋우는 추임새까지 터져 나왔다. 부벽루에 얽힌 고려 선비의 일화를 알고 있었던 동무들의 가슴에 천년의 역사가 용솟음쳤다. 명호는 그날, 인생에 있어서 특히 남녀의 문제에 있어서 서로의 믿음이란 어떤 억압이나 장애물이라도 거뜬히 극복할 수 있는 알맹이와 같은 것임을 깨달았다.
짧은 만남이었지만 미래의 생애에 확신을 다지는 말과 눈빛이 있다는 것을 알았다. 박태산의 감정을 시까스르게거스르게 했던 것을 빼고는 매우 만족한 동문 거래의 날이었다. 그럼에도 인생에서 화려한 순간은 반대로 위험에 빠뜨리게 하는 불심지가 되기도 한다는 것을 깨닫는 데는 그리 오래가지 않았다.

제2장 유적 流謫

1

명호는 아버지의 한뉘평생에 대해 아들애로서 진지하게 생각해 보지 못했다. 남쪽 출신의 아버지라는 것이 어려서도 방불히 떠오르는 기억이었다. 이것은 아버지로서 아들한테 굳이 자꾸 드러낼 필요가 없었음을 의미하고 있는 것이었다. 따지고 보면, 그런 사실 자체만으로 아들의 기가 꺾일 것이라는 것을 아버지가 모르지는 않았을 것이다. 아버지의 입장에서 아내에 대한 미안함은 차치하고라도 아들애의 훗날을 위해 드러내고 싶지 않은 과거라고 여겼는지도 모른다.

인민학교 시절, 아버지에 대한 기억의 하나는 남쪽에 대한 애끓는 그리움도 부러 외면하던 되알져 보이는 모습이었다. 아버지가 일하던 기업소의 주재원이 대문의 턱이 닳도록 명호네 집을 드나들었다. 당시 명호는 나이 어린 아동이었기 때문에 무슨 영문인지 자세히 알 수는 없었지만 남쪽의 가족에 관한 문제였다는 것을 나중에 알았다. 기업소의 주재원뿐만 아니라 나중에는 사회 안전성의 주재원도 나왔었다. 기억을 더듬어 보면 당시 남쪽에 있는 아버지의 가족에 대하여 상세히 조사를 하였고 만나고 싶은 의향이 있는지의 여부까지 조사했었다. 그런데 한사코 어머니 앞에서 전전긍긍하는 아버지의 모습을 당시에는 리해하지 못했다. 왜냐하면 남녀 사이에 발생하는 첨예한 대립이나 시기질투 같은 감정에 대해 당시의 명호로서는 리해하고 깨닫는 데 무리가 있었기 때문이다.

그 후 아버지의 어깨는 더욱 낮아졌고 모습이 초라해 보였다. 장독대에서 먼산바라기를 하시는 아버지의 모습이 자주 눈에 띄었다. 돌이

켜보면 남쪽에 두고 온 아내와 아들애에 대한 사무친 그리움의 상처였던 것을, 어머니마저 아버지의 그런 상처를 어루만져줄 마음의 여유는 없었던 게 분명했다. 아버지의 마음인들 남쪽에 두고 온 처자식을 어찌 잊을 수 있었으랴. 잊으려고 몸부림치면 칠수록 더욱 머릿속 깊이 새겨졌을 일이 아닌가. 나중에 알게 된 일이지만 낙타가 바늘구멍 통과하기보다 어렵다는 북남 흩어진 가족이산가족의 만남은 애당초 아버지에게는 말공부 밖에 되지 않았을 것이다. 아버지로서는 당의 은근한 꼬임에 귀를 강구다가 뭉터기로 사상의 감시를 떠안을 일이 뭐가 있었겠는가.

그때, 북측 30명, 남측 35명 정도 가족이 만났다는 소문이 돌았다. 고향방문단과 예술공연단 소식과 함께 인민들의 입에서 입으로 들쭉날쭉 불어난 소문은 남북 1000만 이산의 아픔을 세포 분열시켜 배가시켰다. 이후 더디게 진행되다가 돌연 끊겼고 바람 앞에 흔들리는 촛불처럼 이산가족離散家族 만남의 불씨는 더이상 피어오르지 않았다. 아버지의 선택은 백 번 천 번을 생각해도 현명한 선택이었던 것이다. 당시 이산가족의 만남을 이루었던 사람은 그날로부터 당의 끈질긴 감시를 받았을 것이 불을 보듯 뻔했기 때문이다.

아버지의 절제된 선택과 현명한 판단이 어머니의 마음마저 평정을 시켰는지는 여전히 미지수다. 어머니의 여심 속에는 남쪽 여인에 대한 강샘이 새삼스레 싹터오기 시작했다. 옛 나그네남편로서 그하냥 남쪽의 아내에 대한 그리움을 포자처럼 까무룩 하게 가슴속에 숨겨두었을 것을 모르지 않았기 때문이다.

— 명호 아버지, 남쪽에 두고 온 안까이아내 예뻐요?

밥상머리 앞에서 난데없이 물어오던 어머니의 표정을 명호는 지울 수가 없다. 헝클어진 심사를 애써 숨기려는 어머니의 가슴에 맺힌 옹치를 아버지 역시 똑바로 쳐다보며 맞받을 수가 없었을 것이다.

– 남쪽 아들에 이름이 명진이라 했소?

– 임자, 그래 용마라도 타고 삼팔선이라도 질러갈까? 어찌 쓰잘 데 없는 말공부를 시키나 말이야.

가슴을 콕 콕 찌르는 어머니의 옹쳐진 한풀이를 아버지는 겨우 이런 말 한마디로 밀쳐내며 면산바라기를 했던 것이다. 명호는 남쪽에 있는 이복형의 존재를 어머니의 투정으로부터 알게 되었다. 아버지의 핏줄이 명호 이외에 남쪽에서도 이어지고 있음에 대해 알게 되던 순간 인민학생이던 어린 명호의 몸에서도 뭔가 까닭모를 슬픔이 느껴졌다. 그러나 훗날 명호에게 이복형의 존재가 그리움이 될 줄 어찌 가늠이라도 했을까.

– 으쓸하지 마오. 명호 아버지 잠꼬대 자물통 채운 거 아니요. 베갯머리 돌아누울 때부터 고저 아랫동네 수없이 들락거린다는 거를 내에 왜 모르겠소.

아버지의 가슴에 대못을 박아대곤 하던 어머니의 강샘을 수없이 가슴속에 흘려보냈을 아버지의 세월, 명호 역시 부모님의 잔말싸움에서 멀리 있는 듯 아닌 보살을 피우기 마련이었다. 그런 날은, 마을 어귀 수세미 방죽에서 저녁 안개발아 뭉실뭉실 피워 오를 때까지 서성이던 아버지의 뒷모습을 목도한 적이 한두 번이 아니었다.

아버지의 그런 모습을 지켜보는 것으로도 명호의 가슴은 체증이 걸린 듯 답답했다. 아무도 모르게 살을 에는 된바람을 질러 물이 마른 수세미 방죽에서 허리를 꺾고 엉엉 울었다. 슬픔이라는 감정의 너울이 출렁거리는지도 공허한 설움에 탄산증이 생겨나는지도 모르고 흘려내던 울음 너머로 뭉툭 어깨에 내려앉은 아버지의 덥거친 손길이 방불히 느껴졌다.

— 언 게사니거위 같은 녀석 보라야.

— 아버지 아들이 어찌 게사닙니까?

사내로서 수세미 방죽에 숨어 몰래 삼키던 울음의 자취를 채신머리 없이 들키고 말았다는 억울함보다 아버지의 썩살굳은살이 어찌나 어린 명호의 눈에 무겁게 밟히었던지 두 볼에 흐르는 눈물은 멈추지 않았다.

— 게사니가 물을 찾아서 말이야 요래 요래 궁둥이 흔들고 가니까 명호 너가 게사니 아이라 할 수 있나?

— 하하 허허~

아버지가 정말로 엉덩이를 요리저리 마치 거위가 툭 튀어나온 궁둥이를 요리조리 흔들면서 물을 거슬러 올라가는 것처럼 시늉을 하는데 저도 모르게 눈물과 웃음이 어우러졌다. 아버지의 다음 말을 명호는 새겨들었을까?

— 게사니는 추위에 강하지 않니. 거친 먹이 오호 아니지 고저 돌가루도 소활 시킨다 하지 않더나 말이야~

— 허허허 아버지 궁둥이 요래 요래 하하하~

명호가 아버지와 이와같이 거리낌 없이 함께 웃음가마리가 되어버린 것은 아마 그날이 처음이었을 것이다. 그런 일이 있고서 아버지와 명호 사이에는 어머니와 다른 사람들이 모르는 비밀이 하나 생기게 되었다. 그 비밀이란 슬프거나 허기가 질 때 수세미 방죽에 들어가서 궁둥이를 흔들면서 춤을 추며 마음을 달래는 일이었다.

2

아버지와 수세미 방죽에서의 추억은 압록강 쪽에서 불어오는 삭풍과 함께할 때 제격이었다. 아버지와 비밀을 가지게 되자 명호에게 아버지의 존재는 마냥 슬프고 안타까운 모습은 아니었다. 살을 에는 추위가 칼바람을 앞세우고 밀어닥칠 때 수세미 방죽의 움푹함은 삭풍을 막아주는 역할을 하였으므로 바람이 닿지 않아 따뜻하고 아늑했다. 겨울 가뭄에 시냇물도 말라 거친 바닥을 드러내고 있었고 수세미 방죽 또한 메말라서 건조했으므로 땔감을 주워와 모닥불을 피워 감자를 올려 토실하게 익힌 다음 앗뜨거를 연발하며 호호 입으로 바람을 일으키면서 걸탐스럽게 먹어댄들 아무도 나무라지 않았다.

창자에 서넛 거지동무를 꾀어 차고 사는 놈 마냥 명호의 허기는 늘 극에 달해 있었다. 구어진 감자에서 김이 모락모락 날 때 명호의 허기가 극도에 달한 것처럼 아버지의 허기 역시 극도에 달했다. 그러나 아버지의 허기는 창자로부터 비롯되는 것이 아니라 입술에서 비롯되었다.

명호와 아버지가 느끼는 허기의 차이란 이런 모습이었다. 호호, 입으로 불어서 명호의 입속에 감자를 떼어 쏙, 쏙 넣어주던 아버지의 눈자위가 그날따라 벌겋게 충혈되어 보였다. 그리고 한 번도 생각해 보지 못한 말을 불쑥 이마 앞에 쏟아 내놓는 것이었다.

– 명호야~

명호는 뿌연 모닥불 연기의 산발한 회오리 너머로 까닭 없이 진지함이 묻어오는 것을 느끼면서 고개를 들어 아버지의 입술을 바라봤다.

– 너는 이 아버지를 남쪽 사람으로 여기니 아님 북쪽 사람으로 여기니?

– 그야 북쪽 사람이잖소. 아버지가 어찌 그거를 묻습니까?

명호는 아버지의 물음에 망설임 없이 대답했다. 남쪽 사람이니 북쪽 사람이니 묻고 있는 자체가 어린 명호에게도 가당찮게 여겨졌다.

– 아버진 북쪽 사람도 아니고 남쪽 사람도 아니지~ 고저 공중에 떠 있는 사람이란 말이야. 땅에 떨어질 때 발을 어느 쪽에 디뎌야 할지도 모르고 어느 땅에 떨어져도 질긴 목숨 언제 상세가 날줄도 모르고~

아비지의 말에 담긴 의미를 상세히 알아들을 수는 없었지만 막연히 마음의 갈피가 혼란스러운 것을 느낄 수가 있었다. 명호의 기억에 아버지가 전쟁 얘기를 그토록 진지하게 쏟아냈던 적은 없었다.

6·25 전쟁 때에 아버지는 남쪽에서 결혼을 하여 아내가 아이를 임신한 상태에서 전쟁에 참여했다는 것이다. 종로의 쌍효자골에 살다가 군에 입대한 아버지는 전쟁 발발 3일만에 서울이 조선 인민군에 점령당하자 남쪽으로 후퇴했다. 전선이 계속 밀려 채 2개월이 되기 전에 수도를 부산으로 임시 옮기게 되었으나 2개월 뒤에는 유엔군의 지원을 받아 인천의 월미도로 인천상륙작전을 개시하기 시작했다.

상륙작전을 개시한 지 2주 만인 9월 28일 서울을 탈환할 때 아버지는 잠시 살림집이 있던 종로 쌍효자골에 들렀다고 한다. 살림집에 들러 기적처럼 아내를 만났는데 전쟁이 발발하던 당시 만삭이던 아내는 그사이 아이를 낳고 상관相關을 하고 있었고, 아버지는 아이에게 '명진'이란 이름을 지어줬다고 한다. 아버지는 아내와 헤어질 때 이런 약속을 했다는 것이다.

– 여보, 전쟁 중이니 생사를 장담할 수가 없소. 지금은 우리 국군이

당당하게 진군을 하지만 언제 어떻게 급변할지 모르는 일이오. 만약 우리 집이 폭격을 맞아 사라지게 되면 훗날 반드시 광화문에서 만나는 것 잊지 마오. 어쩌다 사변둥이가 되었구료. 내 아들을 잘 부탁하오.

– 명진 아버지, 제발 살아만 돌아오시오. 아들은 염려 마오.

아내의 찢어지듯 부르짖는 절규를 뒤로하고 부리나케 총을 들고 뛰어나오는데 아이를 강보에 눕혀두고 버선발로 바람처럼 뒤를 따르던 아내가 두레박으로 건져 올린 정화수를 시집 올 때 가져온 호리병에 가득 담아 목이 마를 때 아껴서 마시라며 피눈물로 당부를 하였다는 것이다.

아내한테 받은 호리병을 괴춤에 매달고 38선 이북을 향해 진격하여 정확히 2주 만에 평양을 품에 넣게 되었고 김일성은 급기야 평양에서 후퇴하였고, 1주일 뒤에는 국군이 평양을 완전히 점령하게 되었다. 기세를 몰아 북쪽으로 계속 진군하여 압록강 부근 중국 국경 지역에 이르렀을 때 김일성은 중국에 지원요청을 하였다. 이후 중공군이 인해전술로 밀고 들어오자 국군은 다시 퇴각할 수밖에 없었다.

아버지의 운명은 바로 이 시점에서 갈리게 되었다. 그해 11월의 말에 실시한 국군의 평양철수나 함흥철수에 아버지는 합류하지 못하고 중공군중국 공산군, 팔로군의 포로가 되고 말았다. 그리고 부상자들과 끌려가서 포로수용소에 갇히게 되었다. 포로수용소에 억류되어 온갖 질병과 학대 속에 시달리며 목숨은 하루를 다투게 되었던 것이다.

죽은 자의 옷을 벗겨 입었고 추위와 굶주림으로 죽어난 시체들은 땡땡 얼어붙은 땅을 팔 수 없어 눈 속에 버려졌다. 아버지에게 있어서 당시의 기억이야말로 생지옥에 다름 아니었다고 한다. 북쪽의 정치 장교들이 감언이설로 국군 포로들을 유혹하여 북한군에 교묘히 편입을 시키면서 그냥 '귀순자'가 되고 말았던 것이다. 이후 포로수용소를 전전하다 압록강 유역의 한 수용소에서 하루 150알의 통강냉이로 연명하며 혹독한 시련을 겪어야 하였다고 했다.

북쪽의 정치장교는 교묘하게 학습조를 짜서 포로병들을 회유했다. 그들은 인민군과 중공군이 1월 4일[1·4후퇴] 서울을 탈환하였으니 남조선을 손에 넣는 일은 시간문제라고 겁박까지 했다. 포로병들은 인민군에 입대하라는 회유와 협박을 받고 남쪽 가족을 살려볼 생각으로 너도나도 인민군에 입대했다. 먹을 것이 없어 사느냐 죽느냐의 갈림길에서 이밥과 고깃국이라는 허황된 유혹과도 같은 저들의 꼬임에 빠져 휴전이 될 때까지 30개월을 넘게 포로도 아니요 인민군도 아닌 어정쩡한 신분으로 수용소를 옮겨 다니며 혹독한 생활을 하게 되었다.

당시 국군의 상부에서는 포로가 될 경우 무조건 저항하라는 명령이 있었기 때문에 저항을 해보기도 하였지만 여차하면 총질을 하여 여의치가 않았다고 한다. 그리고 저들의 지시에 비협조적이거나 우호적이지 못한 병사들은 모두 아오지 탄광으로 보내버렸다는 것이다. 다행히 아버지는 수용소 초소장의 눈에 띄어 동료들이 탄광으로 끌려갈 때 지방의 어느 방적 공장에서 일할 수 있게 되었단다. 저들은 포로들에게 듣기 좋게 '해방 전사'라는 표현을 썼지만 실상 포로병으로 취급하지 않고 짐승 취급을 했다는 것이다.

3

1953년 7월 27일 휴전협정이 체결되면서 3년 1개월의 피비린내 나는 전쟁은 휴전상태로 전환되고, 양측 간에 대대적인 포로 교환이 있었지만 아버지는 포로 교환의 대열에도 합류하지 못했던 것이다. 당시 유엔이 돌려보낸 북쪽 포로는 2만 7천여 명이었고, 남쪽으로 돌아온 국군 포로는 고작 4천여 명에 지나지 않았다. 북쪽에 억류된 포로가 5만여 명이 넘는다는 주장이 제기되었지만 북쪽에서는 이를 인정하려 들지 않았다. 국군 포로를 속이고 회유하여 '해방 전사'라는 이름으로 포장을 하였지만 탄광이나 수용소, 교화소 등에서 많은 국군 포로들이 생을 마감했던 것이다.

다른 국군 포로 동료들의 불행과는 달리 아버지에게 불행 중 다행이었던 것은 수용소에 옮겨 다니던 중 어느 초소장과의 인연에서 비롯되었다. 외부 사역을 나가면서 초소장과 말문을 트게 되었는데 무엇보다 먼저 전주 이씨로 본이 같다는 데서 묘한 동질감이 생기게 되었단다. 그런데 아이러니하게도 그런 인연의 연결고리는 결과적으로 보면 남쪽의 아내가 품에 안겨준 호리병이었던 것이다.

총알이 피융피융 옆구리를 스쳐 가고 포탄의 파편들이 시뻘건 화염을 물고 천둥 치듯 주위를 흔들 때도 아내가 가슴에 안겨준 호리병은 생명을 지켜주는 수호신이 되었던 것이다. 사흘을 물 한 모금 마시지 못하고 죽어가는 전우들의 입술을 축여 삶에의 의지를 되살려 일어나 뛰게 했다.

아내의 정성이 담긴 호리병 속의 물로 수많은 전우들의 목숨을 이어가게 할 수 있었고, 전쟁이 일어났던 그해 11월 말엽, 중공군의 포로로 잡힐 때까지 아내가 안겨준 호리병은 아버지에게 생명수를 담은 소중한 존재였다. 저 멀리 아득히 들리는 총소리와 포성들 사이에서 가끔씩 호리병을 흔들어 찰랑거리는 희미한 물소리를 들으면 절로 힘이 솟아났다. 반드시 살아서 아내한테 돌아가야 한다고 아버지는 다짐하고 다짐했다.

전쟁 중에도 아버지는 아내로부터 받은 호리병을 애지중지 아끼면서 자기의 몸보다 더 소중히 관리했다. 여기저기 수용소를 옮겨 다니던 중 어느 초소장의 눈에 들어온 것이 바로 아버지의 품속에 있는 백색 호리병이었다. 수통보다 통이 넓지는 않지만 길쭉하면서 갸름한 병이 보통 물건이 아님을 초소장이 알아보았던지 은근히 아버지를 불렀다.

— 리병기 전사, 그 물병 어떤 사연이 있대나? 고저 난리통에 이래 탈 없이 건사하고 말이지~

— 이 물병은 내 목숨이나 한가집니다. 서울수복 때 잠시 아내를 만났는데 헤어지면서 아내가 품에 안겨준 거지요.

목숨처럼 애지중지했던 물병이었다.

— 동무가 이 물병 가지고 있댔자 이제 소용없는 일이오. 여기 수용소 해방 전사들 달포 뒤면 죄 아오지 탄광행이야. 게거 가면 죽도록 노역을 하다 죄 죽어 나간단 말이지~

초소장의 말에 아버지는 눈앞이 캄캄해지는 것을 느꼈다고 했다. 그러잖아도 동료들 사이에 불길한 소문들이 떠돌고 있을 무렵이었다. 하루하루 죽어 나가는 동료들을 목도하면서 아버지는 초소장의 말이 결코 허랑한 말이 아님을 깨닫게 되었다.

— 초소장 동지, 성바지도 같은데 나를 좀 구해 주십쇼. 어떻게 하면

여기에서 살아나갈 수 있소?

— 그 물병을 내게 주면 내래 힘 있는 동무한테 부탁해서리 여게서 꺼내 주겠소.

초소장의 관심은 오직 호리병에 있었던 모양이다. 당시에 왜 이런 호리병을 초소장이 탐했는지 알 수 없었으나 아버지에게는 어떻든 행운이었다. 아버지는 아내가 준 수호신처럼 여기던 호리병이었기에 초소장에게 넘기려니 마음 한쪽이 아렸지만 살아나가기 위해서는 어쩔 도리가 없었던 것이다. 아버지는 백색 호리병을 초소장에게 건넸고 약속처럼 달포가 되던 날 동료들과 다른 문으로 나와 어느 방적공장에서 일을 하게 되었단다. 호리병은 아버지의 북쪽 생활이 시작되는 매개체가 되었던 셈이다.

방적공장에서 일을 하면서 아버지의 꿈은 오직 하나, 남쪽의 가족에게 돌아가는 일이었지만 여의치가 않았다. 북쪽에서는 아버지를 북쪽 녀성과 결혼을 시키려고 애를 썼지만 아버지는 남쪽의 아내와 갓난애의 얼굴이 어른거려 한사코 거절했다고 한다. 이렇게 세월이 흐르면서 아버지는 점점 이제 정말 남쪽으로 돌아갈 수 없을지도 모른다는 불안감에 휩싸였다. 돌아가기는커녕 자칫 잘못하다 목숨마저 위태로워질 수 있음을 깨닫게 되었다.

남쪽 가족에게 돌아가려면 오직 목숨만은 부지를 해야 했다. 아버지는 그때부터 살아남기 위해 비록 가식적이라도 충성을 다하는 모습을 보여주었다. 그러다가 공장에서 경리업무를 보던 녀성과 눈이 맞게 되었는데 직장 주재원의 반대에도 불구하고 두 사람은 가까운 사이가 되어버렸다. 아버지의 입장에서는 마침 자신보다 신분이 좋은 여자여서 북쪽에서 죽음을 피해 살아갈 수 있는 방어막이었다.

덧붙여 감격스러웠던 일은 목숨값으로 수용소 초소장에게 건넨 남쪽의 아내가 품에 넣어준 백색 호리병을 그 녀성이 되찾아 주었다는 점이다. 아버지는 북쪽에서 새로운 아낙을 만나 결혼을 하게 되면서 남쪽의 아내에 대한 죄책감에 시달렸다. 그러나 그런 기색을 드러낼 수가 없었다. 남쪽에 대한 그리움을 밖으로 드러내면 항상 목숨에 위험이 따랐기 때문에 자신을 스스로 배반하고 부정할 수밖에 없었다.

북쪽 아내를 위해 북쪽에 충성을 맹세하고 아버지로서 할 수 있는 최선을 다했다. 귀순 전사라는 호칭에서 벗어나 건설현장에서 뼈 빠지게 노역을 하여 모범이 되어서 노력훈장을 받았다. 공장건설 노동자로 동원되어 공로 메달도 받았고 미제로부터 해방된 전사라는 의미의 해방 전사 홍보원으로 차출되어 공화국을 찬양하는 일에도 앞장섰다.

그럼에도 북쪽 공화국에서는 여전히 아버지를 미더워하지 않았다고 한다. 왜냐하면 북쪽 아내와의 사이에 아이를 갖지 않고 있기 때문이었다. 북쪽의 아내가 아이를 갖기를 항상 기대했지만 아버지는 한사코 아이를 잉태하는 것만은 거부했다고 한다. 북쪽에 자신의 핏줄을 남기는 일은 남쪽 아내와 자식을 배반하는 일이며 북쪽 아내와의 사이에 태어나게 될 자식에게 아버지로서 반쪽신분이란 업보만을 물려주게 된다는 걱정 때문이었다.

아버지는 당시 북쪽의 아내와의 사이에 태어난 자식이 결코 사람답게 살아갈 수 없을 것임을 미연에 간파했던 것이다. 그런데 한 번은 북쪽 아내와의 사이에 아이를 회피하는 아버지의 사상에 대해 당의 말밥에 오르내린 것이었다. 리병기 동무의 사상은 남쪽에서 가져온 백색 호리병 속에 은밀히 은폐되어 있다는 등의 무시무시한 말들이 떠돌기 시작했다. 이제 더는 아내와의 아이 낳기를 회피할 수 있는 상황이 아니었다.

그렇게 해서 어쩔 도리 없이 아내와의 사이에 딸을 하나 낳게 되었는데 딸 명애는 세상에 나와 다섯 살도 되지 않아 지독한 홍역을 앓다가 결국 목숨을 잃어버렸다. 그리고 한참 뒤에 다시 얻은 자식이 바로 아들 명호였다. 아버지의 나이 마흔두 살, 북쪽에서 아내를 만난 지 15년 만의 일이었다.

북쪽에서 뿌리를 내리기 시작한 초기에는 서울과 가까운 황해도 개성에 터를 잡았지만 이를 두고 사상의 색깔과 관련지어 말밥에 오르내리게 되자 하루 밤새 봇짐을 꾸려 옛말에 한양에서 1380리나 떨어졌다는 양강도 근방 갑산으로 이주했다. 아버지는 맘속에서조차 삼수갑산의 유적 같은 생활을 자청하였던 것이다.

애기궁전탁아소에서 귀가하자마자 영문도 모른 채 써비차에 몸을 실었던 어린 시절의 기억이 명호에게 방불하게흐릿함 매달려 있다. 갑산과 삼수, 원산과 신의주 등을 떠돌던 기억은 명호에게 마치 잊을만하면 복통을 일으키게 했던 뱃속의 기생충처럼 마디마디 남아 있었다. 아버지의 삶이 어찌 유적流謫: 유배과도 같은 삶이 아니었으랴.

삼수갑산이 어드메뇨 물도 많고 산도 첩첩
내가 오고 내 못가니 촉도 지난 예로구나~
내 고향으로 도로 가자 내 어찌 못 가는가

불귀로다 내 고향 새가 되어 날아갈까
아아 야속타 삼수갑산이 날 가두네~

옛날 어느 시인이 읊었다는 시구 하나가 아버지의 뇌리에는 깊숙이 박혀 있었다. 불행한 역사의 퇴로를 거슬러 스스로 죽음마저 스스럼없이 받아들이지 않고서는 질긴 목숨을 결코 부지하기 어려웠던 유적流謫 같은 질곡의 삶이었다.

4

동문 거래 이후 명호의 뇌리에서 정숙 동무에 관한 생각이 떠난 적이 없었다. 조기백 동무의 제안에 응하지 않았다면 정숙의 마음을 확인하지 못했을 것이다. 그녀를 만나 서로 마음을 확인하고 맞혼인연애결혼 얘기까지 스스럼없이 꺼냈던 것은 서로 상대방에 대해 절절한 연분의 마음을 지니고 있었기 때문이다. 박태산 동무의 납빛으로 굳어진 표정이 마음 한쪽에 그림자를 남긴 것을 제외하고는 명호에게는 운명적인 시간이었다.

명호는 마치 무대 위의 배우처럼 이어졌던 글씨름을 잊을 수가 없다. 길고 가느다란 손으로 자신의 가슴을 토닥이며 맞혼인의 고백에 응대했던 순간이 눈앞에 어른거렸다.

— 이 숲 빈 땅에……

황무지처럼 메말랐던 정숙의 가슴에 명호는 용기를 가지고 아낌없는 무더기비소나기를 쏟아 부은 것이었다.

— 한 그루 나무를 심겠소.

명호는 정말 자신의 목숨을 다해 정숙의 가슴에 영혼을 바치고 싶었다. 부벽루의 청류벽 아래로 넘실대는 대동강 물은 기억할 것이다. 전설 같은 영웅의 노래를 부를 이 누구인가? 장차 명호와 정숙의 앞길에 펼쳐질 장구한 물결, 이것이야말로 목을 놓아 부를 두 사람의 미래가 아니었을까? 그러나 이렇듯 인생에서 화려했던 순간이 절망과 질곡의 삶으로 가는 전도 높은 도화선이 되리라고 누가 가늠이나 했을까. 동문 패거리 모임 이후 명호는 정숙에 대한 그리움이 사무쳐서 견딜 수가 없었다. 용기를 내어 지역 행정경제위원회의 2부 부서에 들러 교묘히 려행증 발급을 신청했다.

 - 보라, 대학생 동무래 용무가 뭐야?

안전원 신분으로 정복을 입고 견장을 단 담당자가 퉁명스럽게 물었다.

 - 충성맹세를 하러 갑니다.

 - 뭐이야? 대학생 동무들이래 단체로 하지 않고 동따루 간단 말이야? 고저 충성맹셀 아무 데서나 하면 되지 어케 된 거 아냐?

담당자의 야단독판에도 명호는 기가 꺾이지 않았다.

 - 불피코 만수대 밑 주체사상탑 앞에서 해야 합니다.

 - 보라! 고 동무네 사범대학 증명서 취급자는 죽었대나?

고함을 치는 담당자 턱밑으로 남쪽 군인들 사이에서 인기라는 초코파이 한 통을 살짝 들이밀었다. 이걸 구하기 위해 동무들 여러 명한테 돈을 빌렸다. 만수대 주체사상탑 아래에서 충성맹세를 하겠다는데 이를 거절하는 2부 부장의 사상이 오히려 물고 늘어지면 문제의 여지가 있을 일이었다. 정숙 동무를 만나고자 명호의 머리에서 짜낸 꾀는 무모한 용기였지만 꿍돈뇌물과 더불어 지혜로 거듭났다. 2부 부장의 얼굴색이 일시에 화사하게 변하는 것이었다.

 - 고 대학생 동무래 사상이 **빳빳**하다야~

이렇게 여행허가증을 얻어 지난번처럼 주체사상탑 앞에서 그녀를 다시 만날 수 있었다. 명호와 정숙의 이런 은밀한 만남은 교원대 여대생 동무들 사이에 소문이 돌았고 이런 소문은 박태산의 주위에도 떠돌게 되었다. 정숙과 만난 그날은 명호가 정숙 동무 앞에서 한뉘^{한평생}를 두고 열대메기를 약속한 날이었다.

－ 정숙 동무, 나는 동무한테 장차 열대메기를 약속할 것이오.

－ 동무, 정말이에요?

정숙의 표정이 훤하게 밝아졌다.

－ 그럼~ 한번 외어 보시오, 정숙동무~

－ 열!

정숙의 입에서 튀어나온 말이 거침없었다.

－ 열렬히 정숙 동물 연분^{사랑}해줄 것이오.

명호는 정숙의 눈을 응시하며 대답했다. 정숙이 외쳤다.

－ 대!

－ 대학을 졸업할 것이오.

－ 메!

정숙의 낯바닥이 붉게 달아올랐다.

－ 불피코 당증을 어깨에 멜 것이오.

－ 기!

정숙의 시선이 명호의 눈동자를 응시했다.

－ 전자기기를 갖출 것이오.

명호가 정숙 동무와 함께했던 날은 하루해가 너무 짧을 정도였다. 훗날 조선공화국에서 젊은 청춘들 사이에 열대메기 바람이 불게 된 것도 공연한 일이 아니었다. 정숙 동무와의 열대메기 약속 이후 얼마 지나지 않아 명호는 군 보위부의 검열을 받게 되었다. 깜깜한 어둠을 뚫고 사범대 기숙사에 마치 포효하는 사자처럼 들이닥친 보위원의 허리춤에 매달린 권총은 대번에 명호의 숨통을 틀어막았다. 무슨 영문인지 모르고 군 보위부 취조실에 끌려갈 때까지 감히 입을 열 수가 없었다.

– 이보 학생 동무, 동무에 죄목이 뭐인 줄 아니?

명호는 대체 이런 상황이 왜 일어나고 있는지 알 수 없었다. 허수룩한 보위원의 차림에 어울리잖게 사내의 말투는 사람의 신경을 팽팽히 잡아당겼다. 죄목이 무엇이란 말인가? 명호는 아무리 속궁리를 해보아도 뚜렷한 대답이 떠오르지 않았다. 명호의 입이 한참동안 열리지 않자 보위원의 목소리가 더욱 거세졌다.

– 동무는 동창 패들을 만들었다~ 이거 이거 국기문란죄이야~ 것도 주체사상탑 앞에서 말이지. 간덩이가 어드래서 이래 부었대나?

보위원의 말을 듣고 명호는 고개가 끄덕여졌다. 결국 일이 이렇게 불거지는구나 생각하며 나름대로 변명을 늘어놓았다.

– 고저 고등중학 동무들을 만났습니다. 고등중학 녀성동무가 자기 대학 녀성동무들을 데리고 나온 것뿐입니다. 김일성 대원수님의 노작을 수십 번도 더 읽은 학생입니다. 고등중학 졸업하고서 딱 한 번 도둠질쳐급히 모인 겁니다. 어찌 감히 국기문란죄라 하십니까? 김일성 대원수님을 향한 거세찬 불길이~

명호의 말을 자르며 보위원이 비아냥거렸다.

– 고저 거 가을 뻐꾸기 우는 소리 말라야. 이거 이거 요 예쁜 간나하구 아이쿠 그냥 좋아죽고 못살겠다 말이지?

보위원이 서랍에서 이미 준비해둔 사진을 여러 장 꺼내놓았다. 명호는 이제 분명히 박태산이 동문 거래 때 찍어대던 사진이 여기 왔다는 것을 깨달았다.

― 이거 모함입니다. 박태산이 동무가 찍은 사진이 어찌 여기 있습니까?

명호는 어떻든지 위기를 모면하기 위해서는 일의 자초지종을 얘기해야 했다. 그러나 보위원의 귀에 명호의 말이 들어갈 리가 없었다.

― 고저 거 다릿매가 쭉 뻗은 게 삼삼하다야. 아주 그냥 호박橫財을 잡았구나야~ 이래 대놓고 산보데이트를 하다니 동무에 그 사상이 볼수록 우러러보인다야~

― 높으신 선생님, 믿어 주십시오. 김일성 대원수님 앞에서 맹세할 수 있습니다. 고저 녀성 동물 연분 하는 거는 인정하지만 위대하신 대원수님을 향한 이 피 끓는 청춘을 믿어 주십시오.

명호의 말을 듣고 보위원은 한동안 말을 하지 않고 명호의 눈을 뚫어지게 노려보았다. 명호는 그의 쏘는 듯한 시선에 주눅이 들어버렸다. 공연히 한숨이 새어 나왔다. 그리고 더는 변명하지 못할 순간이 명호에게 다가오고 있었다.

― 보라, 학생 동무! 지난주에 2부에 들러 안전원 동무한테 꾹돈賂物을 먹였지? 이 거 이 거 자본주의 근성이 아주 아주 새까맣게 물이 들었구나야~

명호는 보위원의 말에 더이상 변명도 진실도 늘어놓을 수가 없었다. 2부 증명서 담당자한테 꾹돈을 먹인 것까지 파악하고 있다니 믿어지지 않았다. 그렇다면 교묘하게 여행증을 마련한 일도 보위원은 이미 알고 있었을 것이다. 명호는 자신이 이미 보위부의 감시 대상이 되었을 것이라고 생각했다. 명호의 몸속에 흐르는 피는 분자가 남쪽이며 발버둥쳐서 오른들 머지않아 추락하고 말리라는 아버지의 허기진 탄식! 언제나

주의 깊던 아버지의 함구緘口를 이해하게 되는 순간이기도 했다. 박태산의 장난이란 것을 명호는 모르지 않았지만 어떻게 빠져나갈 방법이 떠오르지 않았다.

5

명호에게뿐만 아니라 아버지에게도 혹독한 시련이었다. 뿐만 아니라 오정숙 동무에게도 뼈아픈 현실이 되고 말았다. 대학 생활에 대해 '자아비판'을 하라며 녹음기를 들이대는 보위원의 닦달질에 더 큰 족쇄가 될 자아비판만은 않겠다며 차라리 죽음을 각오한 명호에게 가혹한 고문이 가해졌다. 채찍으로 온몸을 얻어맞은 것은 물론 듣고 보지도 못한 고문을 당하며 급기야 의식을 잃고 말았다.

혼수상태에서 가까스로 희미하게 의식이 돌아왔을 때 가장 먼저 생각난 것은 명호가 마치 아버지가 되어 있다는 생각이었다. 아버지 역시 짐승처럼 끌려와서 이렇게 모진 고문을 받았을 것이다. 혼미한 의식을 가까스로 건져 올리고 있을 때 다른 보위원이 취조를 하기 시작했다. 저들은 어떻게든 명호에게 '자아비판'의 녹취를 받아내려는 모양이었다.

명호는 차라리 죽음을 택할지라도 '자아비판'의 함정에는 절대 빠지지 않으리라 다짐을 하고 다짐을 했다. 속대 약한 아버지의 아들이 되지 않으리라. '자아비판'의 함정이 명호의 한뉘한평생에 번번이 걸림돌이 될 것이라는 생각을 하면 고개가 절로 흔들어졌다. 저들의 끈질긴 고문과 명호의 사력을 다한 저항이 마치 줄다리기를 하듯 이어졌고, 명호는 이틀 동안 여러 차례 혼수상태에 빠져버렸다. 그리고 겨우 사흘 만에 의식을 차렸을 때 명호는 어느 병원에 누워 있었고 놀랍게도 부모님이 침상 곁에 앉아 있었다.

─ 어머니~

정신이 돌아오자 하염없는 눈물이 코허리를 타고 흘러내렸다. 이런 중에도 자아비판을 하지 않았다는 데 안도의 한숨이 흘러나왔다. 그러나 이런 명호의 한숨조차 어머니의 말끝에서 사치라는 것을 알 수 있었다.

─ 네 아비지 훈장 다섯 개를 잡아먹었다!

─ 그게 무슨 소리 입니까?

명호는 침상에서 겨우 몸을 일으켜 세웠다. 아버지가 명호의 등을 한번 덮두들겨주면서 등을 지고 창가 쪽으로 걸어갔다. 아버지의 어깨가 가늘게 떨리고 있음을 명호는 두 눈으로 똑똑히 보았다. 훈장 다섯 개를 잡아먹었다니~

─ 김일성 대원수님을 향한 내 아들애의 거세찬 불길을 의심하지 말라고~ 공로 훈장 다섯 개 받은 아비의 자식이라고~

─ 임자, 그만 하시오.

아버지는 여전히 등을 돌린 채로 창문 너머를 응시하고 있었다. 명호는 저도 모르게 목울대에 걸쳐 있던 울음덩이를 쏟아내고 말았다. 일이 이렇게 되었구나. 북쪽에 뼈를 묻고 살기 위해, 남쪽이라는 피의 분자를 닦고 닦아내기 위해 몸이 으스러지도록 충성으로 건져 올린 목숨보다 소중한 공로 훈장을 반납했던 것이다. 팍팍한 북쪽 살이에서 문득 삶의 의미를 갖도록 해준 것이 아버지에게는 훈장이었다. 그런 훈장을 내놓은 아버지의 심경을 무엇에 비길 수가 있을 것인가.

– 으흑 으흐흑······

– 우지 말라야. 사내라는 게 바보처럼 눈물을 보이나 그래?

아버지의 말이 메마른 가슴을 훑어대며 소용돌이치는데 명호의 눈물 샘은 멈추지 않았으며 엉, 엉 회억回憶의 메아리를 피워 올렸다. 명호의 지금까지의 삶 중에 이때처럼 걷잡을 수 없는 슬픔의 골짜기를 배회했던 적이 없었다.

– 공로 훈장을 잡아먹은 이 아들을 고저 죽여주십시오.

– 뭐이야? 노라리날라리 짓거리할 때가 아니지~ 고저 오 동지네 딸애한테 어찌 은혜를 갚을 거니, 응?

아버지는 심중에 두었던 말을 꺼냈다.

– 뭐이에요? 정숙이 동무한테 머를 어찌한다고요?

아버지 입에서 정숙 동무에 대한 말이 튀어나올 줄은 전혀 예상하지 못했다. 그런데 이어지는 아버지의 말을 듣고 명호는 머리에 번개를 맞은 듯이 온몸이 굳어졌다.

– 널 살리겠다고 자아비판을 하고 감탕물에 뛰어들었다~ 이거이 죄 떡메전사 아들이 꾸며낸 짓이 아니겠니?

아버지의 말끝에 명호는 정신을 가다듬었다. 견대팔의 심한 통증 때문에 저도 모르게 쇳소리가 입가로 삐져나왔다.

– 오 동지네 볼 면목이 없구먼요. 그나저나 그 딸애가 노동단련소를 갈 거라는데 어찌 하면 좋단 말이니, 응?

어머니가 명호의 견대팔을 어루만지며 염려 섞인 말을 늘어놓았다. 녀자의 몸으로 노동단련소에 끌려갔다면 초죽음이 되었을 것은 물론 교원대를 정상적으로 졸업하는데에도 치명적일 것이었다. 명호는 심장이 찢어질 것 같아 손을 불끈 말아 쥐었다.

– 어머니, 내 여기 있을 수 없습니다. 고저 나가서 정숙 동무를 구해 내야 하겠습니다. 제깟 떡메전사한테 그하냥 당할 수야 없잖소?

명호의 말을 듣고 아버지는 어이가 없다는 듯 한숨을 뱉어내며 말을 이었다.

– 그깟 떡메전사 머이 두렵겠나. 고저 부문당비서 지드럭방망이 짓이 이악하니 형제가 손을 잡고 군드렁거리는 거이야. 말공부 시키지 말고 고저 죽은 듯 엎디어 살아야 목숨이라도 부지할 수 있지 않겠느냐~

아버지의 말에 명호의 턱밑이 파르르 떨렸다. 명호는 입을 다물어버 렸다. 자신이 저들에 대항해서 무엇을 할 수 있을 것인가? 정숙 동무 를 위해 어떤 힘을 보탤 여력도 없었다.

명호는 사흘 뒤에 겨우 병원에서 나와 집으로 돌아왔다. 정숙 동무 를 생각하면 가슴이 먹먹해졌다. 정숙의 발목을 잡았다는 죄책감에 명 호는 잠을 쉬이 이루지 못했다. 뜬눈으로 밤을 새우며 명호는 자신의 앞날에 대해 어떤 희망이나 기대했던 것들이 자신에게 있어서는 어방 치기어림짐작에 불과 했음을 깨닫게 되었다.

피의 분자라는 것은 참으로 진하며 마치 타고난 혈액형을 바꿀 수 없는 것처럼 영원히 안고 가야 할 운명이라는 생각이 들었다. 위대한 수령, 친애하는 지도자 동지를 외치며 비탈길을 달리고 물길을 거스르 며 땅속 십 리에서 죽음을 불사하며 건져 올린 공로 훈장 마저 끝내 물 거품이 되어버리는 현실 속에서 아들에게 선생은 되지 말 것이며 더욱 이 역사를 가르치는 선생은 되지 말라고 당부를 하던 아버지, 그 아버 지의 어깨에 둘러메진 업보 같은 질곡의 끈을 언제쯤 끊어버릴 수가 있 을 것인가.

아버지의 공로 훈장 반납이라는 혹독한 대가代價를 치르고 집에 돌아온 명호는 정숙 동무의 소식을 듣기 위해 백방으로 뛰어다녔다. 정숙은 명호 대신에 '자아비판'을 하고 군안전부 노동단련소에서 3주간의 노동단련을 하고 있었다. 노동단련 기간 중에 명호는 물론 어느 누구도 면회를 할 수가 없었다. 명호는 이런 일들이 박태산 동무의 모략에 의해 일어난 것임을 느낄 수 있었다.

청춘남녀의 만남에 대해 '자아비판'이라는 통제방식으로 자유연애를 속박하는 인민공화국에 대한 회의懷疑는 명호에게 있어 진정 그때부터 시작된 것인지 모른다. 알량한 권력의 도구를 활용해서 동무의 앞길에 영원한 차꼬를 채우는 반칙이 난무하는 조선 인민공화국이라면 이제 미련 없이 저주할 것이라고 명호는 다짐했다. 그러나 다짐은 다짐뿐이지 어떤 힘으로도 저주의 생각조차 드러내기 어려운 게 현실이었다.

설상가상, 명호 역시 노동단련소에 가지 않으면 안 되었다. 군안전소의 호출명령이 떨어졌고 법적 근거는 모르겠으나 여행규정 위반이란 딱지가 붙어 있었다. 명호 역시 군 노동단련소에서 14일 동안 노동단련을 하고서야 풀려날 수 있었다. 노동단련을 하면서 명호는 정숙 동무가 녀자의 몸으로 어떻게 고된 노동을 겪었을지 짐작할 수 있었다.

이런 짐작이란 정숙 동무의 비틀어져 버린 육체의 관절들과 녹아내린 근육들에게 죄책감만 느꼈을 뿐 그 가녀린 영혼에게 어떠한 한 점의 위로가 되지 못했다. 그래도 당시 명호에게 조그만 위안이 되었던 것은 정숙 동무가 그 어려운 시기를 극복하고 대학 생활에 잘 적응해 나가고 있다는 어떤 동무로부터 전해 받은 반가운 소식이었다. 가슴이 졸아붙을 정도로 간절히 만나고 싶었지만 만나볼 수 없는 자신의 처지가 한없이 안타까울 뿐이었다.

6

조선 인민공화국을 저주하리라는 명호의 다짐은 아이러니하게도 반대로 나타났다. 저주라는 목표는 막상 저들의 체제에 반항하지 못하고 오히려 기계처럼 작동하는 것이었다. 명호에게 있어 조국에 대한 저주란 미친 듯이 정확히 조국의 기계가 되어주는 것이었다. 하나의 체제가 톱니바퀴처럼 작동하기 위해 하나의 완벽한 부품이 되는 것이야말로 명호에게 진정한 저주였던 셈이다. 박태산 동무에게 눈 뻔히 뜨고 당했다는 사실을 알았지만 사실 태산에게 어떠한 반항의 행동을 취하지 못했다. 이러한 자신의 처지를 생각하면 명호는 울컥 화가 치밀어 올랐다. 이런 명호의 마음을 가장 잘 이해해주는 동무가 바로 조기백 동무였다. 훗날 형제처럼 나란히 고등중학교에서 학생들을 가르치게 되는 동무이지만, 조기백 동무는 한사코 귓속말로 용기를 불어넣어 주었다.

– 이 보 동무, 정숙 동무에 연분사랑을 동무가 받고 있으니 고저 명호 동무래 태산이 동무를 꺾은 거야. 고저 불쌍 놈 소갈머리를 넙죽 눕힌 것이 장쾌한 승리 아니겠나! 정숙 동무 심지가 끌끌한 동무 아니니? 비록 몸은 멀리 있지만 마음은 평양의 중심에 있는 태산이 보다 가까이에 있지 않니?

심장이 빠져나간 듯이 텅 빈 가슴에 한 떨기 위로의 말을 조기백 동무는 한사코 잊지 않았다. 정숙 동무를 그리워하면서도 가까이 다가갈 수 없는 명호의 처지를 가장 위해주는 진정한 동무였다. 조 동무는 명호와 정숙의 연락책 역할을 했다. 직접 대면할 수 없는 처지가 되고 보니 조 동무로부터 들은 정숙에 대한 소식은 언제나 힘이 되었다.

명호에게 있어 조선 인민공화국에 대한 저주의 방식은 철저히 저들의 체제에 복종하는 일이었다. 속내를 들여다보면 자신의 의지에 정면으로 반항하는 방식이야말로 명호에게 있어 가장 현명한 저항의 방식이 되었던 것이다. 이것은 어쩌면 명호 자신에 대한 자학의 방식이었는지도 모를 일이다.

학교로 돌아온 명호는 대학 생활에서 온갖 역경을 철저히 헤쳐나갔다. 남쪽 피의 분자에 대한 선천적 흠결을 메우기 위해서는 예전과는 전적으로 달라야 하리라는 것을 깨닫고 있었다. 학급제인 대학 생활에서 군 복무를 마치고 대학에 들어온 열 살 정도의 차이가 나는 형들은 혼신을 다해 공부하면서 대학에 진학하지 못하고 직장생활을 하는 녀성들을 만나 결혼을 하는 경우가 많았다. 명호처럼 고등중학에서 직통으로 대학에 진학하는 경우란 실력이 최상위권 학생의 경우나 가능했으므로 어떻게 보면 특별한 경우였다. 명호는 형들과의 관계에서 특히 겸손하고 예절을 잃지 않으려고 노력했다. 명호에게는 항상 뒤통수를 치려는 태산의 존재가 감시하고 있다는 것을 모르지 않았기에 명호의 각오는 노동 단련소 이후 더욱 각별했던 것이다.

기숙사에서 등교를 하면서도 대학 휘장이며 김일성 초상의 휘장을 정확히 착용했다. 조회나 생활총화 시간에도 예전과는 달리 결코 지각하지 않았다. 윗사람에게 겸손하고 존경하며 도덕 품성의 기품이 넘치게 행동했다. 따라서 생활총화 등에서도 명호 자신뿐만 아니라 다른 동무들에게도 자아비판의 대상이 되지 않았다. 당시 은밀히 숨어서 탐닉했던 불순 녹화물비디오들은 명호에게 그저 가볍게 겨뤄 싸워야 하는 자본주의 환상에 지나지 않았다.

사상투쟁의 대열에도 선두에서 모범을 보이며 적극적으로 활동했다. 스스로의 약점을 극복하기 위해 이런 피나는 노력을 하지 않으면 장차 어떤 미래도 약속받을 수 없음을 잘 알고 있었기 때문이다. 더욱이 명호의 가슴 저 밑바닥에는 항상 정숙 동무에 대한 그리움이 은밀히 자라나고 있었기 때문이기도 하다. 정숙 동무를 자랑스럽게 곁에 둘 수 있는 그날을 위해 이런 노력들은 오히려 희망이 되었다.

학년이 거듭되고 졸업 학년이 가까울수록 명호에게 있어 조선인민공화국의 력사교육의 목적이 어떤 것인지 뚜렷해지는 것을 느끼게 되었다. 공화국 력사관은 력사의 실체인 객관적 력사연구가 결코 아님을 깨달았던 것이다. 공화국의 력사는 오직 김일성 체제를 위한 혁명의 력사가 중심이 되는 것이었다. 그 혁명력사의 중심에 혁명가라 하는 김일성이 존재하고 있었다. 김일성이야말로 공화국 력사의 중심에 있는 인물이었다.

력사교육이란 이런 혁명력사의 왜곡된 발자취를 교육하고 기록하기 위한 대상을 만들어내기 위함이었다. 당과 공화국이 원한다면 얼마든지 받아줄 것이라고 다짐했다. 명호는 대학에서도 은밀히 포자를 싹 틔운다는 사조직이나 동아리 패거리에도 전혀 가까이하지 않았다. 은밀한 유혹의 손길이 마치 뱀의 혀처럼 뻗쳐왔지만 그럴 때마다 단호하게 잘라버렸다.

살아남기 위해 흩어진 가족이산가족의 만남이라는 달콤한 떡밥을 적절히 물리칠 수 있었던 아버지의 지혜로움이 명호에게 되살아나는 듯이 보였다. 명호의 이런 남다른 각오는 여러 차례 전 과목 만점이란 최우등생의 자리를 꿰차게 해주었다. 이제는 남쪽의 피의 분자라는 굴레에서 벗어날 수가 있을 것이라고 생각했다.

항일유격대식의 학부별 경연은 명호에게 긴장의 연속이었지만 내색하지 않고 김일성, 김정일 부자의 혁명역사와 이들을 칭송하는 찬양의 노래 부르기에서도 단연 으뜸이었다. 김일성 대원수를 비롯한 백두혈통을 향해 하늘을 찌를 듯한 충성심이 높아져 갈 때 공교롭게 조기백 동무로부터 급한 전갈을 받게 되었는데 오정숙 동무의 다급한 호출이었다. 사람들의 이목을 피해 어렵사리 정숙 동무를 만나게 되었는데 정숙은 그새 많이 여위어 보였다.

노동단련소 사건 이후 제법 시간이 흘렀으므로 두 사람은 서로에게 소원한 것이 사실이었다. 150여 리 정도밖에 떨어지지 않은 같은 하늘 아래서 연분하던 연인들이 마치 남남처럼 오랜 시간을 모른 채로 지낸다는 것은 슬픈 노래와도 같은 것이었다. 이러한 방법만이 서로를 지켜낼 수 있는 최선의 길임을 알기에 더욱 애를 끊어내는 연가戀歌와도 같았다.

― 어찌 그렇게 무심합니까?

― 정숙 동무, 나 때문에 곤욕을 치른 거 알고 있소. 동무한테 무심할 수밖에 없는 내 처지를 이해하오.

명호는 정숙 동무에 대한 미안함으로 가슴이 먹먹할 지경이었다. 지척에 연분하는 녀자를 두고 만리萬里에 있는 듯이 뚝바우무심함가 되지 않으면 안 되었다. 정숙 동무에게 어떻게 위로의 빛이 되어줄 수 있을까? 하지만 당시에는 이런 한탄만을 하기에는 너무 정숙이 처한 상황이 급박하고 위태했다.

― 태산이 동무가 자꾸만 접근해서 추근댄단 말이오.

― 뭐요? 그런 불망나니 짓거릴 두고만 본답니까?

명호는 머리카락이 파르르 일어서는 느낌이었다. 신성한 학문의 전당에서 태산의 이런 행동은 반동 짓거리에 다름 아니었다.

– 태산이 동무가 자기 작은아버지 특각_{別莊}에 놀러 가자고 합니다. 특각에 놀러 가서 무슨 짓을 하겠소?

명호는 두 주먹을 불끈 말아 쥐었다. 명호의 시선을 원망스레 쳐다보는 정숙의 표정에는 잔뜩 위태로운 기운으로 물들어 있었다. 근래에 들었던 흉한 소식들도 정숙의 안위_{安慰}에 마치 투망질을 하듯 오금을 박았다. 권력의 밧줄을 잡은 동무들이 몰래 숨어서 색깔 영화_{음란물}를 본다는 것이었다.

– 반동이야말로 태산이 동무입니다. 내 그냥 이런 못된 동무 놈을 무슨 수로 결판을 내지?

– 흥! 떡메전사의 뱃심 믿고 마구발방 들이대는 그 동무래 무슨 수루 결판을 낸단 말에요~ 일전엔 고저 수정주의 날라리풍으로 반동질을 하려 하지 않겠소?

정숙의 눈자위가 벌겋게 달아올랐다. 그녀의 코허리에 눈물이 흘러내리는 것을 바라보는 명호의 명치끝이 사르르 아파왔다. 박태산 동무가 교원대학 기숙사에까지 찾아오고 허튼수작을 부렸다고 했다. 어디서 배웠는지 남조선 대중가요를 닮은 이상한 노래까지 불러대더란 것이었다. 정숙으로서는 낯부끄러운 노래를 흥이 나서 불러대더란 것이었다.

어젯밤에도 불었네 휘파람 휘파람

벌써 몇 달째 불었네 휘파람 휘파람

그녀의 집 앞을 지날 땐

이 가슴 설레어~

나도 모르게 안타까이 휘파람 불었네

휘 휘휘 호호호 휘휘 호호호

휘 휘휘 호호호 휘휘 호호 호~

한번 보면은 어쩐지 다시 못 볼 듯

보고 또 봐도 그 모습 또 보고 싶네~

오늘 계획 삼백을 했다고

생긋이 웃을 때

이 가슴에 불이 인다오, 이 일을 어찌하랴~

휘휘호호 휘휘호호

휘휘호호 휘파람~

〈휘파람〉이란 노래는 나중에는 북쪽 인민들에게 널리 불려진 노래
가 되었지만 당시에는 당국에서 금지곡으로 지정한 민망한 노래였다.
어찌 보면 자본주의 사상에 물든 자들의 노래에 더 가까웠다. 해방 직
후에 창작되었다고 하는 연해주 출신 조기천 시인의 〈휘파람〉이란 시
에 곡을 붙인 것으로 이 노랫말을 쓴 사람은 전쟁 중에 미군의 폭격에
사망했다고 한다. 박태산 동무의 노골적인 구애求愛가 정숙에게는 달
콤한 흉기가 되었다. 정숙이 명호를 급히 만난 것은 태산의 흉기로부
터 자신을 보호해 달라는 의미에서였다. 사상적 해이의 정점에서 녀성
을 쫓아다니며 당국이 금지하고 있는 노래를 노골적으로 불러대는 행
위야말로 적대적 행위에 다름 아니었다.

  – 보라 정숙 동무! 박태산 동무를 어떻게든 자아비판에 세워야 한다
~ 휘파람이야말로 주체사상 해이에 극치 아니오?

명호의 목소리가 이때처럼 떨린 적이 얼마나 될까. 태산을 궁지로 몰아넣을 절호의 기회라는 생각이 들었다.

― 떡메전사와 부문당 비서의 단단한 벽을 무슨 수로 무너뜨릴 수 있소? 고저 명호 동무래 어찌 이래 답답하냔 말이오.

명호의 말에 대한 정숙의 응대는 차가웠다. 정숙이야말로 현실의 벽을 정확히 감지하고 있었기 때문이다. 명호는 물끄러미 정숙을 바라보았다. 정숙에게 당장 무엇을 해줄 수 있을지 자꾸 자신의 존재가 초라해졌다.

― 정숙 동무, 내가 어찌해야 하겠소? 고저 답답해 죽겠습니다.

― 명호 동무래 이 정숙이를 태산이 동무한테 빼앗길 셈이오?

정숙의 목소리에 흐느낌이 묻어 나왔다. 마치 백척간두에서 자칫 바닥으로 추락하는 운명을 눈앞에 둔 사람처럼 다급해져 있었다. 명호는 용기를 내어 정숙 동무를 보듬어 안았다. 그의 가슴에 안긴 정숙의 숨결이 가파르게 떨리고 있었다.

― 명호 동무, 날 가지시오. 나를 동무가 날래 가져야 한단 말이오.

― 정숙 동무! 이거 이거~

명호는 숨이 막혀 말을 더듬었다. 어떤 상상도 하기 싫었지만 자꾸만 태산이 동무가 정숙 동무 앞에 음흉하게 치근덕대는 모습이 어른거렸다. 명호는 정숙 동무를 힘차게 끌어안았다. 정숙의 마음속에 담긴 명호를 향한 절절함이 더욱 가슴을 시리게 만들었다. 명호는 박태산에게 정숙을 빼앗기지 않는 길은 정숙의 말대로 정숙 동무를 자신의 녀자로 만드는 것이라고 생각했다.

― 불망나니한테 당하기 싫습니다. 고저 녀자들 뒤꽁무니 물고 다니

는 그런 바람쟁이한테 당하기 싫단 말입니다.

　- 염려 마오. 이 명호가 태산이 한테서 불피코 지켜줄 것이오.

　명호는 또박또박 다짐하듯 말했다.

　- 우리 날이 저무는 대로 말골馬谷에 올라가요. 정숙이는 빨리 동무에 녀자가 되고 싶단 말이오. 골서방도 싫고 글뒤주 같은 사내도 싫단 말이오.

　정숙의 말에 명호는 말을 더듬었다.

　- 정숙 동무! 이 거 이 거 려대생 성분에 태앉기임신라도 되면 어찌~

　- 뜨게부부혼전동거도 있대는데 머가 걱정이오? 동무에 려자만 될 수 있다면 나는 까짓 대학도 포기할 수 있소~

　정숙 동무의 각오는 명호가 상상하기보다 강력했다. 어렵게 들어간 교원대학마저 저버릴 수 있다는 정숙의 말은 명호의 귓전에 오랜 울림으로 남아 있었다. 당장 죽음을 맞는다고 하더라도 정숙과의 이런 감정을 회피하지 않으리라 다짐했다. 정숙 역시 이미 이런 각오쯤은 열 번도 넘게 했던 사람처럼 다부진 결기를 보여주었다. 박태산의 치근덕거림을 따돌리기 위한 방법이기도 하지만 오랜 세월 상호 애절한 그리움만 안고 어쩔 수 없이 거리를 두어야 했던 시간들이 억울하다는 생각이 들었다.

　정숙이 급히 명호를 찾아왔던 바로 그날, 정숙의 바람처럼 그들은 저녁 해거름에 소나무들이 초병처럼 나란히 보초를 서는 말골에 올라 어둠 속에서 하나가 되었다. 두 사람은 세상에 태어나서 가장 연분하는 사람과의 인연을 서로의 몸을 품으면서 확인했다. 살을 섞어서 하나가 되는 의식이야말로 그 누구도 넘볼 수 없는 견고한 차단막이라고 생각했기 때문이다. 그러나 그들이 이룩한 그날밤의 력사는 그들의 앞날에 결코 안전한 참호가 되지 못했다. 그들 앞에는 더욱 혹독한 시련이 기다리고 있었기 때문이다.

제3장 인민의 사과

1

정숙에 대한 그리움은 이상하게 허기를 몰고 왔다. 텅 빈 듯한 허전함이 가슴속에 부풀어 올랐다. 특히 바람이 부는 날은 허기로 가득찬 꺼질듯한 몸이 허공을 밟는 듯 허위허위 정처 없이 떠다니는 듯했다. 하늘을 향해 뻗은 소나무 초병들의 시선 너머로 어둠속에서도 눈부시게 다가오는 정숙의 뽀얀 살결을 더듬으며 떨리는 가슴으로 정숙의 몸을 열어갈 때 싱그럽게 다가오던 풋풋한 살내음, 그리고 정신없이 정숙의 품에 얼굴을 묻었던 말골의 순간들이 뇌리에 소용돌이쳤다.

초야의 어둠 속에서 별빛 같은 눈을 뜨며 그를 맞이하던 그녀의 뜨거운 몸짓, 두 개의 예쁜 봉오리에서 피어나는 듯한 상큼한 살 냄새, 숨이 막힐 듯한 의식을 가다듬어 더듬더듬 그녀의 비밀스런 성을 찾아가는 길은 마치 광야에서 헤매는 나그네처럼 설레고 낯선 경험이었다. 명호는 떨리는 손으로 겨우 정숙의 옷고름을 풀고 이어 치마 밑단을 더듬어 정숙의 속살을 찾아냈다. 속살에 닿는 명호의 손결을 느낀 정숙은 온몸이 떨리면서도 무언가 도와야 한다는 안타까움에 명호의 움직임에 순응했다. 둘의 몸이 만나고 거친 호흡이 오고 가며 서로의 숨결이 하나가 되는 순간에 흘러나오던 신음소리, 생애 그토록 몸을 달뜨게 만든 격정의 순간을 얼마나 맞이할 수 있을까. 명호는 정숙과의 육체적 만남에서 어디론가 알 수 없는 세계로 끊임없이 빨려 들어가는 느낌을 받았다.

명호를 향해 압박하며 다가오는 것들은 한 두 가지가 아니었다. 반쪽 피의 분자라는 멍에를 짊어지고 살아가야 하는 길목에서 마주하게 되는 것들은 대개 그에게 운명적이었다. 아버지의 한뉘^{생애}가 반쪽으로 점철될 수밖에 없었던 절름발이 운명이었던 것처럼 명호 역시 그 피를 물려받은 이상 모든 것이 아버지와 다를 것이 없었다. 하물며 누군가를 미워하고 누군가를 연분하며 혁명에의 거세찬 대열에 앞장설 수 있을 것인가.

명호는 대학에 나와 있는 주재원을 은밀히 만나 박태산 동무를 성토했다. 자아비판의 대상에 올려야 한다고 말꼭지를 떼놓았다. 주재원은 처음에는 실적을 올릴 수 있는 건수를 물었다고 여겼던지 상당히 관심을 가지는 듯했다. 그러나 며칠 되지 않아 증거물을 어떻게 들이밀 수 있느냐며 슬그머니 꽁무니를 빼버렸다. 명호가 주장하는 ㅇ ㅇ 교원대학 오정숙 동무 추행에 관한 명확한 증거라는 것은 주재원에게는 한낱 공연한 말잔치에 불과했다.

주체사상탑 아래에서의 동문거래 역시 박태산 동무로부터 비롯되었다는 말도 이미 근거 없는 푸념 정도로 취급해버렸다. 며칠 사이에 보여준 주재원의 태도는 권력 앞에서 급박하게 추락하는 조선공화국 정무원의 하나의 비겁한 모습일 뿐이었다. 이렇게 세상의 흐름은 이상하게 명호가 아니라 태산에게로 기울고 있었다. 시대의 흐름조차 명호의 편에 서지 않았던 것이다.

1994년 7월 어느 날 정오, 찌는 듯한 더위의 알갱이들이 인민들의 사타구니에 흐르는 땀으로 적시어 들 때 북조선 인민들은 텔레비전 앞에서 상복을 차려입은 녀성 아나운서의 침통한 목소리로 '위대한 지도자 김일성 동지의 서거' 소식을 접했던 것이다. 김일성이 7월 7일 묘향산에서 심장 쇼크를 일으켰는데 조선공화국의 모든 의료 역량을 쏟아부었지만 7월 8일 새벽 2시에 사망했다는 보도였다.

영웅화로 세뇌된 인민들에게는 하나의 위대한 아버지요 기적의 불사신이었지만 죽음은 한 인간의 졸명卒命에 지나지 않도록 만들었다. 그럼에도 인민들에게는 그야말로 하늘이 무너지는 슬픔이었다. 어느 집이거나 상세 난 집과 같았다. 남쪽에서 마치 6·25 전쟁 때처럼 탱크를 앞세우고 쳐들어올 거라는 소문도 나돌았다.

명호는 서둘러 책가방을 챙겨 집으로 돌아왔다. 동네 골목마다 꽃다발을 들고 이리 뛰고 저리 뛰는 인민들의 모습이 애달파 보였다. 명호의 부모님 역시 혼이 달아난 사람처럼 멍한 얼굴이었다. 태산이 동무에 대한 희미한 자아비판의 싹마저 김일성의 사망 사건에 의해 싹둑 잘려 버리고 말았다.

인민학교와 시당 사무실에 꾸려진 조의장弔儀場에는 인민들의 발걸음이 하루종일 땅 뿌리를 울려댔다. 인민들은 미친 듯이 산으로 들로 야생화를 찾아 떠돌아다녔다. 꽃밭들이란 꽃밭들은 이미 거덜이 나버렸다. 그러자 인민들은 앞을 다투어 야생화 사냥에 나섰던 것이다. 꽃을 채취하여 책임량을 달성하라며 구역별로 인민들을 내몰았다.

명호는 누구보다 열성적으로 조의장에 들락거리는 아버지의 모습이 이해되지 않았다. 인민학교의 조의장에 다녀오고 시당 조의장에 다녀오고 아버지는 하루에도 여러 차례 조의장에 가서 허리를 꺾고 울었다. 명호는 그 누구의 울음보다 슬프고 처절한 아버지의 울음소리를 들었다.

나중에 알게 되었던 일이지만 당시 인민들의 조문 횟수를 은밀히 기록했다는 소문이 돌았다. 명호는 아버지가 무엇 때문에 새벽부터 진종일 조의장에 드나들고 목청이 찢어지도록 울부짖었는지 이해하게 되었다. 그렇게 해서 훗날 아버지의 메달은 다시 하나가 추가되었다. 명호

는 이제 아버지의 삶에 대해 누구보다 이해할 수 있을 것 같다는 생각
이 들었다.

김일성의 사망 이후 남쪽과 북쪽은 팽팽히 긴장하고 있었다. 남쪽에
서는 이미 특별경계령을 내린 상태였고 남쪽의 김영삼 대통령은 1993
년 2월 취임 이후부터 북쪽과 줄곧 각을 세우고 있었기 때문에 긴장이
한층 고조되었다. 김일성은 죽을 때까지 통일 환상에 빠져 남북 정상
회담을 추진했고 서울에 방문해서 읽을 연설문까지 작성해 놓았다고
했다. 이런 상황에서 북남의 대립에 촉각을 세우는 쪽은 언제나 부모
님이었다.

– 여보, 남쪽 분위기가 심상찮다 하지요?

하루종일 울가망스런 표정으로 조의장을 들락거리는 아버지를 향해
묻는 어머니의 목소리는 가늘게 떨리고 있었다.

– 남조선 대학생 동무들이 김일성 수령 분향소를 설치했다가 고마
김영삼 괴뢰도당들한테 발각이 되었다지 않소.

– 에그나 이를 어쩜 좋다니. 고저 처형이나 당하지 말아야 할 텐
데……

부모님이 드나들며 간헐적으로 가져오는 세상 소식에 녕호는 어떻게
전개될지 모르는 앞날에 대한 불안함으로 긴장하고 있었다. 집에 돌
아와 슬픔에 흠뻑 젖어있던 조기백 동무를 만나 이런저런 얘기를 나눈
것이 고작이었다.

– 명호 동무, 들었나? 김영삼이가 전쟁을 일으킬 거라는데~

– 뭐이야? 난리를 일으킨다는 말이야?

아버지가 겪었다는 6 · 25가 떠올랐다.

– 고저 김영삼이 가슴에 맺힌 철천지원수가 김일성 수령이라지 않

나. 뭐라더라? 아 그 뭐인가 김영삼 어머니가 거제도로 침투한 남파간 첩한테 목숨을 잃었다는 거야~

– 기백이 동무, 고저 입조심 하자야. 고저 그하냥 슬퍼서 종달새처럼 지지배배 우짖어야 탈이 없단 말이야~

명호의 말에 기백의 표정이 깊은 슬픔으로 탈바꿈했다. 명호 역시 슬픈 표정을 과장하고 있었다.

– 아이고 아버지 수령 아이고 아버지 수령~

그들은 함께 우는 시늉을 했다. 거리의 인민들은 누구라도 아이고를 외치면서 슬픔을 표시했다. 진정 가슴속에 묻어나온 울음인지 누군가의 눈을 의식한 울음인지 모를 소리들이 거리를 적셨다. 명호와 기백이도 거리에서 인민들과 더불어 울었다. 곡을 하는 인민들은 울음으로 흥건히 마음속을 적시다가 어느 순간에는 파랗게 날을 세우며 상호 감시를 하고 있는 듯했다.

집에 돌아와 김영삼 어머니의 죽음에 대해 아버지에게 물어보았지만 아버지는 대답하지 않고 슬픔에 젖어있을 뿐이었다. 중앙 텔레비전에서는 김영삼을 입에 담으며 '민족의 역도' '극악무도한 원수'라고 쉴 새 없이 종달새처럼 지껄여댔다. 몇 날 며칠을 피울음을 울어대는 종달새들의 아우성에 피멍이 들었던지 아침부터 저녁까지 내내 파랗던 하늘에도 저녁 무렵에는 노을이 들어 지저귀는 새들조차 붉은 사상의 그물에 걸려 퍼덕거리는 느낌이었다.

2

김일성의 사망은 북한 사회에 한바탕 태풍을 몰고 왔지만 우려와는 달리 남조선의 침공은 없었다. 인민들에게 이것은 다행한 일이었지만 이 소용돌이로 인하여 명호는 태산이 동무에 대한 자아비판의 기회를 잃어버렸다. 김일성의 장례가 끝난 후 아버지는 구락부 건물에서 수많은 인민들이 지켜보는 가운데 메달을 하나를 받게 되었다.

조의 기간 동안에 보여준 김일성과 조선 인민공화국에 대한 가열찬 충성심에 인민들의 본보기가 되었다는 것이다. 아버지의 메달은 땀과 노력의 결실을 뛰어넘어 목숨을 담보한 결과물이었지만 그토록 염원하던 당증을 목에 매달지는 못했다. 아무리 날고뛰어도 반쪽 피의 분자에서 벗어날 방법은 없었기 때문이다.

어수선한 분위기가 잠시 잦아들자 정숙이 명호를 찾아왔다. 말골에서 있었던 일 이후 어느 유원지에서 다시 만나게 되었는데 명호는 정숙의 말에 뒤통수를 얻어맞은 느낌이었다.

– 명호 동무, 어찌하면 좋소?

홍조를 띤 얼굴에는 푸석한 기운이 묻어 있었다. 정숙을 마주친 순간에 엄청난 일이 일어났다는 것을 직감했다.

– 무슨 일이 있소? 어찌 낯바닥이 헐렁한 것이~

– 달거리生理가 없단 말이오. 고저 어찌하면 좋다는 말이오?

정숙의 말이 무엇을 의미하는지 명호는 바로 알아차렸다. 정숙의 뱃속에 명호의 아이가 들어섰다는 것을 눈치챘기 때문이다. 콩닥거리는 가슴을 억누르며 명호는 우선 심호흡부터 했다. 대학생 신분으로 남녀

교제도 성토의 대상이 되는 판에 아이를 가졌다면 자아비판의 대상이 되는 것은 분명했다.

　- 동무 뱃속에 분명 내 태胎가 앉아 있단 이런 말이오?

　- 알림약시약 테스트를 했소. 명호 동무의 태가 이 정숙이 뱃속에 들어 있는 거 맞소.

　정숙 동무의 표정은 당혹스럽고 놀람보다 오히려 녀성으로서 연분하는 남자의 아이를 뱃속에 가진 것에 대한 충족감이 더 커보였다. 여자대학에 적을 둔 녀성으로서 감히 상상하기 힘든 일이 일어났음에도 오히려 기쁨의 표정이란 녀성의 본능적 모성애에서 비롯되는 모양이다. 교원대학 출신으로 미래에 보장된 특혜를 중도 포기하지 않고서는 헤쳐나갈 수 있는 상황이 아님을 정숙 동무가 모르지 않을 것이다.

　- 의사 선생님 검발진찰은 받아봤소? 다니던 대학은 어찌 하고?

　- 학꼴 그만두면 되지 않겠소? 우리 중 한 사람만 접장질선생하면 되지 않겠소?

　정숙은 이미 마음속에 각오를 다졌던 모양이다. 그러나 명호에게는 엄청난 부담이었다. 교원대학에 다니는 것도 하늘에 별따기 마냥 어려운 일인데 정숙의 모든 꿈이 자신 때문에 물거품이 될 것이라는 생각을 하니 얼마든지 말리고 싶었다.

　- 대학을 졸업하고 군 복무도 마쳐야 하지 않소. 앞길이 구만리인데 어찌 정숙 동무는 이리 어리석소? 태산이 동무에 대한 방패막으로 말골에 올랐던 거 아니오?

　- 명호 동무 말이 모두 옳소. 하지만 떡메전사가 우리 아버지를 만나는 것을 어찌한다는 말이오? 고저 부문당 비서까지 태산이 동무가 끌어들여서~

정숙이 발을 동동 굴렀다.

- 뭐이에요? 정숙 동무 아버지를 만나다니 그 무슨~

- 아버지한테 입당할 수 있도록 힘을 실어준다는 말이 아니겠소. 이게 죄 박태산이 그 동무 짓거리라는 말이오. 우리 아버지 한뉘 다하도록 소원이 당증을 목에 매는 거인데~ 이 정숙이는 정말 태산이 동무가 싫소.

명호는 정숙의 손을 잡았다.

- 이거 이거 어찌하면 좋단 말이오? 고저 이러지도 못하고 저러지도 못하게 생겼소.

- 내래 자아비판을 하고 학교도 그만두겠어요. 태산이 동무에게도 명호 동무를 품어버렸다고 고백을 해야 하겠단 말이오.

정숙의 말에 명호는 고개를 가로저었다. 녀성으로서의 치욕을 먹칠 문신처럼 새기는 일에 어찌 동의할 수 있는가 말이다. 태산이 동무가 이제 정숙의 아버지까지 끌어들이고 있는 모양이었다. 명호 아버지 역시 반쪽 피의 분자라는 약점을 가지고도 끊임없이 당증을 얻어내기 위해 목숨을 걸고 헌신하지 않았던가.

정숙 동무 아버지의 입장을 명호 역시 충분히 이해할 수 있었다. 그러나 당시 명호의 입장에서 정숙에게 특별히 헤줄 수 있는 어떤 위로의 말도 해결을 위한 방안도 제시하지 못했다. 딸꾹질마저 쏟아내고 울먹이며 뒷모습을 보이고 가는 정숙의 모습은 명호의 가슴을 저미게 만들었다.

그녀를 돕지 못하는 자신의 처지가 원망스러웠다. 녀성 동무 앞에서 사내의 기질을 뽐내보는 호기도 없었고 연분하는 녀성 동무의 보호막으로서도 명호는 무기력한 존재에 불과했다. 더욱이 정숙의 아버지가 당증이란 권력을 얻기 위해 떡메전사와 부문당 비서의 힘을 빌리려고 한다면 태산으로서는 이미 열매가 매달린 사과나무를 통째로 수중에 넣는 것과 같음이었다. 태산은 아버지와 삼촌 아버지가 걸쳐놓은 사다리를 타고 올라가 사과를 따면 되는 일이었다. 달콤한 사과의 맛을 본 사람들은 결코 손아귀의 사과를 잃지 않으려 하듯 정숙의 아버지 역시 사과의 달콤한 맛을 만끽하기 위해 어떤 타협도 마다하지 않을 것이다.

정숙이 명호를 급히 찾아온 것도 이런 일련의 과정을 예상했기 때문이리라. 대체 명호는 정숙에게 이런 상황에서 어떤 말로 위로를 하고 어떤 선택을 하게 해야 옳을까? 분명한 것은 연분하는 사람을 쟁취하기 위해 누구든지 희생을 감수해야 한다는 이치를 깨달았다는 점이다. 그렇다면 명호는 정숙을 위해서는 무슨 희생을 감수해야 하는 것인가? 생각이 깊어질수록 혼란스러움이 더했다. 그러나 이런 혼란스러움은 명호뿐만이 아닌 모양이었다. 태산이 동무가 명호를 찾아온 것이 이를 증거하고 있었다.

— 수정주의 날라리 짓거리를 하고서 어찌 조선 인민공화국에 지성이라 할 수 있겠나? 고저 동무에 그 삐딱한 사상을 개조해야 하지 않겠나?

얘기의 자초지종을 생략하고 알맹이부터 꺼내는 박태산 동무의 눈동자는 태양처럼 이글이글 끓었다. 번번이 발목을 걸어오는 태산이 동무에 대한 증오심이 불타올랐지만 조심하지 않으면 자칫 수렁으로 빠질 수 있다는 생각에 덩달아 흥분하지 않았다. 살이삶의 길목에서 아버지가 마음속에 때때로 일어나는 분노를 조절하지 못했다면 이제까지 목숨조차 부지하지 못했을 것이다.

– 삐딱한 사상이라니 동무 말조심 하라~ 고저 오랜만이니 수인사나 나누자~

명호는 태산의 질긴 손길이 죽도록 싫었지만 더는 어려운 궁지에 몰리지 않으려고 애를 썼다.

– 오정숙 동무 고 고운 낯바닥이 어찌 그래 되었나? 부문당 비서 앞에서 눈치코치 없이 어찌나 게워대던지 원, 오 동무 아버지에 간이 오그라들었을 거야. 명호 동무, 수령님도 가시고 이제 새로운 세상을 열어야 하지 않나? 고저 오정숙 동무에 맘 줄을 싹뚝 끊어 달라 이거야. 오 동무한테 명호 동무가 한 짓거리 이거 이 거 총살감이란 말이지~

태산의 말에 명호는 정신이 아득해졌다. 태산이란 동무가 일을 어떻게 몰아붙일지 모르기 때문이었다. 결코 겁을 주려는 말이 아니란 것을 모르지 않았다.

– 일이 옹색하게 되었으니 태산이 동무래 벗으로서 날 좀 도와 달라. 이왕 벌어진 일이니 아무데고 발설하지 말아달란 말이야.

태산이 묵묵히 노려보고 있었다. 명호는 산처럼 크게 보이는 태산의 앞에서 끝없이 비겁하게 추락하고 있었다. 태산으로부터 정숙 동무를 지키려는 어떤 시도도 하지 못했다. 뒷모습을 보이며 멀어지는 태산의 등 뒤에서 명호는 허탈하게 주저앉고 말았다. 목숨을 맡겨서라도 정숙을 지켜야 한다.

그러나 이렇게 무기력하게 물러설 수밖에 없는 자신의 처지가 원망스럽기 그지없었다. 포로군인이란 신분으로 어머니를 만나 북쪽에서 살아나온 아버지의 삶에 어찌 감히 손가락질을 할 수 있으랴. 가당치도 않는 당증을 얻으려고 목숨을 다해 뛰고 달리고 한 가닥 남은 자존심마저 팽개쳤을 아버지의 자취가 뇌리에 절로 그려졌다. 정숙의 아버지까지 당중에 매달리는 현실 앞에서 명호는 정말 정숙을 지켜나갈 자신이 없었다.

아니 당장 목숨을 빼앗길 난장에 빠지기 싫었던 것이다. 비겁한 자신의 행동을 용납할 수가 없어 명호는 그날 차라리 죽는 편이 나을 거라고 생각했다. 어떻게 정숙 동무를 마주할 수 있을까? 이제 더는 정숙 앞에 고개를 들고 나타나지 못하리라. 무슨 말로도 정숙에게 변명을 하지 못할 것이라고 명호는 생각했다. 모든 일들이 한없는 후회로 가슴을 짓눌렀다.

3

김일성이 죽고 북쪽에는 커다란 시련이 다가오고 있었다. 이른바 '고난의 행군'이 시작된 것이다. 최악의 식량난에 허덕이는 인민들의 지옥이 기다리고 있었다. 김정일을 중심으로 함께 뭉쳐 고난을 극복하고 사회주의 승리를 이뤄내자는, 인민을 향한 노력 동원의 선동정치에 지나지 않았지만 인민들의 자발적인 참여 의지는 높고 혁명 열기의 횃불은 거침없이 타오르기 시작했다.

그러나 '김일성 수령이 백두밀림에서 항일투쟁 시에 이룩했다는 기적'은 북쪽에서 일어나지 않았다. 인민들은 먹을거리를 구하기 위해 산과 들과 바다로 떠돌고 급기야 국경을 넘기 시작했다. 거리에는 굶어죽은 시체가 뒹굴고 검은 독수리 떼가 거리를 점령했다. 정치범수용소에 끌려간 죄수들은 들쥐를 잡아먹고 심지어 위생실의 구더기를 먼저 차지하려고 동료를 죽이는 일도 일어나고 있었다. 조선민주주의인민공화국은 하나의 거대한 주검의 공화국이 되어가고 있었다. 당시 굶어 죽은 인민들이 300만 명이 넘는다는 얘기까지 떠돌았을 정도였다.

정숙 동무에게 비겁한 면모를 보이고 말았던 명호에게 차라리 북쪽의 이러한 시련은 정숙에 대한 책임의 회피처로 작용했다. 그는 대학생 교도대에 입대하여 혼란한 상황에서 벗어나고 싶었다. 어차피 대학을 졸업하기 위해서 반드시 거쳐야 하는 과정이 대학생 교도대였다. 비록 6개월로 짧은 기간이지만 이런 시기에 정신의 재무장을 하기에 적절한 과정이었다. 당시 생각보다 많은 학생들이 교도대에 합류했다.

명호는 현역 병사들과 같이 지역 주변의 포진지에 투입되어 그 주변에 진지를 구축하는 훈련에 임했다. 현역 병사들과 같이 참여하는 교도대는 기성 군사조직에 버금갔다. 그 무렵 대학생 필수 과정이었던 혁명 사적지 탐방도 이루어졌고 백두산과 왕재산 등을 군대 배낭을 메고 하루 50킬로씩 15일 동안 걷는 강행군이 이어졌다. 이렇게 함으로써 명호는 정숙에 대한 복잡한 생각을 잊어버리려고 노력했다.

그가 정숙 동무에 대한 미련을 버리지 못하는 한 그의 앞날에 가해질 태산이 동무의 반칙에 대한 결과가 어떻게 전개될지 가늠하기란 결코 어려운 일이 아니었기에 명호는 현명한 결정이라고 생각하고 있었다. 정숙에 대한 소식이나 태산 동무에 대한 소식에도 귀를 열어놓지 않았다. 이래저래 교도대 6개월은 그에게 혹독한 생활이었다.

교도대 중대장과 정치 지도원, 사관장 등은 모두 현역 군인들로 이들과 같이 생활하고 훈련함으로써 전 교도대원들을 현역 군인처럼 훈련시켰다. 군 생활 10년을 마치고 대학에 들어온 나이 먹은 대학생들도 교도대에 다시 입대하는 것에는 예외가 없었다. 사격과 정치, 군사 전술 등은 물론 각종의 군대식 동작을 익혀나갔다.

학교 연대별 훈련이나 학부 대대별 훈련, 중대별 학과훈련, 소대별 학급훈련이 체계적으로 이루어졌다. 하루 일과가 끝나면 교도대 훈련 생들은 허기진 배를 움켜잡고 벌컥벌컥 물로 배를 채웠다. 고난이 행군 시기는 학교 교정에도 외곽 교도대 훈련소에도 예외가 없었다.

교도대를 졸업하고 수료증을 받고 되돌아온 대학 생활 중에도 정숙 동무에 대한 소식은 접하지 못했다. 대학으로 복귀하자 더욱 혹독한 지옥 같은 시간이 기다리고 있었다. 농촌지원 전투를 5월과 6월에 나가서 거의 40일을 하루도 쉬지 않고 일했다. 모내기를 하고 옥수수를 심고 김매기를 하고 새벽부터 저녁 늦도록 잠시 쉴 틈도 없이 오직 소나 말처럼 일만했다.

가을걷이 전투에도 참여하여 9월부터 10월 사이 20여 일 동안 농가에 동무 2명과 배치되어 겨우 연명을 하듯 숙식을 해결하면서 등이 휘도록 노동을 했다. 대학생이 되어 무엇보다 군대를 면제받는다는 것이 좋았지만 이건 숫제 군대식 체제여서 결코 면제받는다고 볼 수 없다.

교도훈련을 참지 못하고 휴학을 하는 학생들도 있었다. 훈련 중에 병을 얻은 학생들도 속출했다. 심지어는 몸이 약해 가을걷이 전투에 불참한 학생들은 퇴학을 당하는 불이익도 감수하는 모양이었다. 명호는 악착같이 무엇에 홀린 사람처럼 이런 모든 과정을 극복해냈다. 변소의 인분을 퍼내고 오물을 치우는 등 온갖 궂은일을 참아냈다. 오죽하면 교도생들을 개에 빗대어 '개 대대'라는 유행어까지 나돌 정도였다.

땔감을 훔치고 농장을 습격해 김장거리 도적질에도 앞장섰고 평양의 외곽 도시건설에도 투입되었다. 그리고 살림집 공사판에서 질통을 메고 계단을 오르다 쓰러져 무릎이 절단난 동무도 있었으며 강변 둑길을 견고히 하는 호안공사제방 쌓기에 투입되기도 했다. 이른바 도적 훈련이라는 겨울 교도대를 무난히 마치게 되었다.

이런 모든 혹독한 과정을 마치고 명호는 대학을 졸업하였고, 지역의 고등중학교 력사 교원 발령장을 따내게 되었다. 이런 결실에는 무엇보다 아버지의 피나는 노력의 힘이 컸으리라 명호는 생각하고 있었다. 남쪽 출신 성분을 극복하고 목숨을 걸고 훈장을 따서 아들이 대학에 가는 데 결정적 역할을 하였던 것이다. 또한 자아비판이라는 위태한 순간에도 그 목숨과도 같은 훈장을 반납하여 아들애를 구하여 조선 인민공화국의 어엿한 선생으로 자리 잡을 수 있도록 한 것 역시 아버지의 힘이었다.

고등중학교의 교원으로 발령을 받고 집에 머무르는 내내 잊기로 했던 정숙 동무에 대한 소식이 궁금한 것은 당연한 것이었다. 특히 정숙의 뱃속에 앉은 아이에 대한 걱정은 비록 20대 후반의 연치지만 부성애로서의 본능적인 감정이었을 것이다. 그러나 정숙에 대한 소식을 들을 수 있는 방법도 없었고 부러 정숙 동무를 찾아 나설 용기도 나지 않았다.

그런데 고등중학교 복무를 앞두고 집에서 대기하던 당시 조기백 동무를 만난 것은 결코 우연이 아니었다. 조 동무는 마치 산 너머 고향길에 동행하는 나그네처럼 굽이굽이 험한 비탈길에서 나타나서 고비마다 손짐을 덜어주는 인연 깊은 동무가 분명했다. 고등중학교에 배정되었다는 소식을 듣고 부러 찾아온 조기백은 허위허위 숨을 몰아쉬며 정숙에 대한 소식부터 늘어놓았다.

― 정숙 동무에 소식을 들었나? 지난 얘기지만 당시 상학시간수업시간

에 오구탕을 쳤다야단법석는 거야.

　- 뭐이야? 누구가 오구탕을 쳤다는 말이니?

　명호는 기백이 동무를 뚫어지게 쳐다보았다.

　- 누군 누구니? 정숙 동무래 갑자기 하혈을 하면서 얼이 치어정신 잃음 병원에 실려 갔다는 거야~

　조기백의 말에 명호의 눈자위가 파르르 떨렸다. 어찌나 놀랐던지 입가에 쥐가 나는 듯 아무런 말도 하지 못했다.

　- 그런데 말이지. 평양 산원으로 갔대는데 고저 소문 듣자하니 하혈 끝에 유산을 하였다는 게야. 이거야 원 동무, 말이 되는 소리니?

　- 아니 뭐이야? 이봐, 기백이 동무, 주둥이 함부로 놀리지 말라야~

　명호의 주먹이 불끈 쥐어졌다.

　- 불 먹은 소리볼멘소리 말라 이 촌바우 같은 동무야. 평양 산원에서 태산이 동무가 부축하고 나오더란 거야. 이 거 이 거 무슨 오뉴월 남비 탕 끓이는 이바구란 말이니~

　조기백의 말은 결코 듣고 싶지 않은 소식이었지만 조 동무의 오해를 반드시 풀어주어야 한다는 생각에 그는 입을 열지 않을 수가 없었다. 왜냐하면 조기백 동무야말로 어떤 경우에도 믿을 수 있는 동무였기 때문이다. 자신을 수렁으로 떨어뜨릴 동무는 아니라고 생각한 것도 있지만 그보다 먼저 박태산을 생각하면 말로라도 밸 풀이분풀이를 하고 싶은 까닭도 있었다.

　- 정숙 동무가 나를 찾아 왔었어~

　명호는 정숙 동무와의 사이에 일어났던 일들을 조기백에게 차근차근 설명해주었다. 지나가버린 순간들이 명호의 머릿속에 자맥질을 하듯 불쑥불쑥 솟아올라 숨이 막힐 지경이었다. 조 동무가 주머니에서 마라초를 꺼내 입에 물려주었다. 흐읍, 하고 깊게 빨아들이는데 저도모르게 눈물이 양쪽 볼을 적셨다.

어떻게 이런 식으로 정숙 동무에게 무관심할 수 있었는지 자신의 태도가 도저히 리해가 되지 않았다. 마라초를 깊게 빨아들일수록 슬픔에 북받쳐 숨이 막혔다. 조기백이 명호의 등을 두들겨주면서 덩달아 마라초를 빨아댔다. 지난 격정의 순간들이 뇌리에서 하나하나 부유하듯 떠오를수록 숨이 막히는데 이상하게 가슴이 휑했다. 조기백 동무가 먼저 말을 꺼내지 않았다면 명호는 종일 한 마디도 더는 하지 않았을 것이다.

— 동무, 이상하지 않아? 정숙 동무가 퇴학을 당해도 열 번을 당하지 않았겠어? 태산이 동무가 말이야, 정숙의 뱃속에 태가 명호 자네의 태라는 거를 알았다면 동무 또한 무사치 못할 것이 아니었겠냐 말이지. 근데 이리 멀쩡히 고등중학교 배정까지 받았으니 말이야~

— 정숙 동무 아버지가 태산이 동무 힘을 빌려 입당을 할 거라는 말을 들었어~ 그런 마당에 딸애의 일을 어찌 그냥 지나칠 수 있겠어~ 우리 아버지가 아들애를 위해서 훈장을 내다팔듯 아마 오 동무 아버지 또한 딸애를 위해 무엇이든 했지 않겠느냐 말이야~

조기백이 명호의 말을 듣고 그렇다는 듯이 고개를 끄덕거렸다. 한동안 말이 없던 조 동무가 마라초의 꽁지를 툭 던지면서 덧붙였다.

— 오호, 동무가 끌려가는 게 당중 받는 데 걸림돌이 된다 알았겠지~ 남녀가 놀아나는 것은 쌍으로 놀아나는 것이니 누구든 까발겨지는 거 원했겠느냐 말이야~

— 고저 조 동무, 주둥이 방정맞구나야. 쌍으루 놀아나다니 원 초를 치러 내 찾아왔나 응?

이럴 때는 아무리 가까운 벗이라도 원망스럽기 이를 데가 없었다.

- 후후 미안하구만, 초를 치려는 게 아니라 쌍으루 놀아나는 것은 맞지 않나? 고저 손바닥도 짝이 있어야 소리를 내니끼니 말이야~ 보라, 동무. 이거 서겁섭게 생각 말라야. 고저 귀 좀 빌리자. 이거 새어나가면 총살감이다~

조기백이 자신을 찾아온 이유를 명호는 이제야 알 수 있었다. 귓속말로 숨을 죽이며 말을 하는 조 동무의 목소리는 가늘게 떨리고 있었다. 김일성 이후 김정일 국방 위원장은 자신의 권력유지를 위해 믿을 만한 세력으로 군대를 선택했다고 했다. 김일성이 인구수가 가장 많은 노동자를 중심에 두었다면 김정일은 그와 달리 청장년들을 기본 알맹이로 하는 이른바 선군정치를 시작했다는 것이었다.

조선공화국에 몰아닥친 아사 직전의 위기를 모면하기 위해 전시상황이란 분위기를 조성해서 모든 인민들을 틀어잡겠다는 계산이었다. 그럼에도 함북 소재 인민무력부의 한 군단 내에서 군사 쿠데타가 일어났다는 것이었다. 군단 정치위원과 군단 참모장, 각 사단장들이 쿠데타를 은밀히 계획하여 유사시 남쪽과 합동작전을 펼친다는 모의를 하고 있었는데 비밀이 새어나가 호위총국 사령부 별동대가 긴급작전으로 이들을 모두 체포해버렸다는 것이었다.

- 동무, 이거 위험한 상황이란 말이야. 자네 아버지가 말이야, 훈장을 아무리 많이 받았대서 남쪽 불순한 피가 말갛게 되겠느냔 말이야. 그러니 어디든 나대지 말고 조심하라 동무야. 내래 걱정이 돼서 이렇게 달려온 거야. 명심 하라우~

- 기백이 동무, 고저 고맙구나~ 사실 정숙 동물 수소문해 볼 작정이었는데 공연히 불바다에 뛰어들 뻔 했어~

호위총국 사령부 별동대란 말을 들으니 명호의 온몸이 얼어붙었다.

– 그래 맞아. 고저 태산이 동무 태가 아니라 명호 동무에 태라는 거이거 이 거 샴팡샴페인 터뜨릴 일이지만 세상이 어지러우니 한 치 앞도 내다볼 수가 없단 말이야. 동무는 고저 발령장 따냈으니 우리 빛나는 조선에 력사 제대로 가르치면 되는 거야. 이 기백이도 한 해쯤 뒤에 동무처럼 발령장 따낼 수 있을 거야.

조기백의 눈자위가 촉촉이 젖어있었다. 명호는 자신을 위로하는 조기백의 손을 덥석 끌어당겨 꽉 잡아주었다. 조기백 동무에게 무슨 말로 감사할 수 있을 것인가. 명호에게 항상 힘이 되어주는 동무이며 항상 자기보다 명호를 배려하고 희망을 불어 넣어주던 동무였다. 이런 끈끈한 인연이 훗날 조기백의 아들애를 자식처럼 보살펴야 하는 운명으로 이어지게 되리라는 것을 당시에는 상상조차 할 수 없었다.

4

명호는 고등중학에서 력사를 가르치게 된 것이 조선인민공화국에서 자신의 앞날에 굳건한 토대를 마련할 수 있는 절호의 기회라고 생각했다. 남쪽 피의 분자를 가지고 태어난 운명을 바꾸리라는 단단한 각오 속에 강탁에 서기 위해 집을 나서면서 부모님께 큰절을 올렸다. 목숨을 걸고 목표를 향해 달려온 세월이 각인되어 있기에 북쪽 역사에 대해 반감을 일찍부터 가지고 계신 아버지도 묵묵히 고개를 끄덕일 뿐 예전처럼 아들의 뒷전에 초국초친 냉국을 뿌리지는 않았다.

하나의 역사적 사실에 어찌 각기 다른 역사가 존재하는가라는 아버지의 성토는 당시 명호에게 깊은 혼란의 근원이 되었지만 그는 더욱 사상의 심지를 견고히 세우리라 가슴 뜨거이 맹세를 했던 것이다. 김정일 위원장의 선군정치에 감히 모반을 하다 발각되었다는 소식을 조기백 동무로부터 전해 듣고서 한순간이라도 방심을 하면 목숨마저 경각에 달릴지도 모른다는 교훈을 새겨두고 있었다. 남쪽의 불순한 피가 어떻게 말갛게 되겠느냐는 말을 뒤통수에 떨구고 수표서명를 받아내듯 가슴을 조이며 돌아서던 조기백의 등 뒤에서 곱씹었던 순간을 절대 잊지 않을 것이라고 수없이 다짐을 했다.

학생들을 향한 명호의 강의는 당당하고 활력이 넘쳤다. 명호는 첫날부터 학교장은 물론 부교장, 분과 주임 그리고 동료 교원들의 관심을 사로잡을 정도로 열띤 강의를 펼쳤다. 김일성 유시諭示 : 인민을 가르치는 문서를 전면에 내세우면서 수천 년 조선의 역사야말로 오로지 인민의 투쟁의 역사라고 목청을 돋웠다. 대학에서 즐겨 읽던 김일성 노작에 대해 연일 열변을 토하며 학생들과 교원들을 향해 자신의 투철한 사상과 역사적 지식의 깊이를 확실하게 보여주었다. 하루를 마감하는 교원 총화 시간에도 명호는 투철한 사상의 무장을 보여주었다. 말자루주도권를 잡고 총대를 멘 듯 강탁講桌에서 사상의 강한 알맹이들을 늘어놓았다.

─ 친애하는 김정일 지도자 동지의 현명한 령도로 온 조선이 빛나고 있습니다. 이제 친애하는 지도자 동지의 향도에 따라 우리 인민은 가장 행복하고 자랑스러운 인민이 되었습니다. 대대로 이어진 주체혁명의 위업을 받들어 조선의 력사를 잘 알아야 조선혁명의 선봉에 서는 것입니다.

─ 고난의 행군시기에 친애하는 지도자 동지의 노작勞作:논문을 읽으

면서 주체할 수 없는 눈물을 흘렸습니다. 조국통일과 전민족대단결, 고려민주연방공화국 창립방안을 토대로 기어이 조국통일을 이룩하고 야 말겠다는 새로운 경지를 가열차게 들여다보았습니다. 이 어찌 불후의 고전이 아니고 무엇이겠습니까?

명호에게 말자루를 **빼앗긴** 교원들은 명호의 열변을 넋을 잃고 바라보았다. 교도대의 소대원들이 한바탕 질주를 끝내고 땀을 들이는 한적한 순간에 박수가 매미 울음처럼 일제히 쏟아져 나왔다. 명호의 투철한 사상이 저들의 뇌리에 총성처럼 울렸다. 불순한 남쪽 피의 분자가 포자를 키워 체액 속에 유령처럼 떠돌고 있으리라는 우려와 염려는 한방의 총성처럼 숨통을 조여 버린 것이었다.

명호는 짧은 기간에 신임을 얻어 모든 학생들로부터 선망의 대상으로 부각될 정도였다. 조선공화국에서는 학생에게 한번 담임은 영원한 담임으로 작용했고, 담임이라는 지위는 대학진학 시에 상당한 영향력을 발휘할 수 있었기 때문에 극성맞은 학부모들 사이에 리명호 선생에 대한 선호는 대단했다. 고정 담임제의 특성상 담임의 영향력은 성장기의 학생에게 인격의 형성은 물론 진학하고자 하는 대학을 선택하는데 매우 크게 작용한다. 그래서 명호가 진학에 필수적인 수학이나 물리 과목 등의 담당 교원이 아님에도 학부형들 사이에서는 리명호 선생을 담임으로 만나면 호떡을 만난다는 식의 은어까지 나돌 정도였다. 어떤 간부들은 자신의 아이를 호떡 선생에게 배정하기 위해 은근히 압력까지 행사하는 실정이었다. 이와같이 담임이야말로 학급장을 학교장 선생에게 추천할 수 있었고, 학생들이 진학하고자 하는 대학을 결정할 수 있었다. 또한 정치조직인 소년단 조직부위원장 역시 추천할 수 있었는데 이 조직부위원장은 거의 학급장이 맡는 경우가 대부분이었다.

김일성 사후 김정일 국방위원장 체제를 공고히 하기 위해 북조선 지도부는 앞을 다투어 김정일에 충성맹세를 하고 기관마다 숙주 노릇을 하느라고 하루가 짧을 정도였다. 명호 역시 이런 시류에 뒤 떠밀리지 않고 젊은 역사 선생으로서 스스로 불심지가 되고자 하였다. 교원마다 앞을 다투어 궁냥궁리을 내고 창발성창의성을 발휘하느라 피눈이 되고 있었다. 모두가 배를 곯아 허기가 턱밑까지 차올랐지만 굶주린 뒤 끝에는 사상의 동냥마저 부끄럽지 않을 전사처럼 명호는 학생들 앞에 되다만 세뇌의 벌림대진열대를 늘어놓았다.

― 백두산의 아들 김정일 지도자 동지야말로 북조선 인민들을 구제하기 위해서리 하늘이 보내주신 옥동자입니다. 탄생조차 인민공화국 인민들에게 조국광복의 희망을 심어주셨으며 제국주의 일제 괴뢰들에게 커다란 공포를 일떠세웠습니다.

명호의 열변이 토로 되고 있을 때 학교장 선생의 시선뿐만 아니라 다른 교원들의 시선 역시 명호에게 빗발쳤다. 어느 누구도 반쪽 피의 분자라고 낙인 지으며 명호의 사상에 대해 의심할만한 사상의 빈틈을 발견할 수가 없었다. 유리창 너머로 오랫동안 끌신슬리퍼을 끌며 지켜보던 학교장의 이맛살에 얹힌 의심의 그림자는 창문 틈을 넘지 못하고 창틀에서 꺾이며 흔들렸다. 명호에게 가장 치열했던 역사의 훈장이 있다면 당시의 열변이었을 것이다. 아버지가 받은 훈장처럼 명호가 쟁취한 훈장은 어느 순간보다 그를 은밀히 감시하는 어두운 그림자의 시선이 창틀에서 꺾이는 바로 그 장면이었을 것이다.

― 김정일 지도자 동지께서 어머니 김정숙 동지와 함께 어느 산골 소학교에 들러서 책상 위에 놓인 세계지도를 보았었는데 조선과 일본이 똑같이 빨간색으로 표시되어 있었습니다. 고저 득달같이 먹을 갈아 일

본 땅을 새카맣게 칠했더니만 느닷없이 일본열도가 암흑천지가 되더니 무더기비가 쏟아졌다는 말이지요.

학생들의 눈망울은 초롱초롱 했지만 교실이 떠나갈 듯 멈추지 않는 박수 소리는 차갑게 얼어붙어 있었다. 유난히 돋들리며 마치 쉴 새 없이 메아리치는 포성처럼 토해내는 서글픈 여운의 자락은 해 저문 석양의 그림자처럼 슬픈 노래와도 같았다. 어떤 달콤하고 기백이 넘치는 말보다 한 알의 옥수수 알갱이가 학생들의 가슴을 불타들게 하리라는 것을 모르지 않았지만 명호의 목청은 지칠 수가 없었던 것이다.

– 우리 북조선 인민들은 한 알의 모래로 쌀을 만들고 맨주먹으로 연길폭탄을 만들어 가랑잎을 타고 두만강을 건너오신 자손만대의 영웅을 보내고 이제 백마를 타고 이 땅에 오셔서 조선 인민들의 앞길에 하해와 같은 은총을 내려주실 친애하는 김정일 위원장 동지의 발길에 무한한 영광을 바칠 것입니다.

담임을 선도로 하여 일제히 생존의 투쟁에 나서기 시작했다. 책을 덮고 대오를 지어 외곽 야산에 올랐다. 파릇한 풀들은 메마른 대지 위에서 바람에 흔들리며 아이들의 손길을 피하려고 안간힘을 쓰는 모양이었지만 아이들의 손은 이름 모를 잡초마저도 가만두지 않았다. 꺾어서 먹을 수 있는 풀은 모두 뽑혔고 산과 들녘의 나무의 껍질을 마치 자아비판을 하듯 한 점의 흔적도 남김없이 냉혹히 벗겨내서 단물을 빨아먹고 찌꺼기마저 씹어대고 있었다.

산과 들의 짐승들과 뱀과 개구리는 생존 투쟁의 첫 번째 희생물이 되어 적몰 당하지 않으면 안 되었고 곳간의 쥐마저도 꽁무니를 감출 새도 없이 굶주리고 헐벗은 인민들의 손아귀에 잡혀 요깃거리가 되고 말았다. 미나리밭에 들어간 아이들은 입 주변에 파랗게 독이 올라서 헐어 우스꽝스러운 꼭두각시가 되고 있었다. 하루종일 먹을거리를 찾아 나서다 보니 어느 순간에는 눈앞에 먹을 것이 나타났다 사라지는 곡두현상까지 일어날 지경이었다. 강냉이죽 한 사발이라도 라는 말조차 입에 올리는 일이 사치였을 정도였지만 인민들의 주린 배를 채워줄 만한 뾰족한 도리가 없었다. 그토록 열렬히 인민들이 보내주는 '하늘의 아들 친애하는 김정일 지도자 동지'에 대한 갈채는 한낱 메아리도 없는 허무한 바람 같은 것에 지나지 않았다. 그물에 걸리지 않은 바람일지라도 그토록 야멸차게 허공으로 사라지지는 않을 것이었다.

고난의 행군은 북조선 도처에서 죽음의 행렬을 만들어내고 있었다. 당에서 내린 특단의 조치는 마치 주검 뒤를 따르는 장송곡처럼 전역에 울려 퍼졌지만 허한 가슴 속에 메아리치는 것들은 허상의 메아리뿐이었다.

일식삼찬의 조선 인민 행동 양식이 하달된 것은 이를 반영하고 있었다. '지금부터 조선 인민은 일식삼찬의 규율로써 친애하는 김정일 지도자 동지의 태양과 같은 영광에 보답한다. 무 하나를 둥글게 썰어라. 무 하나를 넓적하게 썰어라. 기름을 아주 동그란 숟가락으로 1인당 하루 5g을 배급한다' 이것이 진정 평등사회의 황금분할이라는 것이었다. 일식삼찬一食三饌이라는 소박한 구호는 눈을 가리고 아웅하는 허상虛像의 극치라고 하지 않을 수가 없었다.

5

상학시간_{수업시간}에 자리를 지킬 수 있는 학생들은 많지 않았다. 먹을 것을 구하러 나갔다가 아직 돌아오지 못한 학생들이 많았다. 어떤 학생은 국경을 넘어 돈벌이를 나갔다는 소문도 돌았고 장마당 인근에서 꽃제비가 되어 구걸을 하더라는 소문도 돌았다. 그러나 이런 열악한 상황에서도 명호를 비롯한 교원들은 남은 학생들과 더불어 생활의 기쁨을 음미하고 투쟁의 열정을 노래했다.

그들은 중앙TV에서 보도되고 있는 김정일 지도자 동지의 목소리에 모든 관심을 기울이고 있었다. 이마가 훤히 빛나는 광채를 띠며 숨이 막힐 듯 팽팽히 긴장된 김정일 지도자 동지의 목소리를 허투루 듣는 사람은 보이지 않았다.

― 우리 북조선 인민들은 고난의 행군 시기를 겪으며 뼛속까지 조선혁명의 종자라는 것을 되새기고 인민 모두가 투철한 혁명의 전사로 나아가도록 합시다. 조선 인민의 머리맡에 불후의 고전을 펼쳐놓고 어둠 속에서도 주체를 수호하는 최후의 승리자가 됩시다.

교원 동지들은 중앙TV에 보도된 김정일 지도자 동지의 교시를 되새기며 허리띠를 바짝 죄며 느슨한 인민 학생들의 사상의 나사못을 바짝 조이기 시작했다. 당과 기관에서 나온 듯한 지도원 동지들이 수시로 교무실에 들락거렸다. 명호뿐만 아니라 다른 교원 동지들도 사상의 고삐를 바짝 조이는 것 같았다. 지도원들의 감시보다 무서운 것은 항상 같은 공간에서 하루하루를 함께 생활하고 있는 동지들의 눈이었다.

이러한 상황이 명호에게 전혀 낯설어 보이지 않았다. 아버지로부터 어린 시절부터 단련되어 각인된 모습이었다. 누군가의 감시로부터 자유롭지 못한 팽팽한 긴장감은 명호에게는 어린시절부터 훈련된 익숙한 긴장감에 지나지 않았다. 명호에게는 이럴수록 이처럼 위태로운 순간을 절호의 기회로 삼아야 한다는 야심찬 기개가 맘속에 자리 잡고 있었다.

이런 난세를 만나 아버지가 한뉘 목에 걸 수 없었던 당증을 어쩌면 목에 매달지도 모른다고 생각했다. 정숙 동무와의 열대메기 약속은 당시에는 생각할 겨를조차 없었다. 시급하고 절박한 순간이 하루하루 펼쳐지고 있었던 것이다. 굶어 죽은 시체가 넘쳐나고 국경을 이탈하는 인민의 무리를 셀 수 없을 정도라는 소문이 떠돌기 시작했다. 김정일 지도체제가 자리 잡지 못하고 일어서기도 전에 무너질 거라는 암울한 소문도 돌았다.

그런 까닭에선지 사상의 고삐를 잡아당기는 일은 교육현장에서 먼저 일어나고 있었다. 명호는 이런 일련의 순간들을 직시하면서 누구보다 빨리 상황을 간파하고 김정일 교시를 재빨리 분석하여 당과 국가에 본질을 호도하는 바깥의 기운들을 물리치려는 이른바 구체적인 일선 교육 현장의 지침까지 만들어냈다.

— 여러분, 경애하는 지도자 동지께서 말씀하신 교시는 바로 '종자론'입니다. 고난의 행군시기를 맞이하여 무엇보다 배움터의 새싹들에게 김정일 위원장의 뜨거운 피와 사상의 알맹이인 '피바다'와 '꽃 파는 처녀'를 각인시켜 하루에도 여러 차례 음미하고 되새기면서 새로운 시대의 발걸음을 다그쳐대야 하지 않겠습니까?

명호의 이런 주장에 이의를 제기하는 교원 동지들은 하나도 나타나지 않았다. 명호의 말자루를 빼앗은 사람은 학교장 선생이었다. 학교장은 매우 흥분되고 고양된 목소리로 입을 열었다.

- 좋소, 리명호 선생. '피바다'와 '꽃 파는 처녀'는 우리 조선 인민의 사상의 양식인 위대한 고전이 아니오? 이 고전을 가지고 어드렇게 다그쳐대야 할지 구체적으로 말해 보시오. 내래 도 교육성에 그 지침을 만들어 날래 들어가야 하겠소.

학교장의 반응이 생각보다 뜨겁고 급박하여 명호는 은근히 달뜬 기분이었다. 피의 분자가 남쪽이란 위험성은 명호에게 내면을 다지는 다짐판과도 같았다. '꽃 파는 처녀', '금강산의 노래', '밀림아 이야기 하라', '당의 참된 딸'과 함께 5대혁명가극인 '피바다'는 김일성이 거느린 조선 인민군의 주력부대가 처음 공연하고 이후 구전되어 오다가 집단창작 과정을 거쳐 작품으로 재창작되어 널리 퍼져있는 작품이었다.

그리고 '꽃 파는 처녀' 역시 동시대에 창작된 것으로 1972년 만수대예술단에서 영화와 혁명가극, 혁명소설로도 재창작 되었던 작품이다. 두 작품 모두 당시 나라 없는 민족의 설움을 극복하고 지주나 자본가와의 대립을 통해 내일에의 밝고 가열찬 염원에 호소한다는 시대적인 목소리를 담고 있었다. 나중에 김정일 위원장이 총체적으로 손을 보아 작품의 완성도를 높였다는 말도 있지만 누가 이런 작품을 만들었는지는 당시 중요하지 않았다.

- 두 작품 모두 경애하는 김정일 지도자 동지의 영혼이 녹아들어 있지만 이런 고난의 행군 시기야말로 특별히 지도자 동지의 애착이 끊이지 않는 '꽃 파는 처녀'를 상기시켜야 합니다.

- 력사 선생의 견해에 찬동하오. 고저 '꽃 파는 처녀'야말로 친애하는 위원장 동지의 혼이 담긴 교향곡이라 할 수 있질 않소? 더군다나고 천대와 모멸 속에서도 굴하지 않고서 꽃을 팔아 어머니 때식끼니을

마련하는 꽃분이야말로 지금 당장 굶주린 우리 인민들에 본보기란 말입니다.

학교장은 여전히 달뜬 표정으로 마음을 급히 몰아나갔다. 뱃가죽이 오그라들었다는 인민들의 불평을 일거에 잠재울 수 있는 절호의 기회였다. 명호는 놓친 말자루를 잡아당겨 거침없이 생각의 포문을 열었다.

– 각 지역 고등중학교 대표 합창단을 조직해서 조선 방방곡곡이 쩌렁쩌렁 울리도록 순회 방창무대의 선창자 뒤에서 여럿이 후창을 함을 하고 고저 격조 높은 떼춤群舞으로 하나같이 인민에 대한 사랑을 보여주어야 합니다.

– 동무, 고 댄스라는 거는 자본주의 날라리들의 짓거리가 아니오?

침묵으로 방관하던 박돌이란 체육 선생이 마지못해 꺼내는 말에 명호는 아퀴를 짓듯 부정의 싹을 눌러 순수한 혁명의 대열에 내려앉으려는 얼룩을 허락하지 않았다. 명호는 떼춤이야말로 자본주의 상징이 아니라 혁명의 상징이라고 생각하고 있었다.

– 떼춤이라는 것은 자본주의 날라리가 아닙니다. 김정일 지도자 동지께서 지난날에 회를 두고 거듭했던 혁명투쟁의 극치입니다. 다만 격조 높은 떼춤으로 조선 인민공화국 인민들의 일치단결된 모습을 아낌없이 보여줘야 하지 않겠습니까? 머슴을 살다 지주의 고역에 숨진 꽃분이 아버지의 영혼을 위로하고 약 한 첩 못 먹고 숨 끊어진 꽃분이 어머니의 허기를 꽃을 팔아 달래주면서 옥살이하던 오라비를 극적으로 만나 인민들과 더불어 혁명에의 전사로 나서는 꽃분이의 이야기를 시급히 인민들의 가슴으로 불을 지펴야 하지 않겠습니까?

명호는 어디에서 갑자기 이런 열띤 혁명을 향한 불길이 타올랐는지 모를 일이었다. 가슴속에 잠자던 활화산의 기세는 한번 불이 붙자 인민들의 뇌리를 뜨겁게 달구는 불심지가 되기에 전혀 부족하지 않았다.

그의 정돈된 사상의 알맹이에는 본능적으로 살아남기 위해 발버둥친 아버지에 대한 기억이 아련히 잠재하고 있지 않았을까? 기회가 되면 남들보다 몇십 배는 손발을 놀려 혁명투쟁에의 선두에 당도해야 하는 것이 남쪽 피의 분자의 운명이었을 것이다.

허위단심, 그날 학교장 선생의 발걸음은 낮은 지붕 머리에 떠서 급히 날아가는 직승기헬리콥터의 그림자보다 빨랐을 것이다. 모든 인민들이 굶주림에 지쳐 내일에 대한 희망마저 꺼져들 때 리명호는 선봉에서 투철한 사상의 밧줄을 팽팽히 당겼다. 누구도 그의 반쪽에 의구심을 가지지 못하도록 빈틈을 보이지 않았다. 학교장 선생의 부지런한 발걸음도 한몫 거들면서 교육성 간부들을 감동시켜 조국에 대한 사상의 강도를 확실히 보여주었다.

당시 고난의 행군 시기는 끝날 줄 모르고 오랫동안 계속되었고, 명호는 바로 당으로부터 훈장을 받아냈다. 아버지가 그토록 목숨을 걸고 목에 걸려고 했던 피보다 소중한 훈장이었다. 그리고 이러한 훈장은 학교장과 부교장 선생의 목에도 찬란하게 걸리게 되었다. 출세주의의 전형이던 학교장 선생과 부교장 선생의 목에도 매달린 이런 훈장이야말로 고난의 시기에 그를 지켜낼 수 있는 단단한 보호막이 되어주었다.

뜻밖에 훈장을 바라보시던 아버지의 표정은 밝지 않고 만감이 교차한 듯 멍한 표정으로 응시할 뿐이었다. 조선공화국에서 반쪽들에게 훈장이란 그저 북조선 인민들을 향한 영광도 갈채도 아니요 한낱 목숨을 부지할 수 있는 목숨 줄에 지나지 않다고 여기기 때문이었다. 명호가 곁에서 지켜보았던 아버지의 생애가 이를 반증하고 있었다. 수없이 목에 훈장을 매달아도 당증만은 아버지의 목에 걸리지 않았기 때문이다.

이것이 공화국에서 살아야 하는 반쪽이라는 분자들의 운명 같은 것이 아닐까. 그럼에도 명호에게 훈장이란 배를 움켜쥐며 하루하루를 연명하는 인민들에 비하면 그의 인생에 펼쳐진 기적 같은 성과였다. 인민들에게는 죽음 같은 순간들이 명호에게 있어서는 인생의 전환점이 되었다. 끼니를 때우지 못해도 배고픔을 잊어버릴 수 있는 신비한 훈장이었다. 반쪽 피의 분자라는 위험한 세포를 떼어내기 위해 죽음의 골짜기마저 거부하지 않고 스스로 앞장서서 걸어가야 한다는 의지가 아니었다면 있을 수 없는 일이었다.

6

김일성의 항일 빨치산 운동 중에 있었다던 고난의 행군 시기는 100일간의 행군에 지나지 않았지만 김정일이 실시한 고난의 행군은 아주 오래 지속 되었다. 명호는 투쟁대열의 선봉에서 충성맹세를 하며 학생들의 희생을 부르짖었다. 어떤 혹한과 굶주림에도 굴복하지 않고 살아남아 번영된 조선, 통일된 조선의 영광을 성취하자고 목소리를 높였다.

- 동무, 뱃속에서 꼬르륵 소리가 언제나 멈추겠습니까? 응답도 없는 메아리 아닙니까?

- 그래도 외치자우야. 그저 김정일 지도자 동지 만세! 김정일 지도자 동지 만세!

그와 같이 부르짖는 인민들의 목소리는 허기졌지만 당시에는 새로운 시대를 향한 인민들의 열망이 분명했다. 그러나 아무리 소리쳐 외쳐대도 시도 때도 없이 몰려오는 허기를 채울 남루한 한 가닥의 방도도 마련되지 않았다. 인민들은 이제 외침은 외침으로 끝나버린다는 사실을 받아들이지 않을 수가 없었다. 양심은 속여도 뱃속은 속이지 못한다는 말이 인민들 사이에서 부글부글 끓어올랐다.

― 동무, 들어 보았더랬소? 국경이 뚫렸다는데 우리도 국경을 넘어야 입에 풀칠이라도 하는 거 아닙니까?

― 김정일 지도자 동지가 배불리 먹여대겠다고 호언장담한 게 언제 적 일이니? 이거 관절 언제 목구멍에 풀칠을 해 보겠나 말이야~

빵이 없는 사회주의는 결국 파멸에 이른다는 말이 골목마다 공공연히 떠돈 것도 어제오늘의 일이 아니었다. 그리고 수많은 인민들이 먹을 양식을 찾아 국경을 넘어 탈북을 시도하고 있다는 은밀한 말이 떠돌았다. 중국에서 돈을 벌어 조선에 있는 가족들을 먹여 살린다는 말이 나돌았고 남조선에서 돈을 벌어 노골적으로 중국을 통하여 북조선으로 송금을 한다는 소문도 나돌았다. 국경지역에서도 중국으로 넘어가는 인민들을 철통같이 단속하지 않고 국경 경비대들 중에는 이를 은근히 반긴다는 말도 돌았다. 국경을 넘어가서 인민들이 벌어들이는 돈이 북쪽의 살림에 크게 보탬이 된다는 말도 있었다.

그리고 시간이 흐르면서 이런 소문들은 결코 소문만이 아님을 알게 되었다. 그토록 경계하고 다그쳐대던 자본주의의 산물들이 북쪽의 거리에서 모습을 드러내기 시작했던 것이다. 차일에 가려졌던 남쪽 사람들의 일상이 비디오테이프라는 매체를 통해 하나둘씩 인민들에게 알려졌다. 남쪽의 풍요롭고 자유로운 모습들에 인민들의 눈은 놀라움과 부러움으로 가득 차 있었다. 남쪽의 드라마를 은밀히 보면서 남쪽에 대해 동경하는 인민들이 수없이 늘어났다.

눈부신 거리와 하늘을 찌를 듯한 빌딩들과 거리를 가득 메운 차량들의 모습은 북쪽 인민들에게는 꿈속에서조차 닿을 수 없는 환상이었다. 남쪽의 말과 노래를 따라 부르고 몰래 흉내 내는 인민들도 늘어나기 시작했다. 무엇보다 시장과 백화점들의 벌림대에 먹을 것과 입을 것들이 가득가득한 모습에 인민들은 놀란 입을 다물지 못했다.

명호 역시 이런 매체를 통해 남쪽의 실상에 대해 접하게 되었다. 창문을 가리고 방문을 걸어 잠그고 부모님과 같이 숨을 죽여 비디오를 시청했다. 아버지로부터 예전에 전해들은 말을 통해 상상할 수 있는 세계를 훨씬 뛰어넘었다. 그야말로 명호가 접한 남쪽이란 나라는 신천지가 분명했다. 처음 부모님과 더불어 남쪽의 문화를 접하던 날 명호는 아버지의 가슴에 키워왔을 남쪽 가족에 대한 그리움에 대해 생각해 보았다.

그리움의 자락마저 가슴속에 깊숙이 감추지 않으면 안 되었을 아버지의 살이에 어떤 위로의 말도 보태지 못했다. 어머니와의 사이에 알 듯 말 듯 느껴지던 묘한 긴장감의 혼란스러움에 살짝 방을 나와 어둠 속에서 먼산바라기를 하면서 말없이 마라초를 피워 물며 한숨짓던 아버지의 모습을 잊을 수가 없을 것이다. 아버지의 뇌리에 그리움의 씨앗이 싹을 트는 순간의 고요함과 가슴 속 깊이 숨겨 두었을 수많은 이야기들의 머뭇거림 사이에서 정신을 놓지 않으려던 노구의 흔들림을 똑똑히 보았다.

자본주의 문화가 물밀 듯이 밀려 들어오자 당에서는 위기의식이 팽팽히 고조되기 시작했다. 싹부터 잘라내야 한다는 지침과 함께 남쪽의 알판VCD 시청과 라디오 방송 청취를 대대적으로 단속하기 시작했다. 당국에서 급기야 최고의 강력한 단속 수단으로 당의 보위부와 안전부를 중심으로 하는 비밀스런 검열단, 이른바 '109 그루빠'를 조직하기에 이르렀다. 109란 김정일 위원장이 교시를 내린 10월 9일을 의미하는 것이었다.

대도시와 중소 도시는 물론 군 단위 이하까지 단속했다. 알판의 판매와 시청을 집중적으로 단속하고 적발되면 바로 재판을 받게 된다는 호된 말들이 쓰렁쓰렁 휩쓸려 다녔다. 비디오가 있는 가정을 조사하여 집중적으로 단속을 벌였다. 명호는 집에 돌아와 얼마 전 부모님과 창문을 가리고 은밀히 시청했던 알판을 땅속에 묻어버렸다. 더는 가까이하지 말아야 하는 반동의 씨앗 같은 것이라고 생각했다. DVD, USB, 라디오, 은밀히 휴대한 중국산 손 전화휴대폰 등도 마찬가지였다.

명호의 집에도 109 그루빠 검열단들이 들이닥쳤다. 명호의 사상에 대한 당의 신뢰는 여전히 불안한 상태인 모양이었다. 이것이 남쪽 피의 분자가 짊어지고 가야 하는 운명 같은 것이라고 명호는 생각했다. 검열은 단속반원들이 들이닥쳐 우선 전기부터 단전을 시켰다. 그리고 재생기에 테이프가 박혀 있는 지의 여부를 조사했다.

그러나 이런 검열방식은 크게 효과를 보지 못했다. 일파만파 퍼진 자본주의의 산물을 일시에 일일이 단속하기 어려울 뿐만 아니라 그런 방식은 과학적이지 못했다. 충전기를 활용하는 가정에서는 비록 전기를 차단하더라도 아무런 문제가 없었던 것이다. 설령 적발이 되더라도 꾹돈뇌물을 먹여 무마시키는 상황이었다. 재판을 받은 사람들은 노동단련소 정도로 대부분 마무리되었다. 재범자 정도 되어야 문제가 되었고, 다만 판매자들에게는 묻는 죄가 훨씬 무거워 감옥으로 보내지는 경우도 있었다.

단속의 효과가 미미하자 검열단을 한 번에 10명에서 20명까지 투입시켜 샅샅이 조사했다. 나중에는 감옥에 보내져서 형기 4~5년을 받은 인민들도 있었지만 김일성의 생일4월 15일이나 김정일의 생일2월 16일에 특사형식으로 출옥되는 경우가 대부분이었다. 그럼에도 김정일 시대에 '109 그루빠'는 무소불위의 권력기관이 되었다.

극심한 굶주림에 허덕이며 학생들 앞에서 강탁을 두드리는 일은 결코 흥이 나는 일이 아니었다. 고난의 행군 시기는 여전히 진행 중에 있었다. 입으로는 목청을 돋워도 인민들의 생활이 나아질 기미는 보이지 않았다. 그럼에도 학생들 앞에서 명호는 종달새처럼 지지배배 지저귀지 않으면 안 되었다.

– 우리 조선 인민에게 위대한 영웅이란 오직 김일성 수령과 김정일 장군님밖에 없습니다. 빼앗긴 우리글을 찾아오신 분도 수령님이시고 우리말을 되찾으신 분도 수령님이십니다.

그는 자신의 뇌리에 또렷이 각인 되어 있는 역사적 사실조차 부정해야 했다. 조선의 위대한 영웅이며 명장名將이던 리순신 장군과 을지문덕 장군의 업적은 하루아침에 날조의 벽속에 박제되어 있었다. 인민학교 시절에 수없이 배웠던 위대한 조선의 영웅이나 위인들은 옛날의 활자 속에 갇혀 묻혀버렸다.

영웅과 위인들의 전기는 불온서적이라는 낙인을 받고 역사의 뒤란으로 자취를 감추어야 했다. 한글을 창제하신 분이 세종대왕이라는 역사적 사실은 실로 눈을 가리고 아웅을 하듯 세종대왕에서 김일성 수령으로 탈바꿈을 했다. 명호는 이런 날조된 력사들을 판서하면서 마음속 깊은 곳에서 일어나고 있는 교원으로서의 자부심이 아니라 수치와 모욕감에서 달아나려고 애를 썼다.

　- 위대한 령도자 김정일 장군님께서 앞장서서 고난의 행군을 이끌고 계십니다. 전당, 전군, 전민이 고난의 행군 시기를 무사히 극복해서 남녘땅에서 제국주의 놈들을 몰아내고 조국통일의 영광을 앞당겨대야 하겠습니다.

　군인들도 배급이 끊기고 평양 시내도 식량 공급이 끊겼다. 벼의 뿌리, 강냉이 뿌리를 건조하여 가루를 내서 식량대용으로 활용하라는 지시도 내려졌다. '김정일 장군의 신화'와 같은 무대공연도 이루어졌다. 수 천명의 참가자들이 꼭두각시가 되어 '김정일 장군의 불패 신화'를 선동했다. 참가자들은 선동 선전의 대가로 술과 담배, 건빵, 과자 등을 선물로 받았다. 살기 위해 어떤 여자들은 정조를 강냉이죽 한 그릇에 팔았다.

　이런 와중에도 당에서는 제국주의를 몰아세우며 조국 통일의 영광을 부르짖고 있었다. 군인들이 주민들 집을 침입해서 개나 돼지 등의 가축들을 훔쳐 달아났고 당국에서는 방송 홍보 차를 쉼 없이 내보내 방송을 했다. 도시와 농촌, 산간 마을마다 확성기 소리가 들끓고 거리마다 시체가 넘쳐났으며 기차역 주변과 장마당 인근에도 시체가 넘쳐났다. 시체 처리부대가 뚜껑 없는 써비치를 몰고 와서 너부러져 있는 시체들을 닥치는 대로 차에 실어 야산으로 달렸다.

　구덩이를 파고 싣고 온 시체들을 한꺼번에 매장했다. 싸늘하게 죽어 나자빠진 부모 형제의 주검이 가족들을 뒤로하고 야산을 향해 사라질 때 가족들은 주검을 위해 마지막 인사조차 나누지 못했다. 숨이 아직 붙어 있는 사람들조차 달구지에 실어 야산에 생매장을 할 때는 피 냄새를 맡고 날아온 까마귀와 독수리 떼로 산골짜기는 아수라장이었다.

인민들은 죽어서도 살아생전 그토록 부르짖던 천국의 문전에 이르기도 못하고 한바탕 지옥의 혈투를 벌여야 했다. 국가 비상시에나 열리는 식량창고 1호, 식량창고 2호, 식량창고 3호마저 텅 비었다는 소문이 돌았다. 이왕 죽을 바에는 전쟁이나 치르고 죽자는 말도 떠돌았다. 먹을거리를 찾아 떠도는 인민들의 모습은 기나긴 피난 행렬과 같았다.

그 무렵, 조기백 동무가 명호의 일터인 고등중학에 찾아와서 놀라운 소식을 던져주었다. 동무의 얼굴에 황달기가 비쳤지만 자기 이름자를 받아먹은 듯이 목소리에 기백이 넘쳤다.

– 명호 동무, 훈장을 받은 거 경축하네. 하하, 태산이 소식 궁금하지 않나?

– 뭐이야? 어데서 태산이 동무 소식을 접했나? 그래 무슨 헤뜨는 소식이라도 있나?

명호의 뇌리에 정숙의 얼굴이 떠올랐다. 여태 태산이 동무와 정숙에 대해 애써 외면해 왔던 일이다. 그들의 일로부터 진정 자유롭고 싶었지만 생각해 보면 마음 한구석에는 항상 정숙의 모습이 자리 잡고 있었다. 박태산 동무를 머릿속에 두지 않으려고 했던 것은 공연히 정숙과의 불길한 예감 때문이었을 것이다.

– 태산이 아버지 떡메전사 말이야. 중국 연변에 외화벌이를 나갔다는 거이야.

– 뭐, 뭐이야? 외화벌이를 나가?

명호는 그다지 놀라지 않았다. 당의 혜택을 누렸던 당원들이 조선의 위기에 직면하여 돈벌이를 해야 하는 일은 당연한 것이었다.

– 삼촌 아버지 부문당 비서하고 감쪽같이 당을 속이고서 밀무역을 하다가 적발이 됐다는구만 그래. 고저 중국 무역대방업자들이 빚진 물

자 값을 가져오라며 여드레 말미를 줬다는데 여드레가 뭐인가? 해가 가도록 돌아오지 않았다는 거야.

조기백 동무로부터 전해들은 태산이 동무의 소식에 명호는 머리카락이 거꾸로 일어서는 듯이 긴장되었다. 당증을 메기 위해 발품을 수없이 팔았을 정숙 동무의 아버지 생각이 났기 때문이다. 가뜩이나 인민들이 고난의 행군으로 강냉이 한 알마저 나눠먹는 시기가 아니던가 말이다.

— 떡메전사가 왈짜도 아닐 테고~ 어찌 동따루 놀다가서리 그런 일을 당하나? 태산이 동무에 행방은 어떻다드나?

— 보라 보라 명호 동무아이~

조기백은 태산의 소식을 입에 담으면서 숨 고르기를 했다. 명호 역시 덩달아 마른침을 꿀꺽 삼켜댔다. 보아하니 굉장한 소문의 포탄을 장전하며 긴장하고 있는 모양새였다. 명호는 턱을 쳐들어 조 동무의 편역을 드는 듯 눈을 뜨부러거렸다.

— 하하, 태산이 동무 말이야, 고 쥐새끼 같은 동무래 자발적으로 군에 입대를 한 거야.

— 뭐야, 군에 입대를? 기백이 동무, 정숙 동무에 소식은?

정숙의 이름을 입에 올리니 가슴이 타들었다.

— 잘은 모르겠지만 떡메전사 일로 아버지가 고초를 겪었나 보아. 당증도 메지 못하고서 말이야~ 머 정숙 동무래 인민학교 발령받았다는 소식은 들었지? 동무가 한번 수소문 해봐야 하지 않겠나?

명호는 묵묵히 고개를 끄덕거렸다. 박태산에 대한 소식도 놀랍고 정숙에 대한 소식도 놀라웠다. 무엇보다 태산네 집안과 얽힌 정숙의 아버지 생각을 하면 까닭모를 한숨이 새어 나왔다. 그래도 마음이 놓인 것은 박태산이 스스로 군에 입대하여 적어도 정숙으로부터 격리되었을 것이라는 믿음 때문이었다.

조기백은 얼굴에 황달이 끼어 명호의 안타까움을 자아냈지만 지난날처럼 소식을 던져주고 돌아가며 은밀히 만나고 있다는 녀성의 사진을 품속에서 꺼내 보여주었다. 명호는 멀어지는 기백이 동무의 강녕康寧을 맘속으로 빌어주었다. 명호가 정숙이 동무를 만난 것은 기백이 다녀가고 얼마 지난 뒤였다. 정숙을 만나면서 명호는 기백이 전해주던 정숙에 관한 소식이며 태산에 관한 소식이 한참 지난 묵은 소식임을 알게 되었다.

제4장 허기지다, 노래어

1

조기백 동무가 다녀간 뒤 명호는 며칠째 잠을 설쳤다. 인민들은 허기가 져서 밤잠도 편히 이루지 못한다고 하지만 명호는 허기보다 정숙 동무에 대한 그리움 때문이었다. 며칠 후, 명호는 용기를 내어 부교장 선생을 만나 도움을 요청했다. 훈장을 목에 걸게 된 명호의 공로를 인정한 탓인지 까칠한 성격과는 달리 살갑게 대했다.

－부교장 선생님, 한 번 방조해 주시라요.

－력사 선생한테 무슨 용무가 생겼더랬소?

로동신문을 뿔테 안개 너머로 훑어 내리던 부교장의 낯바닥도 피골이 상접했다. 학교장에게 학교의 행정과 재정을 총괄하는 모든 책임이 있지만 형식에 지나지 않았다. 실질적인 권한은 바로 부교장 선생한테 있었다. 부교장 선생은 당에서 학교에 파견된 사람이었다. 교원들의 조직 생활의 관리는 물론 교수 교양 사업과 사상 교양 사업 등을 담당하고 있었다.

－내가 고등중학교 동무를 찾고 있는데 인민학교 교원을 하고 있대는 소식을 들었습니다.

－뭐이야? 인민학교라면 내각 보통교육부 소관 아닌가?

부교장은 묵묵히 고개를 끄덕거렸다. 북조선의 교육체계는 당 중앙위원회의 결정에 따라 하달된 지시를 내각이 구체적으로 관장하고 학교는 지시에 따라 교육을 실시하는 3원 지휘체계로 구성되어 있었다. 내각 교육성 산하에는 보통교육부와 고등교육부가 있는데 소학교와 고등중학교는 보통교육부 소관이었다.

– 그런데 찾고자 하는 동무가 녀성동무란 말입니다.

– 그렇소? 그래 성명이나 말해주시오.

명호의 입술이 파르르 떨리고 있었다. 녀성동무를 찾으려는 명호로서 공연히 열스러워_{부끄러워} **뺨**이 붉어지는 느낌이었다. 부교장 선생의 목소리가 그다지 불 먹은 소리는 아니어서 다행이었다.

부교장의 도움으로 명호는 정숙 동무가 소속한 인민학교를 알아냈다. 뜻밖에 같은 지역의 인민학교였다. 오전 상학시간을 이용해 정숙이 근무한다는 외곽 인민학교로 향했다. 날씨는 우중충했지만 정숙을 만나러 가는 길이 지난날 말골馬谷로 오르던 순간처럼 설레었다.

변두리에 있는 인민학교 교정은 쓸쓸했다. 차갑게 얼어붙은 교정에 병아리 같은 아이들이 줄을 서서 행진을 하고 있었다. 행진가를 부르는지 뭐라 고아대고_{외치다} 있었지만 아이들의 목소리는 후줄근했다. 교원실에서 정숙 동무를 찾아왔노라고 말하자 학년별 분과 모임을 하느라 당장 만날 수 없다고 했다. 명호는 정숙의 분과별 모임이 끝나도록 교원실 한쪽에서 기다렸다. 교원실 바람벽에 붙은 고난의 행군에 대한 선전 문구들이 고압적으로 명호를 노려보는 듯했다.

창문 너머를 바라보니 수업이 끝난 인민학교 아이들이 삼삼오오 무리를 지어 귀가하는 모습이 보였다. 병아리 같은 아이들에게도 아침 독보회를 강력히 추진하고 있었다. 수업 시작 전에 5분은 반드시 '김일성 수령'이나 '친애하는 김정일 지도자 동지'에 관한 신문 사설 등을 돌아가며 읽혔다. 그리고 수업을 마친 낮뒤_{오후}에도 총화시간을 가져 학급장_{반장}을 중심으로 하루의 일과를 철저히 질타하고 반성하게 했다.

아이들은 모두 길이 잘든 기계처럼 움직였다. 조선공화국에서는 인민 하나하나가 기계 속의 부품에 지나지 않는다. 한 사람의 절대자를 위해 개인의 특성은 철저히 무시당하는 세계가 창유리 너머로 열을 지어 펼쳐지고 있었다. 생각도 사상도 행동도 하나로 통일되지 않으면 의미가 없는 세계, 진정 이것이 인민들이 살아가는 사회주의란 말인가? 명호의 뇌리에 공연히 추락하는 자신의 모습이 보이기 시작했다. 이런 세계에서 어떻게 자신의 이상을 펼쳐나갈 수가 있단 말인가? 눈을 감고 생각에 잠기면 더욱 뚜렷하게 보이는 듯한 자신의 모습이 서글퍼 공연히 한숨이 새어 나왔다. 정숙 동무가 명호 앞에 나타난 것은 바로 그 순간이었다.

  ─ 정숙 동무, 반갑소.

  하고 명호가 손을 내밀자 정숙은 뜻밖에 벌어진 상황에 입을 다물지 못했다.

  ─ 에그나, 명호 동무가 머리꼬리 없이 웬일이에요?

  ─ 조기백 동무한테 정숙 동무 소식을 들었소. 부교장 선생님이 방조해도(와)줘서 이렇게 불쑥 찾아온 것이오.

  정숙은 당황한 기색에도 볼웃음을 지어 보였다. 그녀의 낯바닥 색깔이 거칠고 꾸시시(부스스)한 모습에도 두 볼에 움푹 파인 오목샘(보조개)은 여전히 매력적이었다. 그들은 교원들의 시선을 피해 교실에서 나와 뒤란으로 자리를 옮겼다. 그때에서야 명호는 정숙의 모습을 눈에 힘을 주어 찬찬히 살펴보았다. 볼살이 달아났지만 여전히 가슴은 터질듯했다. 정숙의 가슴을 훔쳐보는 명호의 전신에 찌르르 전율이 느껴질 정도였다. 손으로 겸연쩍게 볼을 쓰다듬으면서 말했다.

  ─ 어렵게(바쁘게) 살고 있는 모양이오. 고저 정숙 동무한테 아무것도 덧 주지(보태주지) 못해 미안하오.

  ─ 아니에요. 어찌 불쑥 찾아 나섰나요?

정숙의 목소리에 물기가 젖어 있었다. 명호는 아무 변명도 내뱉지 못하고 한숨을 깊게 토해냈다. 정숙 동무를 생각하면 한없이 자신이 초라하고 미안해졌다.

– 정숙 동무, 내래 못난 사내에요. 입이 열 개라도 무슨 말을 하겠소. 그저 용서 하시라요.

– 명호 동무 태를 지켜내지 못했어요. 용서받을 사람은 동무가 아니라 낯짝 없는 정숙이에요.

정숙이 가볍게 흐느끼기 시작했다. 명호는 정숙을 가만히 가슴 쪽으로 끌어당겼다. 정숙은 품에 포근히 안긴 아이처럼 고요한 자태였다. 가난에 허덕이는 시절이지만 아이들은 쉬는 시간이 되자 몇 명씩 어울려 장난을 치고 있었다. 달 못 찬 아이미숙아들처럼 수척한 모습의 아이들이 한꺼번에 명호 주위를 돌면서 과따대기몹시 떠듦 시작했지만 명호는 정숙을 품에서 떼어놓지 않았다. 유독 뼈만 앙상해 보이는 아이 하나가 다가와서 옷자락을 잡아당기는 바람에 그들은 자세를 가다듬었다. 명호는 살짝 거리를 두면서 용기를 내어 정숙에게 말했다.

– 정숙 동무, 이 명호 짝씨배우자가 되어주오.

– 아니 될 말입니다. 그럴 수 없어요.

정숙이 단호하게 말했다.

– 아니 왜 그렇습니까?

정숙의 말속에는 결기가 배어 있는 듯했다. 명호는 맘속으로 이제는 결코 정숙 동무를 놓치지 않고 지키리라고 다짐을 하고 있었다.

– 태산이 동무가 가만두지 않을 거예요.

– 아니 그깟 태산이 동무, 이제 난 두렵지 않소.

명호의 말에 정숙의 눈동자가 흔들렸다. 그녀는 이제서야 입으로 호사를 부리는 명호 동무의 태도에 당황한 눈치였다.

— 떡메전사하구 부문당 비서하구 밀무역하다 적발이 됐다지 않소. 외화벌이 나가서 해가 넘어도 되돌아오지 않음 이거 탈출한 것이 맞지 않나 말이오. 태산이 고 약삭빠른 게 지레 겁을 먹고 자원입대를 한 거 아니냔 말이요.

— 명호 동무, 무슨 케케묵은 소식이에요? 떡메전사 형제가 고난의 행군 시기에 중국 위엔화를 어깨에 짊어 메고 들어왔단 소식 못 들었나요?

정숙으로부터 뜻밖의 소식을 듣자 명호의 온몸이 굳어지고 있었다.

— 아니 뭐이요? 조기백 동무의 말인즉 태산이네 가족이 반동으로 몰려 몰살을 당할 처지에 임박한 모양새였단 말이오.

— 반동은 무슨 반동이에요. 밀무역을 한 거는 맞지만 당의 특명에 따라 밀무역을 했다는 소문이에요.

정숙의 말이 명호는 얼른 이해가 가지 않았다.

— 아니, 당에서 부러 밀무역 거래를 량성했단 말이오? 여드레 말미를 줘서 연변 무역 대방한테 보냈다는데~

명호의 머릿속이 복잡하게 얽히고 있었다. 조기백 동무로부터 들은 소문이 날조되었다는 말이었다. 명호는 갑자기 양쪽 어깨에 기운이 빠졌다. 정숙 동무 앞에서의 자신감이 사라지는 순간이었다.

— 연변 얘기 이 정숙이도 들었어요. 무역지도원 동지가 받아내지 못한 위엔화를 여드레 만에 받아냈다는 거예요. 영웅 대접을 받아도 부족한 업적을 세워댔고 더욱이 새로 거래를 잘 터서 김정일 지도자 동지 물자창고를 쏠쏠히 메워주고 있다는 거예요.

— 태산이 동무가 내빼듯 자발적으루다 입대를 했다는 거는 무슨 소

리오?

기백의 말을 떠올리며 명호가 의아한 표정으로 물었다.

─ 자발 입대는 맞지만 내빼듯 하다니 당찮은 말이에요. 박태산이 동무래 하전사를 하다가 비밀정보원 노릇을 했다는 거예요. 에그나 더욱 놀랄 소식이 있단 말이에요.

정숙의 입술이 파르르 떨리는 것을 보고 명호 역시 심호흡을 했다. 한차례 무더기비소나기라도 쏟아낼 모양으로 하늘이 꾸무럭해지며 회오리바람마저 일고 있었다. 놀랄 소식이란 말에 명호의 시선이 흔들렸다. 정신이 멀찍이 달아나버린 모습이었다.

─ 태산이 동무래 지금 남포에 있단 말이오.

─ 남포에 있음 있는 게지 뭐가 놀랄 소식이란 말이오?

명호의 말에 정숙의 입술이 다시 떨리며 파랗게 질리는 모습이었다. 그러나 다음 말에는 명호 역시 놀리던 입이 얼어 붙어버렸다.

─ 태산이 동무 허리춤에 권총을 매달게 생겼다는 말이오. 동무래 그 하냥 이런 사실을 몰랐단 말이오?

─ 권총을? 아니 이게 무슨 말이오? 그럼, 보위대학에 적籍을 두었다는 말이오?

권총이란 말에 명호의 뇌리에 무시무시한 보위대학이 떠올랐다.

─ 그 대학이 어떤 데라는 거를 알지요? 이 정숙이가 명호 동무한테 찾아가지 못한 까닭이란 말이에요.

정숙 동무의 말을 듣고 명호의 입술이 완전히 굳어져버렸다.

2

특수공작원을 양성하는 국가보위부 정치대학이 바로 보위대학이었다. 특수훈련을 통해 전천후 공작원을 만들어낸다는 보위대학, 오직 당원만이 입학이 허용된 무소불위 권력의 심장 같은 곳이고 그곳은 무장한 경비원이 경비를 서고 교원은 물론 후방부 구성원들까지 허리춤에 권총을 차고 다닌다는 곳이었다.

명호는 자신의 앞길을 가로막는 어떤 장애물보다 가장 강력한 장애물이 나타났다는 느낌이 들었다. 눈에 보이지는 않지만 그 장애물이 어떤 산보다도 높이 어떤 괴물보다도 무서운 모습으로 명호 앞을 가로막고 있는 듯했다. 한풀에 기가 꺾인 명호는 자신의 처지가 한심하고 부끄러워 머릿속마저 휑한 바람에 쓸리는 듯했다. 아까부터 흐릿한 하늘에서 검은 구름이 낮게 내려오더니 쓰렁쓰렁 바람을 일으키고 빗방울을 뿌리기 시작했다. 정숙과 하던 말도 중도에서 끊어지고 어딘지 모르게 어수선하고 어중간한 느낌이었다. 빗방울이 더욱 세차게 떨어지기 시작했다.

─ 명호 동무, 이쪽으로 따라와요. 비그이비를 잠시 피함라도 해야 하지 않겠어요?

─ 그냥 이 무더기 비를 한없이 맞고 싶소, 정숙 동무~

명호의 마음이 순간 자포자기에 빠져드는 느낌이었다.

─ 무슨 소리예요? 인민들의 모든 기력이 달아난 판세에 고뿔이라도 들면 죽습니다.

정숙이 이끄는 대로 뒤란의 담벼락과 맞닿은 간이창고로 뛰어 들어갔다. 조막만한 아이들도 비를 피해 모두 교실로 들어가고 보이지 않았다. 눅눅한 냄새가 피어오르고 있는 간이창고에서 정숙 동무와 마주하자 공연히 가슴이 뛰었다.

정숙 역시 가쁜 숨을 가다듬느라 가슴에 손을 얹은 채로 명호를 응시하고 있었다. 정숙의 가슴에 박혀있을 옹이를 생각하니 불현듯 창자가 찢어지는 아픔이 느껴왔다. 더는 정숙에게 사내로서 자잘한 모습을 보이고 싶지 않았다.

- 정숙 동무, 내래 훈장도 받았소. 이제 내가 정숙 동물 지켜낼 것이오. 고저 지난 과거 싹둑 쳐내고 새잡이_{새출발} 하잔 말이오.

- 흐응, 어찌 그렇게 사람이 그악하답니까?

명호는 정숙의 그윽한 눈을 바라보았다.

- ㄱ악하다니 대체 무엇이 그악하다는 말이오?

명호는 결코 호사를 부리지도 객기를 부리지도 않고 진심을 담아 정숙을 지켜낼 것임을 다짐한 것인데 정숙의 반응은 싸늘했다.

- 왜 묻지 않소? 명호 동무에 태를 어찌하였는지 왜 묻지 않느냐 말이오?

- 뭐, 뭐에요?

정숙의 말에 명호는 명치를 얻어맞은 사람처럼 숨이 턱 막혔다. 실은 이날 이때껏 눈만 감으면 떠오르던 생각이 정숙의 뱃속에 결박 지운 운명 같은 태에 머물러 있었다. 조기백 동무로부터 평양산원 얘기를 듣고서부터는 사실 꿈속에조차 갓난아기의 영혼에게 시달려왔다. 등줄기가 후줄근할 정도로 땀을 흘렸고 메마른 헛소리가 나올 지경이었으니 죄책감에서 하루도 자유롭지 못했던 것이다.

- 내래 면목이 없소. 조기백 동무한테 고저 얼마 전에 평양산원 얘

기 들었던 것이오. 대체 어찌된 것이오?

　― 태산이 동무한테 명호 동무의 태를 뱃속에 품었다고 사실대로 얘기를 했소. 고저 당당히 정숙에 의사를 밝혀야 박 동무래 이악하게 달라붙지 않을 것 같다고 생각한 거예요. 하지만 이런 약점을 꼬투리 잡아서 보통교육성에 밀고를 하겠다고 겁박을 해대는 거야요. 고저 세상에 한 번 죽지 두 번 죽겠나 여겼지만 우리 아버지까지 경을 치게 만들거라는데 무슨 대수가 있겠어요.

　정숙이 애써 울음을 삼키면서 말했다.

　― 그래서 정숙 동무 아버지래 당증을 목에 걸려고 기를 쓴 거 죄 태산이 동무 헛바람 질에 넘어간 거란 말이오? 태산이 동무가 정숙 동무 아버지에게 꾹꾹 눌러 담은 헛바람이 동무를 장차 태산에게 시집보내주면 당증을 목에 매달게 해주겠다는 말이었을 테고~

　― 녀성 동무들이 죄 이 정숙일 돼지바우처럼 여겼을 것이오. 죽자사자 쫓아 다니는 성분 좋은 사내 두고 반쪽짜리 불량한 사내 태를 숨겼다고 생각해 보란 말예요. 철이 없을 때는 숲 빈 땅에 나무를 심어주겠다는 동무에 고 열정을 믿었지요. 목숨 걸고 자기 태胎도 지키지 못하는 동무에 그 건숭맞은 객기를 말예요.

　명호가 정숙의 어깨를 다독이며 애원하듯 말했다.

　― 정숙 동무에 그 어떤 질책도 다 받아 주겠소. 하지만 반쪽짜리 인생이라니 서운하오. 아니 그렇더라도 인생 역전을 시키면 되지 않겠소? 훈장도 받고 메달도 받고 고저 정숙 동무를 위해서라면 태산이 동무 밑도 닦아대겠단 말이오. 다시 한번 이 명호를 믿어 보오.

　― 정숙이는 명호 동무를 가슴 뜨겁게 연분합니다. 하지만 연분은 연분이고 이 정숙이 가슴으로 튀어나오면 안 되는 거지요. 고저 우린 꿈

속에서나 만나보는 영혼 같은 분자들이란 말이에요. 내게 가까이 다가오지 마오. 태산이 동무한테 이 한 몸 제물이 되면 명호 동무 가족이나 우리 가족이나 저마다 애옥살이 신세 면하지 않겠소?

모든 것을 포기한 듯 정숙이 말했다. 이런 정숙의 마음을 명호는 정말 리해할 수가 없었다.

— 듣자하니 고저 정숙 동무 이토록 많이 변한 것이오? 뭐라 하였소? 머 태산이 동무에 짝씨_{배우자}라도 되겠다는 말이오? 바람쟁이 태산이 밑에서 한뉘를 살아본들 어찌 권력의 노예밖에 되지 않음을 모르는 것이오?

명호는 가슴 저 밑바닥에서 치미는 분노를 억제할 수가 없었다. 창고 밖에는 여전히 세찬 바람이 불어 닥치고 굵은 빗줄기가 멈추지 않고 있었다. 함석지붕을 후러치는 우렛소리에 놀라는 기미도 보이지 않고 켜켜이 먼지가 내려앉은 창고 담벼락에 기대어 명호를 응시하는 정숙의 가슴이 유난히 도드라져 보였다. 정숙의 체취를 맡으며 만들었던 지난 말골의 추억들이 뇌리에 소용돌이를 치고 있었다. 그때보다 여위어 보이지만 유난히 팽팽해 보이는 정숙의 가슴을 저도 모르게 눈을 내리깔며 바라보았다. 정숙이 마치 빗금을 긋듯 단호히 말했다.

— 낙락장송도 근본은 한낱 쌀알만 한 종자라는 걸 그쪽이 모른답니까? 정숙이는 이제 반쪽짜리 싫습니다. 나비도 밝은 불을 찾아가는 걸 어찌 모르오?

— 정숙 동무! 태산이는 결코 밝은 불이 아니란 말이오. 북조선 인민들이 죄 굶어죽을 판국에 그깟 당증을 목에 맨들 뭐 달라지느냐 말이오. 태산이 동무래 심성 고약한 거는 정숙 동무가 더 잘 알겠지요? 깔개당 간부의 여비서를 자빠뜨린 떡메전사의 자식이 무슨 짓을 못하겠소.

고저 이러다가 정숙 동무까지 해방처녀^{남자관계 복잡한 미혼모}라는 말밥에 오를까 염려되는 것이오.

 - 아니 뭐에요?

 하며 감정의 각을 세우던 정숙의 손바닥이 명호의 뺨을 후려쳤다. 명호는 갑작스런 뺨 세례에 놀라 입을 다물지 못하고 심호흡을 했다. 정숙 동무 역시 창졸간에 일어난 자신의 무례에 어쩔지 몰라 안절부절 못하는 모습이었다.

 해방처녀가 녀성에게 얼마나 치욕적인 말인지 알기에 명호 역시 자신의 경망스러움을 원망했다. 명호는 어찌할 바를 모르고 있는 정숙에게 다가가 그녀의 등을 다독거려 주었다. 목선을 따라 흔들리는 양복 적삼^{블라우스}의 자락 사이로 보일 듯 말 듯 한 여윈 빗장뼈가 가냘프게 드러나 보였다. 명호는 사내다운 본능으로 슬쩍 정숙의 가슴골을 훔쳐보며 한 손을 정숙의 어깨돌기에 올려놓았다. 정숙 동무의 세포들이 눈을 뜨듯 깜짝 놀라며 명호의 손을 순식간에 밀쳐냈다. 명호는 순간 열스러워 손을 어디에 둘지 몰라 당혹스러웠다. 정숙이 차가운 목소리로 말했다.

 - 기깟 정숙일 보며 생각한다는 게 색깔첩^{의 다른 말} 타령이에요?

 - 사다듬이^{몽둥이찜질} 당할 짓을 해서 미안하오. 하지만 정숙 동무에 앞날이 염려가 되어 나도 모르게 막말을 했던 것이오. 사내 속내는 사내가 잘 아는 것이오. 당증 목에 걸고 허리에 권총 꿰차면 태산이 동무 눈에 뵈는 게 있겠소? 정숙 동무는 그저 태산이 동무 곁마누라첩 신세 되는 거를 어찌 모르는가 말이오?

 명호의 말에 정숙 역시 사상의 투쟁을 겨루듯 날을 세웠다.

 - 에그나, 동무 보자 하니 말끝마다 남존려비 봉건 잔재에 찌들어

있소. 에미네_{여자}로 태어난 게 이 게 무슨 잘못이에요? 차라리 간부 절
단기라 하지 그러오.

　- 간부 절단기라니? 고저 정숙 동무가 너무 재장바르다_{예민하다} 말
이오. 암탉이 울면 집안이 망한다는 말은커녕 천 냥으로 이웃 산다는
말을 이거 이거 보자 하니 정말 문결새_{문고리}에 걸지도 못하겠소.

　명호는 정숙 동무의 말이 그르다고 생각하지 않았다. 조선 인민공화
국이 아무리 자본주의와 제국주의의 잔재를 없애려 해도 남녀간의 차
별은 항상 존재했다. 특히 전 공화국 인민들을 옭아매고 있는 가난 앞
에서 생존하기 위한 녀성들의 몸부림에 대해 모욕적인 비속어로　비아
냥거리는 말들이 우후죽순 늘어났다.

　아무 사내하고나 관계를 하는 녀성을 재떨이에 빗대는가 하면 매춘
행위를 노골적으로 하는 녀성을 공동변소에 빗대었다. 특히나 당의 간
부를 상대로 하여 관계를 맺다가 적발되어 당으로부터 그 간부를 처벌
받도록 하는 녀성은 간부 절단기라는 무시무시한 말로 비유했다. 해방
처녀라는 말도 녀성을 모욕하는 말의 중심에 있는지라 정숙 동무의 대
거리에 명호는 더는 이의를 달지 못했다.

　이런 기분으로 정숙과 더이상 얘기를 해봐야 말공부에 지나지 않을
것이었다. 함석문 틈으로 불어치는 찬바람이 순식간에 가슴속을 점령
해 들어오는 듯이 휑한 마음을 걷잡을 수가 없어 명호는 등을 보이고
돌아섰다.

　- 명호 동무, 서겁다 생각하지 말소. 동무를 가슴 뜨거이 연분하는
거는 맞소. 하지만 친애하는 김정일 위원장 동지처럼 정숙이도 변해야
하지 않겠소? 동무한테 정숙이 뿌리를 내릴 수 없는 운명이란 거를 받
아들여야 합니다. 동무가 내게 변화의 토대가 되지 못한 게 그 웬수 같

은 피가 아니겠소? 오늘 여기 이 창고가 동무와의 마지막 장소라고 생각하오. 그러니 망설이지 말고 오늘 여기서 정숙일 맘껏 품으오.

순간 정숙의 손이 돌아서는 명호의 손을 끌어당겼다. 창고의 천장에서 투둑투둑 떨어져 내리는 빗방울 소리가 요란스러웠다. 고난의 행군 시기에 모든 인민들이 허리띠를 조여 매고 강성대국을 외칠 때 은밀히 창고에 숨어 벌이는 사랑놀음의 사치는 진정 자아비판의 핵심 대상일 것이었다.

- 해방처녀라 해도 좋소. 첫 번째 남자도 명호 동무였고, 나그네남편 외에 마지막 남자도 명호 동무가 되어주오.

- 일없소. 정숙 동무에 살냄새 못 맡아 피눈이 되어 있는 줄 아오? 어찌 무서운 말을 지껄여대는 것이오? 내래 마지막 간청이 있소. 이번 일료일 정오에 승리 공원 앞에서 봅시다.

명호가 쐐기를 박듯 말했다.

- 명호 동무, 정숙이를 기다리지 마오.

- 온종일 기다릴 것이오. 전정前程 구만리 길에 나그네 되는 일도 아니고 정숙 동무에 마지막 남자라니 숫제 지나친 오기를 동무가 부리고 있다는 걸 모르오? 일료일에 만나서 다시 얘기하잔 말이오.

명호는 함석문을 발로 걷어차며 밖으로 나왔다. 여전히 바람이 불어치고 빗방울이 거세게 날리고 있었다. 비를 뒤집어쓴 채로 천천히 뒤란을 걸어 나왔다. 명호의 머릿속이 이때처럼 소용돌이를 일으킨 적은 없었을 것이다. 비를 온통 맞으며 후줄근하게 걸어가는 명호의 모습을 바라보고 있는 인민학교 아이들의 무의식한 눈 세례가 서글프게 느껴지며 뒤도 돌아보지 않고 정문을 빠져나오는 명호의 발걸음 앞에 어느새 달려왔는지 정숙이 우산을 쓴 채 가로막았다.

– 일 없소. 흠뻑 젖고 싶단 말이오.

– 고뿔 든단 말입니다. 동무 냄을 내고배웅하고 싶어 이러는 게 아니란 말이오. 후딱 우산 받아 쓰오, 어서~

정숙이 건넨 우산마저 뿌리친 채로 명호는 터벅터벅 인민학교를 빠져나왔다. 이런 명호의 모습을 물끄러미 바라보던 정숙의 눈가에 뜨거운 눈물이 흘러내렸다. 정숙의 어깨가 흔들릴 때 명호 역시 가까스로 참았던 울음을 터뜨리고 말았다. 명호의 모습이 모퉁이를 꺾어 돌아 보이지 않을 때까지 정숙은 흙탕물이 어지럽게 쓸려 내려가는 십자로의 가운데 붙박여 움직이지 않았다. 거리나무가로수들이 그녀를 위로하듯 추적추적 빗물을 흘리며 바람에 허리를 숙여 울어댔다.

온통 비에 젖은 몰골로 학교에 불쑥 모습을 드러내는 명호에게 이리된 연유를 묻는 부교장 선생의 목소리는 아예 들리지 않았다. 명호는 집에 돌아와 방문을 걸어 잠그고 소리 없이 울었다. 아버지는 아들애의 방문 앞에서 초조한 모습으로 서성이며 마른기침을 멈추지 않았다. 어머니는 방을 덥혀 보려고 진흙을 물로 이겨 마지막 남은 갈탄을 섞어서 땔감을 만들어 불을 지피고 있었다. 정신과 육체의 허기로 이미 고갈되어버린 잠의 습지와는 대조적으로 그날 빗방울 떨어지는 소리는 오래도록 멈추지 않고 있었다. 명호는 물끄러미 천장만 바라보며 꼬박 밤을 새우고 말았다.

3

– 력사 선생, 무슨 언짢은 일이라도 있었소?

부교장 선생이 대뜸 정곡을 찌르며 물어왔다. 전날 명호의 모습이 빗속에 흠뻑 젖어 얼이 빠져 실성한 사람처럼 비쳤던 모양이다.

– 아, 아닙니다. 고저 일 보고 들어오는 길에 무더기 비를 만나서~

– 무더기 비를 맞았대서 낯바닥이 그래 대꾼^{해쓱}해졌소?

부교장의 말에 날카로운 심지가 박혀있는 듯했다. 명호는 대구하지 않은 채로 벽에 헐렁하게 매달려 있는 거울을 들여다보았다. 눈이 움푹 패이고 생기가 달아난 얼굴은 지쳐서 낮게 처져 있는 어깨보다 더 초라해 보였다.

고등중학교 학생들은 등교를 모두 마치고 운동장에 2열로 서서 '배움의 천 리 길'을 외치고 있었다. 전날 내린 비로 운동장이 질척거렸지만 인민보건체조를 거르지 않았다. 고난의 행군이 오랫동안 지속되었지만 학생들까지도 허기진 몸을 추스르며 강렬한 충성심으로 무장하여 혁명투쟁의 대열에서 뒤처지지 않으려고 허리띠를 조여 매야만 했다.

단체로 마을청소를 하고 지정된 장소에 모여 김정일 칭송가를 부르며 등교하는 길은 숙연할 정도였다. 가뜩이나 당과 국가의 살림살이가 바닥나면서 학생들에게 손을 벌리는 '꼬마계획' 정책이 도 교육성에서 하달된 이후 학교에서 수집하라는 고철이나 파지 등을 줍기 위해 학생들은 마을 곳곳을 샅샅이 훑고 다녔다.

학교에서 나무나 종이 같은 단파성 생활품목은 물론, 페인트나 모레, 시멘트 등의 장기성 생활품목까지 징수하고 있었다. 학교에서 요구한 물품을 제 때에 바치지 못하면 충성심에 대한 비판을 받기 때문에 학생들은 공부보다 동네의 골목이나 공장, 공사장 등을 혈안이 되어 쏘다니고 있었다. 돈 좀 있는 집안의 학생들은 할당량을 심지어 돈을 주고 구입하여 학교에 바치는 실정이었다.

아침 자유시간에 교원 회의에서 조선인민공화국의 심각한 문제를 들춰내던 부교장의 시선은 날카롭게 명호를 찔렀다.

－ 혜산시 한 고등중학교 위생실화장실에서 학생들이 얼음필로폰을 하다 교원에게 발각이 되는 반동 사건이 일어났다 하오.

명호의 몸이 부르르 떨렸다. 명호가 떨리는 목소리로 대꾸했다.

－ 뭐, 뭐에요?

－ 아니, 감히 고등중학생이 위생실에서 빙두마약의 일종를 빨았단 말입니까?

학교장이 펄쩍 뛰었다. 학교장은 물론 다른 교원들 역시 믿을 수 없다는 표정들이었다. 명호 역시 다른 교원들과 마찬가지로 매우 놀란 척을 하고 있었다.

－ 이거 이거 살기가 어려워지니 벨 일이 다 일어나누나. 체육 선생?

－ 말씀 하십시오, 부교장 선생님!

체육 선생을 지목하는 부교장의 표정에도 팽팽한 긴장감이 묻어나 보였다. 체수가 커서 엄장 좋은 동무로 불리던 체육 선생 역시 당혹스런 몸짓으로 고개를 갸우뚱거리고 있었다.

－ 이거 강성대국 길에 빨간불이 켜졌단 말이요. 대관절 나나이 어린 종간나 새끼들이 돼지려고 길길이 날뛴단 말이오. 이런 반동 짓거리래 어찌된 것이오? 리명호 선생, 우리한테는 이런 불상사 없겠지요?

부교장의 날카로운 시선이 명호에게 향하고 있었다. 명호는 손사래부터 쳤다.

– 어이쿠 그런 말씀 마십시오. 얼음이래 겨울 여울목에서도 보기 힘든 판국인데 어찌 감히 우리네 학교에서라뇨. 얼음이래 돌망멧돌에 넣고 갈아보재도 구경하기 힘든 것입니다.

명호는 겉으로는 이렇게 당당하게 말을 했지만 내심 이미 터질 봇물이 터졌음을 직감하고 있었다. 체육 선생뿐만 아니라 학교장, 부교장 역시 이런 사실을 모르지 않을 것이다. 북한 인민들 사이에 이미 '얼음'이나 '빙두'라는 은어가 휩쓸려 다니는 것은 인민들 사이에 상당히 퍼져있음을 의미하는 것이었다. 그럼에도 부교장 마저 생전 처음 듣는다는 듯이 시치미를 떼어버린 데는 스스로 믿기 싫은데다가 학생들 사이에 만연히 퍼져있는 반동 짓거리를 사전에 통제하지 못했다는 책임에서 회피하고자 하는 의도된 태도임이 분명한 것이었다. 외화벌이 수단으로 마약이 활용되면서 제조방법까지 유출되었다는 소문도 돌았던 것이다.

– 고저 당에서도 통제에 각별하라는 지시가 내려왔소.

– 인민들을 사지死地로 몰아넣는 일 아니오? 신성한 배움터에서 이거 이거 어찌 아새끼들을 계도 한단 말이오? 력사 선생, 무슨 재간 있소?

부교장과 학교장이 번갈아 말을 주고받았다. 부교장의 포문이 명호의 입술을 조준하자 명호는 가늠자를 의식하듯 뜸 들이지 않고 준비라도 했던 듯이 방사포를 날렸다.

– 위엔화 100원이면 시장에서도 1그람을 살 수 있다고 들었습니다. 공연히 기분이 좋아서 날뛰는 애들, 배곯이도 모르고 24시간 잠을 자

는 아새끼들, 반대로 죽은 시체처럼 잠에 빠져 2~3일 내리 등교하지 못한 아새키들이래 색출을 해내야 합니다.

― 갑자기 말을 쉴 없이 지껄여대는 아새끼도 색출해서 잡도리해야 하오. 새끼바늘에 찔린 듯이 찡그렁대다가 솜방망이에 얻어터진 듯이 벙벙하게 돼지바우가 돼버린 놈, 그러다가 구름을 잡겠다고 붕 뛰고 붕 뛰다 자빠지는 놈들은 죄 한 모금씩 빨아대는 놈들입니다.

명호의 방사포에 마치 정돈된 포대를 펼쳐 엄호를 하듯 체육 선생의 방대한 정보가 펼쳐지고 있었다. 학생들 사이에 유행하고 있는 마약에 대해 이런 정도의 정보는 교원이라면 대체적으로 누구나 알고 있는 것이었다. 학교장과 부교장의 내숭이나 별쭘히 모른 체하는 다른 교원들의 모습은 자연스런 일이었다.

마약에 대한 그날의 회의는 그저 회의에 지나지 않았다. 먹을 양식이 없어도 돈을 조금만 주면 손에 넣을 수 있다는 것이 마약이었다. 인민들은 오직 배고픔을 잊기 위해 얼음을 손에 넣었다. 가족을 잃은 슬픔으로 숨통이 막히면 잊기 위해 마약을 했다. 학생들은 물론 당의 간부나 군인, 마약을 단속하는 보위부원까지 마약에 빠져 있었다. 조선인민공화국은 실속 없이 부푼 풍선처럼 부풀어 올랐다가 하염없이 추락했다. 잠들기 위해서도 몰래 마약을 하고 잠을 자는 인민들도 있었다. 오죽하면 우스갯소리까지 나돌았을 정도였다. 코냄이 했냐? 하는 것이 자고 나면 건네는 인사처럼 받아들여졌다.

― 낮에도 빨고 밤에도 빠는구나!

― 온 조선이 빠는구나!

당국에서 사태가 심상찮음을 느꼈던지 급기야 마약에 빠져 정신이 몽롱한 인민들을 본보기로 색출해서 광장에서 처형을 시켰다. 5명씩 매달아 집행관의 명령에 따라 사수가 10미터 거리에서 총알을 발사했다. 시체를 내리고 다음 죄수들을 매달아 다시 총살을 했다. 광장에는 피비린내와 흘러내린 핏물로 흥건했다. 공화국의 메마른 땅이 피로 물들고 지축을 흔들며 총소리가 메아리칠 때 하늘 멀리서 비릿한 피 냄새를 맡고 가장 먼저 독수리들이 날아왔다.

총을 맞고도 한 번에 죽지 못한 죄수들은 직접 집행관들이 손으로 끌어내려 칼로 무릎 슬골의 인대나 대퇴 사두근을 잘랐다. 목의 경동맥을 끊어 핏줄기가 분수처럼 공중으로 솟구치면 구경하는 인민들의 외마디 소리로 광장이 들썽거렸다. 피의 분수처럼 인민들의 비명소리가 또한 하늘로 퍼져 올랐다가 흔적 없이 흩어지곤 했다. 총의 지옥, 피의 지옥, 인민들의 지옥이 조선 천지에 펼쳐졌지만 하루해가 저물고 하루해가 다시 떠올랐다. 명호에게는 이런 지옥 속에서도 새롭게 열리는 하늘 아래 어김없이 찾아오는 아침이 야속하기만 했다.

그런 중에도 명호는 일요일 정숙 동무와의 약속장소에 나가는 일을 손꼽아 기다렸다. 그 스스로 일방적인 약속을 했던 것이지만 혹시나 하는 기대를 버리지 못했기 때문이다. 약속장소인 승리 공원에 정오가 되기도 전에 나가서 가슴을 졸이며 정숙을 기다렸다. 자신의 인생에서 가장 중요한 순간이라고 생각했다. 영원한 생의 동반자를 만난다는 것은 누구에게나 인생 최대의 사건일 것이다.

공원에는 수양버들이 헐벗은 가지를 바람에 맡긴 채로 흔들거리고 있었다. 바람 속에는 이상하게 비릿한 냄새들이 떠다니는 느낌이었다. 걸핏하면 광장이나 변두리 밭두렁에서 총살을 당하는 인민들의 피血 냄새가 원혼처럼 바람에 몰려다니는 듯했다. 일요일에도 인민들은 산으로 들로 굶주린 배를 채우려고 앞을 다투었다. 산과 들의 먹을 만한 뿌리는 죄 뽑혀 나갔으며 수분을 머금어 매끈하던 나무의 몸통들은 통째로 껍질을 도둑맞았다.

낫으로 살점을 도륙당한 나무들은 자신들의 생명의 근원인 피와 같은 수분을 뚝, 뚝 눈물처럼 흘렸다. 난자당한 살갗이 벗겨지면서 인민들의 흡혈판 같은 굶주린 입에 의해 마지막 수분마저 도둑맞아야 했다. 그렇게 나무들은 저항 없이 그 자리에서 시들어갈 뿐이었다.

약속시간이 지났지만 정숙 동무는 끝내 모습을 드러내지 않았다. 인생의 동반자를 만난다는 것은 운명적인 일이다. 정숙은 명호와 함께하지 못하는 운명이란 것이 원수 같은 피의 분자 때문이라고 생각했다. 죽어 다시 태어나면 몰라도 피의 분자를 어찌 바꿀 수가 있으랴. 명호는 이제 현실을 진지하게 받아들이지 않으면 안 될 것이다. 명호는 새삼 어머니가 존경스럽다는 생각이 들었다. 한뉘평생를 살면서 운명이란 딱지를 스스로 가슴에 새겨야 하는 길을 어찌 선택했을까?

남쪽의 아내에 대한 아버지의 함구織口는 불행한 운명의 사슬을 족쇄처럼 지닌 자들이 살아가는 하나의 방편이라고 생각했는지 모른다. 균형의 선을 넘어설 때 뜻밖에 추락하여 불행의 골짜기를 걸어야 함을 알기에 평생을 마음조였을 부모님의 전철을 밟지 않음이 현명한 길임을 명호는 잘 알고 있었다. 그러나 그날 명호가 깨달은 하나는 어떤 허기보다 그리운 이에 대한 허기야말로 더욱 뱃가죽을 달라붙게 한다는 사실이었다. 집으로 돌아오는 내내 까닭모를 허기가 명치를 짓누르며 목을 타고 넘어왔다. 정숙을 생각하면 이렇게 숨이 막혔다.

골목에 들어설 때 한 떼의 인민들이 열을 지어 김정일 칭송가를 부르며 지나갔다. 대열의 선봉에서는 조선노동당 깃발을 펄럭이며 인민들을 인솔했다. 깃발에 붉게 찍힌 낫과 망치와 붓, 명호는 걸음을 멈춰

맞설 자세로 깃발을 응시했다.

장백산 줄기줄기 피어린 자욱
압록강 굽이굽이 피어린 자욱~
오늘도 자유조선 꽃다발 우에
력력히 비쳐주는 거룩한 자욱~

명호 역시 저도 모르게 이들의 노래를 따라 불렀다.

아 ~ 그 이름도 그리운 우리의 장군
아 ~ 그 이름도 빛나는 김정일 장군~

여태까지 느껴보지 못한 이상한 허기가 올라왔다. 이토록 허기진 노래는 처음이었다. 인민들의 목청이 조선노동당 깃발처럼 펄럭펄럭 찢어져라 거리를 울려도 그 아래에는 허기로 아우성치는 풋대만이 존재할 뿐이었다. 낫을 들고 일하는 농민, 망치를 들고 노동하는 노동자, 붓을 들어 지식을 키우는 지식인은 명호에게 더는 혁명 주체의 삼위일체가 아니었다. 무섭게 명호의 뇌리에 박히는 이상한 모습들로 머리가 어지러웠다. 낫으로 농민의 목을 베는 환영이 지나간다. 망치로 노동자의 머리를 까부수는 환영이 또 지나간다. 붓으로 엘리트들을 세뇌하는 환영이 연달아 지나가고 있었다. 명호는 숨이 막힐 것만 같았다. 머리가 어지러워 도리질을 했다. 이상했다. 농민의 낫은 조선노동당 깃발을 베고 노동자의 망치는 조선노동당 당원들의 머리를 까부수고 지식인의 붓은 조선노동당과 김정일을 신랄하게 비난하는 것이었다.

명호는 당시에 보았던 그 환영들을 뇌리에서 영원히 지워버려야 한다는 것을 깨달았다. 노동당 깃발의 대열이 골목 밖으로 사라졌지만 명호가 미친 사람처럼 혼자 중얼거리며 대문을 열고 들어설 때 맞닥뜨린 아버지의 납빛처럼 굳은 표정에서 심상찮은 일이 일어났음을 직감했다.

제5장 오랑캐꽃, 그녀

1

아침 자유시간 교원회의가 시작되기도 전에 교원실의 분위기는 무거운 침묵으로 가라앉아 있었다. 교원들의 표정은 물론이고 특히 부교장 선생의 표정은 조선의 무거운 기운을 혼자 뒤집어쓴 듯한 모습이었다. 음습하게 가라앉은 분위기의 중심에 '로동신문' 하나가 고압적으로 놓여 있었는데 신문을 집어 펼치는 부교장의 손이 부들부들 떨렸다.

— 이거 이거 살이 떨린다야~ 체육 선생, 퍼뜩 읽어 보시오.

부교장 선생이 부들부들 떨면서 로동신문을 체육 선생에게 건넸다. 체육 선생이 신문을 건네받아 앞장을 읽어나갔다.

— 사회주의 야심가에서 사회주의 음모가로!

로동신문을 읽던 체육 선생의 손회목이 가볍게 흔들렸다. 로동신문의 표제를 듣던 리명호의 등골이 순간 서늘해지는 것을 느꼈다.

— 력사 선생, 또박또박 읽어 보시오.

명호는 체육 선생으로부터 떨리는 손으로 로동신문을 건네받아 신문의 기사를 나직한 목소리로 천천히 읽어 내려갔다.

— 수령을 받들며 혁명 위업에 앞장섰던 자들이 사회주의를 능멸하는 일이 일어나고 있다.

— 아니 뭐이야?

학교장이 올방자책상다리를 고쳐 잡으며 깜짝 놀란척하며 목청을 높였다. 부교장이 학교장을 삐딱하게 올려다보며,

— 거 잠 더 들어 보십시다. 리 선생 계속 읽어 보시오.

— 군軍 소속 외화벌이 간부 모某씨가 국보급 문화재를 해외로 반출

하려다 적발, 호위총국 장교들과 김정일 장군 제거 거사까지 계획한 정황이 드러났다~

명호는 부들부들 떨리는 손을 제대로 가누지 못했다. 이것은 어디까지나 쿠데타와 다름 아닌 일이었다. 이게 공화국의 실상이란 말인가? 반동으로 치닫는 공화국 간부들의 실상을 이렇게 교육 일선 책상머리에서 성토하는 자리는 명호에게 충격적이었다. 동료 교원들의 입을 통해 공화국 간부들에 대한 비난이 난무했지만 명호는 더는 이들의 말을 들을 수가 없어 살며시 위생실을 핑계로 자리에서 벗어났다.

가난과 굶주림에 생사의 갈림길에서 허덕이는 인민들의 머리 위에 무서운 총구까지 겨누어지는 느낌이었다. 반쪽 피의 분자라는 딱지를 천형天刑처럼 몸에 지니고 살아야 하는 운명이기에 명호네는 시국이 시끄러울 때는 항상 신경이 곤두서곤 했다. 함북의 한 인민무력부에서 일어난 군사 쿠데타가 호위총국 사령부 별동대의 긴급작전으로 진압되었다는 조기백 동무의 소식보다 훨씬 충격적이었다. 늘 이런 일이 있고서부터는 사회주의를 배반하는 일을 하는 반동들을 색출하자는 구호가 나돌았다. 그리고 놀랍게도 그 반동의 중심 인물들의 이름이 인민들의 입에서 입으로 조심스레 전파되기 시작했다. 예의 그랬던 것처럼 인근 고등중학에 발령을 받아 수학을 가르치게 되었다는 조기백 동무가 명호를 방문하여 또 놀라운 소식들을 백화점의 벌림대진열대처럼 늘어놓았다.

– 동무, 친애하는 김정일 지도자 동지가 로동신문에서 저격하려는 자가 누구인지 눈치 채지 못했다는 말이야?

– 대체 누굴 보고서리 사회주의 음모가라는 말이니?

섬뜩한 말을 내뱉고 있는 기백이 동무에 대항해 말대포를 날렸다.

- 이 보, 보오, 동무! 어찌 그리 촉이 떨어지나? 지도자 동지래 황장엽 비서 동지를 노리고 있다는 말이야~

- 뭐이야? 어찌 그런 망령스런 뜬 말뜬소문을 지껄이나. 조 동무, 말 좀 삼가오. 낮말은 새가 듣고 밤말은 쥐가 듣는다는 말을 어찌 모르나?

명호의 말에 기백이 목소리를 낮추어 대꾸했다.

- 언, 돼지바우 같은 사람 봤나. 국보급 문화재를 해외로 반출하다 적발된 반동새끼래 황장엽 비서에 아들이란 말이 조선 인민공화국에 파다하게 퍼졌단말이야~

- 황장엽의 아들이라면 황경모란 동무 말이니? 김일성 종합대 철학과를 나왔대는?

마치 둘이 공모를 하듯 명호 역시 목소리를 낮추었다.

- 고저 명호 동무래 이제야 눈치가 돌아가누나. 황경모가 누구이니? 아 장성택이 조카사위 아닌가 말이야~

- 이거 이 거 난데없는 가을 뻐꾸기 소리다~ 군 소속 외화벌이 회사 간부로 일한다는 말을 들어서 알고 있지만 어찌 이런 일이~

당황한 명호의 모습에도 불구하고 기백은 더욱 무서운 말을 꺼내놓았다.

- 듣자니까 켈로 부대주한 첩보연락처, 대한민국 제1공수특전단 모태 소속에 후임들하고 황장엽 비서 동지가 은밀히 내통을 했대는데~

- 아무려나 원, 김정일 지도자 동지께 제왕학을 가르친 스승이 어찌, 말이 되는 소리 아니지 않나?

기백이 동무의 말이 명호는 정말 믿어지지 않았다.

- 명호 동무, 그러니깐 고저 기막힐 노릇이 아니겠나. 켈로부대가

어떤 부대이니? 야 야 고 북조선 공군 조종사 문덕삼이래 납치한 해상 고트부대 말이야. 서해 백령도에서 대동강 하구 초도를 중간기지 삼아 한때 날렸다는 반동 집단 아이니? 듣자니까 압록강 하구 수운도로 감쪽같이 침투해서 조선인민 경비정까지 나포하려 했다는 것이야. 고저 예전에 말이야 총격전이 나서 반동들 여럿이 죽었다잖아~ 고런 반동 새끼들하고 은밀히 내통을 했다는데 이참에 여럿 절단 나겠구나~

— 남쪽 첩보원들하고 내통이라니 조 동무 또 헛다리 짚는 거 아니야?

박태산의 아버지에 대한 정보가 빗나갔던 것을 알고 이렇게 비꼬듯 하는 명호의 말에 조기백은 입절기_{입술} 호무라치며 엉너리를 치듯,

— 이런 얼빤한_{멍한} 동무 봤네. 동무야말로 헷뜬_{잠꼬대} 소리구나야~

하며 더욱 놀라자_{빠질} 말을 삼지물_샘에 물이 솟듯 뱉어내고 있었다.

— 황장엽 황경모 부자 체포조가 발동했다는 거인데 황경모를 장성택이가 군 병원에 위장 입원을 시켰다는 게야~

— 위장 입원?

명호는 무장 섬뜩한 세계로 빨려들고 있었다.

— 고저 말인즉슨 간염이 걸렸다는데 위기를 모면하려는 수작질이지 않겠나? 황장엽이가 아들을 이용해서 김정일 지도자 동지를 제거하려 했다는데~

— 뭐가 어드렇다고? 그딴 개뼈다귀 같은 소리 말라야. 지도자 동지를 무슨 수로 제거를 한단 말이니? 아이쿠 살떨린다야 이거~

— 황장엽이래 인간이 중심이 되는 사람 중심 철학을 만들었지 않니?

기백의 말이 틀린 말은 아닌데도 명호의 심사는 비뚤어졌다.

– 흐응 깟 거 개돼지 중심 철학도 있나?

– 야 야 동무 들어 보라야. 바로 고 인간중심이래 김일성 중심으로 둔갑을 한 거란 말이야. 그래 수령중심이 된 게 아니냔 말이야~

뜻과는 다르게 말의 꼬리가 불길하게 느껴졌다. 하지만 말이 나온김에 명호 역시 속내를 드러내고 말았다.

– 그렇지. 한데 지도자 동지래 인민의 생명을 어떻게 했대서? 때려죽이고 굶겨 죽이고 찔러 죽이고 쏘아 죽이고 설랑~

– 어비, 도, 동무야, 동무야 고 이, 입조심 하라야~

하면서 조기백이 손으로 명호의 입을 틀어막았다. 명호는 불싸개를 만난 듯이 까닭 없이 놀라고 있었다. 화들짝 놀란 듯 말 먹는말더듬이 기백의 모습에 명호는 절로 양쪽 꽤어깨죽지를 풀썩 떨어뜨렸다. 말자루를 잡고 기회를 놓치지 않으려는 듯이 조기백이 무서운 시국의 소문들을 토설하면서도 자꾸만 입조심을 당부하는 것은 팽팽히 긴장되어 있다는 말이었다. 명호와 기백은 서로 입조심 하라면서도 수상한 소문들의 그루터기를 완전히 뽑고야 말겠다는 듯이 계속 입을 열었다.

– 김정일 지도자 동지가 황장엽을 불러설라무네 남쪽에 주체사상을 전파하라는 지시를 내렸다는 거야. 한데 돈이 없으니까 자체사업을 벌여서 자금을 조달 하라잖나 말이야~ 그래서 황장엽이래 김덕홍이를 끌어들여 북경에 여광무역회사를 차려 외화벌이를 하면서리 남조선 간나들하구 내통을 했다는 거 아이니? 첩자들을 키워댄다는 남조선 안기부 끄나풀들과도 은밀히 접촉을 했다지 아마~

명호는 공연히 머리를 저어댔다.

– 듣자니 거 못할 소리 없군. 아무려나 썩달고기썩은 고기 만나는 것이 낫지 이거 제정신 놓았다가 입에 물더품물거품을 물게꾸마나~

– 황장엽의 아들 황경모이가 용모 빼어나고 성깔이 활달하다는데 주체 철학원 준박사 출신이라 하지 아마~ 그래서 군부에도 호위총국에도 아는 동지들이 많은데 고위층 자제들과도 교분을 나누다 보니 외국물 먹은 사람 못잖게 안팎 사정에 밝다는 것이야. 그래 인민들이 죄 배곯아 죽는대두 즈이놈들끼리 터지게 처먹고 앉아서 김정일 지도자 동지 제거를 위한 비밀 결사조직을 했다는 거 아니나~

　명호가 이번에는 겨끔내기로다 재깍 기백의 입을 틀어막았다. 누가 듣기라도 하는 날에는~ 생각만 해도 아찔한 일이었다. 조 동무는 이미 말(言)의 화살을 날려 보냈다는 듯이 주저하면서도 하던 말을 매듭짓고 있었다.

　– 황장엽이가 조선인민공화국에 들어올래두 총살당할까 두려워서 감히 들어오지 못한다는 말이야. 고저 남조선 대한민국에 울며 겨자 먹기로 망명하는 수밖에 없지 않겠냐 말이야~

　– 보라 보라우, 날래 입술 떠깡이(뚜껑) 닫으라. 이거 덧대구(무턱대고) 입 놀렸다간 머리통에 총알 무뤼(우박)를 맞겠다이야~

　그날, 명호는 조기백의 말을 믿지 않으려고 그가 돌아간 뒤에 마라초를 말아 피우면서 어지럽게 머리를 흔들었다. 조 동무로부터 들은 사납고 혼란스런 얘기들이 제발 머리에서 떨어져 나가기를 간절히 바라고 있었다. 들은 적도 없고 상상한 적도 없다. 명호는 자신에게 스스로 최면을 걸어 그런 잡념으로부터 멀리 달아나려고 발버둥을 쳤다.

2

그럼에도 조기백 동무의 말은 달포가 되지 않아 사실로 드러났다. 황장엽 비서가 남쪽으로 망명을 했다는 소문이 삽시간에 북조선 전역에 퍼졌다. 조선노동당과 조선 인민공화국에서 소문의 원천지를 틀어막으려 해도 둑이 터진 방죽의 물을 막아낼 재간이 없었다.

인민들은 뱃가죽이 등에 붙을 정도로 배를 곯아도 목숨을 바짝 움켜잡고 있던 질긴 정신의 줄을 놓친 듯이 허탈감에 빠져 있었다. 황장엽이라면 김정일 지도자 동지를 만든 스승에 다름 아니기 때문이었다. 친애하는 지도자 동지라는 호칭을 붙이고 지도자 동지가 태어난 날을 기념하여 공휴일로 지정을 하고 북조선 인민이라면 누구나 소속돼야 하는 3대혁명소조 운동을 시작한 북조선 개혁 총대의 선봉에 섰던 사람이었다.

또한 김정일 위원장의 부인까지 주선할 정도로 김정일 위원장과 막역한 관계를 맺고 있었다. 황장엽의 부인 박승옥이 한때 김정일의 가정교사였다는 소문도 있었을 정도로 두터운 친분을 과시하고 있었다. 그러나 무엇보다 치명적으로 인민들을 절망으로 내몬 것은 조선 인민공화국을 지탱하는 절대적인 믿음이 깨져버린 것이었다. 주체사상의 탑이 맥없이 허물어져버린 허탈함에 인민들은 일손을 잡지 못했다. 인민이 주인이 되어 정치적으로 자주하며 경제적으로 자립하며 국방에서 자위한다는 주체사상은 주체사상탑 앞에 불어 닥친 혼돈의 회오리바람에 위태롭게 흔들리고 있었다.

나중에 드러난 일이지만, 황장엽은 당시 북쪽에서 자신이 추구하고

자 하는 세상을 위해 대한민국으로의 망명만큼은 망설였다고 한다. 격의 없는 사이다 보니 처음에는 김정일을 설득하여 해외로의 망명을 시도할 계획이었지만 실현 가능성이 희박했다. 그리고 아들 황경모를 이용해서 김정일 집단을 타도하겠다는 계획 역시 성사시키기 어려운 일이었다. 이런 일련의 과정 속에서 정체성에 혼란을 일으키기 시작했고, 조선노동당에서 황장엽의 이상한 행동을 예의 주시하기 시작했던 것이다. 황장엽은 소련 모스크바 대학의 한 세미나에서 주체철학을 김일성이 아닌 자신이 만든 것이라고 떠벌렸는데 이런 일로 인하여 김정일의 미움을 사게 되었다. 이런 연장선에서 세상을 긴장시킨 지난 로동신문의 기고문은 바로 황장엽을 겨냥한 것이었다.

당시 황장엽의 망명은 매우 급박하고 절묘했다. 자신이 창안한 주체사상을 진파하기 위해 황장엽은 비교적 자유롭게 해외를 여행할 수 있었다. 그런데 마침 당시 일본 도쿄에서 열린 주체사상 학술대회에 참석하기 위해 황장엽은 도쿄 순방 중이었다. 이즈음에 황장엽과 의기투합하여 거사를 준비해 왔던 김덕홍과 안기부의 대북공작 책임자 간의 접촉이 중국 베이징 시내의 한 호텔에서 비밀리에 이루어지고 있었다.

– 황 비서의 거사를 일본 도쿄에서 감행합시다.

김영삼 정부 시절 안기부의 대북공작 책임자는 이마 위로 흘러내린 몇 가닥의 머리를 쓸어 넘기며 엄숙한 목소리로 말했다.

– 선생님, 아니 될 말씀입니다.

김덕홍의 목소리가 당돌하게 튀어나왔다. 김덕홍을 쳐다보는 대북공작 책임자의 눈빛이 흔들리고 있었다.

– 어째서 안 된다는 말입니까?

– 우리는 망명이 목적이 아니오. 우린 해외로 망명한 북한 고위층들

을 결집해 해외 어디엔가 망명정부를 세우는 일이외다.

김덕홍의 목소리가 당당했다. 김덕홍을 쩨려보던 대북공작 책임자의 이마에 주름이 만들어졌다. 안주머니에서 담배를 꺼내 김덕홍에게 건네면서 책임자가 말했다.

– 무리예요. 이미 호위총부 체포조가 출동했습니다. 안기부 도움 없이는 어떤 일도 이끌어낼 수 없을 겁니다.

– 에이 참 봉새복숭아 꽃도 한 번 피우지 못하고~ 공연히 남조선 안기부가 끼어들어 가지고서는~

김덕홍이 빈정거리는 말을 뱉어냈다.

– 그런 말씀 마십시오. 저희 안기부는 여러분의 안전을 최우선으로 합니다. 망명정부가 구성된다 칩시다. 김정일이를 어떻게 제거할 수 있단 말입니까?

– 거 참 남쪽 선생님 성질 한번 급하시오. 안전을 최우선으로 한 대는데 평양에 남은 우리네 가족을 어찌 꺼내올 생각이십니까?

김덕홍의 정곡을 찌르는 말에 대북공작 책임자의 표정이 다시 어두워졌다. 북쪽에 남은 가족의 탈출에 대한 복안은 애초에 없었기 때문이다. 김덕홍이 책임자의 숨통을 조이듯 연이어 단호한 말대포를 퍼부었다.

– 황 비서님 가족이 5명, 내 가족이 5명, 도합 10명이외다. 이렇게 무리수를 두시면서 어찌 안전을 운운합니까? 정히 망명을 할 처지에 임하면 고저 북쪽 가족들 꺼내 온 연후 인도 뉴델리 비동맹회의 때 결행합시다.

– 뉴델리에서 하자는 말씀입니까?

여의치 않은 표정을 지으며 책임자가 물었다.

- 시간을 벌자는 말씀입니다. 생떼 같은 목심 줄이 10명이외다. 그러니 사정 한번 봐주시오. 시간만 연장되면 뉴델리도 좋고 우리네겐 중간 기착지인 방콕도 좋습니다.

- 안 됩니다. 우리가 입수한 정보에 따르면 일본 정부가 황장엽 비서의 망명 계획을 어느 정도 알아차린 모양입니다.

책임자의 말은 매우 단호했다. 김덕홍이 화를 드러냈다.

- 어찌 일을 이렇게 망쳐놨소? 당신네들이 뭔데 우리더러 이래라저래라 해가지고 설라무네~

- 진정하십시오. 뉴델리까지 시간이 없어요. 일본이 눈치챈 마당에 다시 북쪽으로 들어가서 가족을 빼 올 수 있으리란 장담 못합니다. 그러니 지금 결행해야 합니다.

황급히 서두르듯 책임자가 못을 박았다.

- 나는 모르겠습네다. 황 비서님 의중을 대체 알 수가 없으니원……

- 대의를 위해서 가족을 포기해 주십시오. 당신들의 가족을 비록 포기한다지만 엄청난 북쪽 인민들을 구제하는 길이 될 수 있다는 것을 명심해 주십시오.

가족을 포기해 달라는 안기부 대북공작 책임자의 말에 김덕홍의 눈이 부릅떠졌다. 책임자를 째려보는 그의 눈매에 갑자기 살기가 느껴졌다. 목숨을 걸었던 그들로서는 어둔 밤에 진퇴양난에 빠진 경우가 되고 말았다.

결국 황장엽 비서의 도쿄 망명은 실패로 끝이 나고 말았다. 낌새를 알아차린 일본 내각조사실로서는 황장엽의 일본에서의 망명이 충격적인 외교적 사태를 초래할 것이라고 보았을 것이다. 따라서 은밀히 북쪽 수행원들에게 통기를 하여 밀착 경호를 하도록 언질을 주었음이 분명했다. 또한 황장엽이 시대적 인물이고 유명세를 탔기 때문에 많은 사람들의 주목의 대상이었던 것도 결행을 어렵게 하는 이유가 되었다. 황장엽은 일본에서의 망명이 어렵게 됨을 직감하고 남쪽 지인에게 악수를 청할 때 맞잡은 상대방의 손에 은밀히 쪽지를 남겼다고 한다. 그것은 '북경에 차를 대기시켜 주시오'라는 메모장이었다고 한다. 황장엽의 남조선으로의 망명은 이후 베이징에서 이렇게 운명적으로 완성되었던 것이다.

3

김정일의 고난의 행군은 끝날 기미를 보이지 않았다. 공화국 속담에 갑인년 흉년에도 먹다 남은 것이 물이라 하였는데 목이 말라도 어디 가서 물을 한 모금 얻어 마시기 힘들 정도로 인민들의 인심 역시 흉흉했다. 갑술 병정 난리 때보다 더한 흉년이라며 기갈이 든 나이든 인민들은 감기 고뿔도 남에게 주지 않겠다며 불평을 늘어놓았다. 게다가 고위직들이 남쪽으로 망명했다는 충격적인 소문은 구워진 게를 보고도 덤비지 못하고 다리를 떼고서야 입에 넣는다는 것처럼 후환이 두려워서 삼이웃들마저 경계하는 모습들이었다.

외화벌이를 통해 노동당의 신임을 얻었다는 떡메전사의 처지는 이런 상황에서 고래 싸움에 치인 새우 격이 되고 말았다. 공화국 당국에서는 돈 냄새를 맡은 사회주의자는 누구든지 기회가 되면 변절이 가능하다고 여기는 모양이었다. 해외에 나가 외화벌이를 하는 무역꾼들 중에 사치를 부리는 자들은 모두 감시의 대상이었다.

고위직 자식들에게 특혜처럼 주어졌던 유학이란 제도 역시 직격탄을 맞게 되었다. 유학은 가고 싶어 가는 것이 아니었다. 당에서 결정하면 무조건 따라야 하는 것이 유학이었다. 그래서 유학생들 중에는 유학이야말로 요주의 인물이라는 딱지를 문신처럼 새기는 운명적인 일로 여기는 경우도 많았다. 자본주의를 경험하고 돈 맛을 알며 자유를 탐닉한 자들이라는 딱지는 북쪽 사회에서 결코 유쾌할 수 없는 일이었다. 유학을 마치는 순간부터 경계와 감시의 대상이 된다는 것을 그들은 잘 알고 있었다.

조선인민공화국에서의 유학이란 대체로 학부생을 중심으로 고위직 관료 자식들이 누리는 혜택이었는데 고난의 행군을 맞아 일제히 불러들어갔거나 유학 현시에서도 매의 눈으로 감시를 당했다. 기숙사 생활이 의무화되어있는 유학생들은 하루에 한 차례씩 대사관의 호출을 받았다. 호출 시에 전화를 받지 않으면 호된 질책이 뒤따랐다. 기숙사의 층마다 호출할 수 있는 전화가 설치되어 있을 정도였으며, 유학생들이 절대적으로 해서는 안 될 짓은 연애질이었다. 어떤 학교는 아예 보위부 감시원이 파견 나와 상주하는 경우도 있었다. 조선공화국 인민들은 비록 해외에 나가 있더라도 그들의 행보는 은밀히 상부에 보고되었다.

이성과의 교제란 감히 상상할 수가 없는 일이었다. 연애질을 하는 유학생이 적발되면 당장 보따리를 싸서 귀국길에 올라야 하고 그에 상응한 중엄한 대가代價를 치러야 했다. 그래서 한때는 조선공화국 유학생들이 단체로 망명하는 사례도 있었다. 어떤 경우에는 자취도 없이 사라진 유학생도 있었다. 어느 날 감쪽같이 사라진 학생들은 대개 조선공화국의 유학생들이었다. 같은 방에 함께 기숙하고 있었어도 사라진 동무의 행방을 알 수 없는 경우도 많았다.

해외에 나가 발전된 기술과 과학을 배우지 않으면 다른 나라와 경쟁할 수 없다는 취지하에 시작된 유학 정책이었다. 연애질뿐만 아니라 다른 사적인 행동을 통제하기 때문에 북쪽의 유학생들이 할 수 있는 일이란 공부밖에 없었다. 그래서 학부 졸업식에서 북쪽의 유학생들이 수석을 차지하는 경우가 많았다. 오죽하면 대학 총장의 신년 연설 시 올해에도 공부 잘하는 북조선 인민공화국 유학생들이 입학했다는 덕담을 늘어놓을 정도였다.

남쪽이 가입한 국제단체나 기구에 북쪽 역시 동시 가입하여 결코 남쪽에 뒤지지 않으려고 했다. 국제단체에서 부여하는 장학기금을 받아내는 데에도 남쪽과의 경쟁에서 뒤지지 않겠다는 전략이었다. 그러나 이제 학부 중심의 유학생은 점점 줄어들고 연구생석사. 박사이나 실습생연수생 중심으로 운용되고 있었다. 이들 역시 혹독한 감시 속에서 일주일에 한 차례씩 대사관에 삼삼오오 모여서 김정일 칭송가를 부르거나 구호 등을 외치면서 사상의 무장을 강화시켜야 했다.

한편 당시 조선인민공화국의 인민들 사이에는 갑자기 이런 노래가 유행하기 시작했다.

긴 밤 지새우고 풀잎마다 맺힌

진주보다 더 고운 아침 이슬처럼

내 맘에 설움이 알알이 맺힐 때

아침동산에 올라 작은 미소를 배운다

남조선 인민들이 반정부 반미 데모를 할 때 부르는 노래라고 했다.

조선공화국 인민들은 남쪽 인민들이 이런 노래를 부른다는 사실에 놀랍고 경외감을 가질 정도였다. 당시 조선인민공화국 당국에서는 지금의 이 극심한 식량난에 대하여 남쪽과 미제의 반공화국 책동 때문이라 선전했다. 이에 맞서기 위해 각 급 학교, 공장, 기관, 단체 등에 계급교양관을 만들어 남쪽 인민들의 데모 노래인 '아침이슬'을 열렬히 부르도록 했다.

인민들이 부르는 노랫소리는 어색하기만 했다. 익숙하지 않은 박자와 가사를 따라 부르기가 쉽지 않은 것이었다. 검정색 스란치마에 흰색 저고리를 입고 몸을 흔들면서 부르는 남쪽의 노래는 거북했다. 그래도 조선공화국 인민들은 남조선 인민들이 주체사상을 신봉하고 투쟁하며 부르는 노래라며 같은 민족의 감성을 느껴볼 수 있다면서 열정적으로 불렀다. 남쪽 인민늘이 '친애하는 김정일 지도자 동지'를 흠모하며 부른다는 이 노래를 남쪽 인민의 심정으로 불렀다.

이 노래를 부를 때 지난 광주 민주화운동 당시 대학생과 시민들의 데모하는 장면을 보여주기도 하였다. 당시 광주 민주화 운동이 끝나고 북쪽 인민들 중 훈장을 받은 인민들이 많았다고 했다. 광주 민주화 세력들과 동행하여 남조선의 민주화를 이끌어냈다는 알 수 없는 명목이 훈장 수여의 이유였던 것이다. 조선인민공화국 하늘 아래 울려 퍼진 아침이슬은 햇살처럼 퍼져가고 있었다. 열렬하다 못해 광분할 정도로 감정이 격화되어 남쪽과 전쟁 한번 치러보자는 만용마저 비록 뱃가죽이 등에 달라붙어 기력이 없어도 인민들의 가슴속에 또렷이 메아리치고 있었다.

태양은 묘지 위에 붉게 떠오르고

한낮에 찌는 더위는 나의 시련일지라

나 이제 가노라 저 거친 광야에

서러움 모두 버리고 나 이제 가노라

그런데 조선공화국 인민들이 이 노래를 부르면 부를수록 이상하게 가슴속에 꿈틀대는 것이 있었다. 바로 저항심이었다. 노래를 부를수록 이상하게도 저항심이 끓어올랐다. 조선공화국 방방곡곡에 아침이슬이 울려 퍼지면서 이상한 저항심도 덩달아 피어올랐다. 이 노래는 가슴속에 숨어 있는 저항감을 일떠세우는 이상한 힘이 있었다. 본능적이며 무의식적으로 저항 의식이 생겨나기 시작했다.

명호는 조기백 동무의 고등중학교 교원실에서 동무를 만나 학교 뒤란으로 나와 비밀 얘기를 했다.

– 명호 동무, 이거 이상하지 않아?

– 기백이 동무래 나와 맘이 매 한가지누만~

둘은 눈빛만 봐도 속내를 아는 오랜 벗이었다.

– 인민들 속 끓는 물결속도ᴍ속래 탁 없이 퍼져나가는 구나야~ 이러다가 폭동이 일어나게 생겼지 않나~

– 고저 동무 입조심 하자야.

명호와 기백은 동시에 입을 틀어막았다. 그러나 이들의 이런 염려는 서서히 그 실체를 드러냈다. 인민들은 공원이나 광장에 모여 거리낌 없이 김정일의 허물을 얘기하기 시작했다. 그래도 김일성 수령 시절에는 그토록 굶지 않고 밥이라도 먹었다는 자조 섞인 말들을 흘려놓기 시작했다.

– 이런 못난 떼떼ᴍᴍ들이! 찐강이ᴍᴍᴍ라도 원 없이 묵어봄 좋겠네.

— 고저 즈 아들 고 꼬맹이김정은 어찌 잘 처먹여댔는지 볼 살이 토실한 게 원……

인민들의 입에서는 '김정일 지도자 동지'를 일컬어 말을 더듬는다는 식의 은어로써 '떼떼'라고 서슴없이 외워댔다. 특히 조선공화국 인민들 중에 지식층들 사이에 김정은을 일컬어 '꼬맹이'라고 비하하기 시작했다. 훗날 조선인민공화국의 최고 지도자가 될지 전혀 몰랐지만 인민들은 두 부자를 싸잡아 비난했다. 대조적으로 김일성 수령에 대한 향수는 인민들 사이에서 강력했다. 김정일 지도자 동지가 아니라 김일성 수령을 사모하는 마음으로 뱃가죽을 움켜쥐고 일을 했다.

김일성 수령을 생각하며 주린 뱃가죽을 잡고 참고 이겨내자 독려하며 노동의 대열로 나가기 시작했다. 살아서도 신이요 죽어서는 이미 지정한 신이 되어버린 김일성 수령을 그리워하며 수령님, 제발 도와주세요. 할아버지 제발 도와주세요. 하늘을 향해서 울부짖고 있지만 신령의 기적은 일어나지 않고 골목마다 장송곡이 울려 퍼졌다.

조선인민공화국의 어느 골목마다 달포에 한두 번씩은 반드시 장송곡이 울려 퍼졌을 정도였다. 인민들이 공원에 나와 주고받는 대화에는 하룻밤을 자고 나면 골목에서 시체 나가는 소리라는 절망 섞인 푸념들이 즐비했다. 남조선의 이상한 힘을 지닌 그 노래는 그래서 조선공화국 당국의 입장에서는 필요악이 되었다. 끝내 조선노동당에서는 특명을 내려 남쪽의 데모대가 불렀다는 '아침이슬'을 금지곡으로 지정했다.

명호에게 절교를 선언하며 등을 돌렸던 정숙 동무에 대한 소식은 주로 조기백 동무로부터 듣고 있었다. 정숙은 박태산 동무와 어른들의 허락하에 왕래하고 있었던 모양이었다.

— 태산이 동무 말이야, 정숙 동무에게 불피코 서방장가가는구나~

－ 기백이 동무 참말 오새없다이철없다. 어찌 내 앞에서 잠소리잠꼬대를 하나?

아픈 데를 부러 찔러대는 기백이 동무가 이럴 때는 아주 얄미웠다.

－ 허물없으니 동무한테 하는 소리 아이니? 정숙동무래 하냥 동무에 안까이 되는 줄만 알았는데 이거 뒤통수 맞아대도 분수가 있지. 닭 쫓던 개 지붕 쳐다보는 모양새 아니나~

－ 동무, 입방정 떨지 말라. 닭 쫓던 개라니 어찌 내가 개가 되나? 가벼운 달팽이 뚜껑 덮으란 말이야. 새鳥도 가지를 가려 앉는 법인데~

명호가 혀를 크게 차며 기백을 향해 뇌까렸다.

－ 고저 세상일이란 게 한 치 앞도 내다볼 수 없지 않니~ 하품에 딸꾹질이란 말도 있지만 그저 아무려나 잘살아야지~

－ 고 고 동무 또 입방정 소리 지껄이누나~

명호는 일이 이렇게 된 마당에 어차피 정숙 동무의 앞날이 훤히 열리기를 바랐다. 이것이 정숙 동무를 연분하는 명호의 진정한 속내였다. 반쪽 피의 분자로서 더는 욕심을 내지 말자고 수없이 다짐을 하고 다짐을 했던 일이었다. 하지만 그의 염려처럼 정숙에게도 세상이란 그렇게 호락하지 않았다. 아무리 양지라도 하루종일 해가 비칠 수는 없는 노릇이었다.

이것이 세상 이치임을 모르지 않았지만 그래도 정숙에게 항상 밝은 해가 비치기를 염원했다. 더욱이 중앙당의 고위급들이 남쪽으로 망명을 하여 뒤숭숭한 마당에 어찌 앞 장담을 할 수 있을 것인가. 외화벌이의 사명을 짊어진 무역꾼들이 대거 잡혀 들어오고 사치를 누리던 자들은 자아비판을 통한 혹독한 시련이 기다리고 있었다. 특히 중국의 베이징에서 김덕홍의 여광무역과 접촉한 무역꾼들과 무역지도원들은 가장 직접적인 목표물이 되었다.

박태산의 아버지 떡메전사와 작은아버지 부문당 비서 역시 예외일 수가 없었다. 바로 중국 베이징에서 외화벌이로 개가를 올리던 그들은 호화스런 생활로 가장 먼저 비판의 대상이 되었다. 감히 한 식경 전의 일도 한 식경 후의 일도 가늠하기 어려운 절박한 순간들이었다. 떡메 전사의 운명이 바로 정숙의 운명이란 것이 명호에게 가슴 아픈 일이었다.

외화벌이 나갔던 무역꾼들을 처형할 자들과 정치범수용소행 등으로 분류했다. 처형할 자들은 황장엽의 가족, 김덕홍의 가족 일당들과 김정일 타도에 관련되어 있던 자들이었다. 주체사상탑 앞의 광장에서 수많은 인민들이 지켜보는 가운데 반동의 가족들을 처형시켰다고 했다. 굴비처럼 엮여서 허리가 꺾이고 저항 한 번 해보지 못하고 처형대에 매달린 죄수 아닌 죄수들은 비참하게 최후를 맞이했을 것이다.

어떤 가족들이 어떻게 잡혀 와서 어떤 모습으로 처형을 당했는지 명호는 알려고 하지 않았다. 처형을 당한 인민들이 있지만 그가 정확히 누구인지 확실한 정보는 드러나지 않았다. 따라서 망명한 간부들의 가족들을 모두 처형대에 매달았다는 저들의 선전은 그저 책동에 지나지 않았는지도 모른다. 그런 와중에 황장엽의 아들 황경모가 종적을 감췄다는 소문이 나돌았고, 그의 딸이 정치범수용소로 끌려가다 트럭에서 뛰어내려 자결했다는 소문이 바람처럼 흘러 다녔다. 어쨌든 분명한 사실은 수많은 인민들이 너무나도 비참하게 처형되고 있다는 사실이었다.

명호의 관심은 오직 박태산의 가족이었다. 조기백의 정보에 의하면, 처형을 가까스로 면해 정치범수용소에 끌려갔다는 소식이었다. 떡메전사와 부문당 비서의 가족이 모두 정치범수용소에 붙들려 갔다는 소식은 명호가 근무하는 고등중학교 부교장 선생에게서도 들었던 내용이었다. 정숙 동무가 근무하는 인민학교가 지척임에도 명호는 그녀의 소식이 궁금하다 하여 섣불리 들러볼 수 없는 입장이었다. 태산이 동무와 정숙 동무가 혼인을 하여 살고 있음도 아닌데 공연히 입천장이 마르도록 애를 끓이고 있는지도 모른다고 생각했다. 떡메전사와 부문당 비서의 문제로 자식인 태산에게 어떤 파장이 미쳤는지도 알 수 없었다.

그러던 어느 날, 기백이 동무가 생경스럽게도 혼인할 거라며 어떤 녀성동무를 데려와서 얘기를 나누다가 정숙 동무의 소식을 듣게 되었다. 조기백과 혼인할 녀성동무는 정숙 동무와 교원대학 동기간이었다. 아담한 체수에 허리가 수양버들처럼 하늘거리는 김덕순 동무는 수줍음으로 말하는 내내 얼굴을 붉히면서도 목소리가 또렷하고 분명한 의식을 지니고 있는 것 같았다.

― 정숙 동무 깨진 달박바가지 신세 되었습니다.

― 아니 뭐이요?

명호가 퉁명스럽게 말했다.

― 입술로는 수령 아버지 지도자 동지 고아대며 강냉이 한 톨도 나눠 먹읍시다, 하면서 녀성 동무들 뒤땡뒤통수을 치는 거예요.

― 게 무슨 소리랍니까?

덕순 동무의 짓씹어대는 도마질에 놀라 빤히 동무의 입술 언저리만 바라보는 명호의 시선이 부담스럽던 모양으로 기백이 동무가 툭 말시답을 하고 있었다.

― 서울 에미나들이 걸쳐 입던 외동옷원피스을 입구시리 영판 서울 에미나처럼 변했습니다. 서울 에미나들이 입던 옷이래 무슨 마물남에서 북

으로 흐르는 바닷물도 아니구~

　- 정숙 동무래 언간본시 그런 녀성이 아니지요. 거 덕순 동무나 쑹쑹
뒷공론하지 마시라요.

　정숙에 대한 덕순 동무의 도마질이 거슬려 명호는 되우 삐치는 소리
를 흘렸다. 마른 날에 벼락같은 소리라고 생각했다.

　- 에그나! 아직 대배지는넘어지는 소리 한참도 멀었습니다.

　- 듣기 싫습니다. 잔밥어린애만도 못한 소리~ 고저 앙니어금이 다물
고 있으오.

　명호에게 무장 치명적인 말을 그악스럽게 뱉어대는 덕순 동무를 향
해 항아리 깨지듯 덤거친 말 부스러기를 흘려보냈다.

　- 거 참, 듣자하니 예절 없다야~ 보라 명호 동무, 덕순이 동무가 누
구이니? 며칠 못가 내래 안까이아내 될 녀성동무야. 고 참 말뿐새 질리
게 하누나~

　- 명호 동무가 이래 뻗댈 일이 아니란 말입니다. 정숙 동무 아주 뽕
빠졌다큰 낭패 이런 말이지요. 명호 동무, 입술 걸어 매고 하냥쪽 들어
보오.

　덕순 동무의 입방구질에 마뜩찮아 하던 명호에게 덕순의 그 한 마디
는 등골을 훑고 불어치는 삭풍처럼 느껴졌다. 정숙에게 대체 무슨 불
상사가 일어났단 말인가? 불길한 조짐에 대해 예상은 했지만 제삼자
第三者를 통해 듣는 불길한 소식은 골을 녹이는 소리라도 교되는교만한
소리에 다름이 아니었다. 허나 당시 덕순 동무의 말에서 정숙 동무가
정말 위기에 처해 있음을 느낄 수 있었다. 명호는 한 발 뒤로 물러나
가슴을 졸이며 덕순 동무의 달싹거리는 입가를 바라보았다. 기백이 동
무가 입을 열었다.

– 도, 동무 들어 보자. 우리 덕순 동무래 맹탕 이러는 게 아닐 텐데

~

– 그카문 덕순 동무 어서 말을 해보오.

하고 명호가 덕순을 향해 재촉했다.

– 정숙이 동무래 당 간부 집안 아들의 태를 배腹 안에 넣었답니다.

– 아니 뭐예요?

명호는 뒤통수를 한 대 얻어맞는 느낌이었다.

– 고저 떡메전사 아들애라나 머라나?

– 아니 태산이 동무의 태가 정숙 동무의 배 속에 앉았다는 말이오?

입에 올리기조차 꺼려지는 말을 명호는 겨우 꺼내고 있었다.

– 정숙 동무가 빨치산 줄기를 잡은 듯이 그양마냥 좋아 했댔소. 나그네남편 될 남정네가 둘러준 치레거리장신구와 목도리 두르고 어찌나 우네들을 내리 보든지 언~ 나그네 될 남정네래 서울 도쿄 체화품재고 品 품목들을 품에 한가득 안겼다잖소~

– 흐어 자본주의 품목들을~

명호의 가슴 속에서 뜨거운 울분이 솟아올랐다. 그 울분은 태산이 동무에 대한 울분이었을 것이다.

– 요 덕순이가 덧대구무턱대고 이러는 게 아니란 말입니다. 정숙이 간나 간덩이가 이래 부었댔단 말이에요.

– 아니 뭐이요? 정숙 동무에 간덩이가 어떻다구요?

명호는 이제 정말 제정신이 아니었다.

– 남정네가 안겨준 품목들 가지고 어찌나 이문을 남겨 당새장사를 해대든지 자본주의 맛을 단단히 봤단 말입니다. 그러구새구그렇든 말든 덕순이야 뭐에 애가 닳겠소. 고저 정숙 동무에 팔짜 나라지는늘어지는

줄만 알았잖겠소~

－ 한데 어드래서 정숙 동무래 뽕 빠졌다 큰 낭패 하는 것이오?

이제부터 하나씩 따지듯 물을 생각이었다.

－ 고 남정네가 정숙 동무 데리구 바꿈질소꿉질을 한 거지요. 오뉴월에 박자우박를 맞아도 되게 맞았다 말입니다.

－ 듣자 하니 바꿈질소꿉질은 무슨~ 인민학교 놀새날라리들이나 하는 짓거리지~

놀새라는 말이 저도 모르게 튀어나왔다.

－ 에그나~ 노동당 간부 딸애한테 똑같이 떡메 아들이 태를 앉혔다하지 않소?

－ 뭐가 어, 어드래요?

명호는 입술이 떨려 제대로 말을 잇지 못했다. 박태산이 결국 이런식으로 정숙 동무의 앞길을 가로막았다는 생각에 이르자 주먹이 불끈 쥐어졌다. 파르르 떨리는 명호의 표정을 보고 조기백 동무가 진정시키고 나섰다.

－ 도, 동무, 불쾌한 속부터 가라앉히라. 태산이 동무야 희지만 곰팡슨 놈이라구 우덜이 노랠 불렀잖나. 고저 우덜이 흥이야 항이야 나댈필요가 뭐 있소~ 고저 잊자~ 고저 잊자~

－ 정숙이 동무 혼인 자린 물 건너갔습니다. 박상깨짐이 되어 버렸단말이오. 차라리 잘 되었지 않소?

덕순 동무의 말이 어찌 보면 옳을 수도 있다는 생각이 들었지만 명호는 진정이 되지 않았다. 박태산을 생각함에 치가 떨리고 울분이 켜켜이 쌓여 명치끝이 답답했다. 한참 동안 목울대에 걸린 울분을 삼키지 못하고 쉐~ 쉐~ 하고 있을 뿐이었다. 저도 모르게 양쪽 괘어깻죽지마저 흔들렸다. 조기백이 명호의 어깨를 두드리며 불콰하게 달아오른 명호의 감정을 가라앉혔다.

- 보오, 동무~ 우리 덕순 동무 말처럼 저마끔저마다 잘 되었소. 떡메 전사 집안이 죄 정치범수용소에 끌려간 마당에 차라리 잘 되었단 말이오.

- 이런 우다질, 정숙이 뱃속에 숨 쉬는 태산이 동무 태를 어찌하면 좋겠소?

명호가 땅바닥을 힘껏 찍어누르며 말했다.

- 고저 보위부 놈들이야 정숙이 동무 뱃속에 태까지 처단하고 말 놈들이지~ 듣자 하니 정숙이 동무가 아주 위태하오~

- 우리 정숙이가 호박을 잡은 게 아니고 화통을 잡았구나~ 박태산 이 이 종간나새끼 떠르르하게 노라리짓날라리짓 할 때부터 그하냥 알아봤댔지~ 이 이 우다질 바람쟁이바람둥이를 어찌하면 좋단 말이니~

명호는 조기백 동무와 더불어 정숙 동무를 찾아보려고 백방으로 날뛰었다. 박태산의 소식은 물론 정숙 동무의 소식 역시 듣지 못했다. 보위대학에 찾아갈 엄두도 내지 못했고 정숙 동무가 그저 인민학교에 나오지 않고 있음을 확인했을 뿐이었다. 정숙 동무의 집을 수소문 하여 찾아갔지만 집은 텅 비어 있었다. 이웃들에게 들은즉슨 정숙 동무의 아버지는 교화소에 들어가게 되었다고 했다. 고위 간부들의 일탈로 여러 인민들에게 후폭풍이 몰아닥치고 있었다.

며칠 뒤에 겨우 덕순 동무를 통해 정숙에 대한 소식을 전해 들었다. 정숙이 인민학교 인근 친척집에 은거하고 있다고 했다. 소식을 듣고 명호는 기백, 덕순 동무와 함께 친척집을 수소문하여 마치 구름이 달을 희롱하듯 은밀히 밤을 틈타 친척네 담을 넘었다. 그리고 거기에서 정숙의 모습과 마주하게 되었다. 아아, 그런데 이 일을 어쩌랴. 정숙 동무의 배가 눈에 띌 정도로 불러 있었다.

— 정숙 동무, 이 언새없는어이없는 몰골이 어찌~

명호는 목이 메어 말을 잇지 못했다.

— 어찌 이래 애숙하게애타게 하는가 말이오. 날래 여기서 빠져 나가잔 말이오~

— 명호 동무, 쑤왁하게부끄럽게 왜 찾아왔소? 일없으니 어서 돌아가시오~

명호는 기백이 등의 시선을 의식할 순간도 없이 와락 정숙 동무를 끌어안았다. 눈물이 코허리에 매달려 뚝뚝 떨어졌다. 정숙이 용골대질심술을 부리듯이 명호의 가슴팍을 떼밀어 둘 사이의 간격이 벌어지는데 그 사이에 덕순이 동무가 끼어들며 빈정거리는 표정으로 말을 했다.

— 보라 정숙 동무야. 치레거리단장 못한지 달포는 넘어 보이네. 에그나 안타깝고 안타깝구나~ 많이 예빗네여위다. 해산날은 아직 멀었을 텐데 입쓰리입덧가 심하지 않나 응?

— 덕순 동무 말하는 본새 보라. 너덜 고저 이 정숙이한테 무시기 도와준 게 있나~ 남에 동무가 새떨어지는혼나는 거 보구 부러 서답빨래 주무르듯 하고 있구나~

명호는 재깍 정숙 동무와 덕순 동무 사이에 까닭모를 응어리 하나가 가로막혀 있음을 알아차리면서 덕순의 해까운가벼운 태도를 막고 나섰다. 진정으로 조기백 등이 당장 자리를 비켜주는 것이 정숙 동무를 안정시키는 데 도움이 된다고 생각했다. 가까스로 조기백 등을 먼저 내보내고 정숙과 마주했다. 명호는 당장 정숙을 데리고 어디로든 도망치고 싶은 마음뿐이었다. 정숙의 모습을 봄에 자기 절로 설움이 북받쳐

올랐다.

- 정숙 동무, 우리 집으로 가자. 더는 혼자 두지 않겠소.

- 명호 동무, 이 정숙일 어찌하면 좋소? 흐윽~~

세상의 모든 시름이 정숙의 얼굴에 얹혀 있는 느낌이었다.

- 물어 보자우. 태산이에 태가 맞소?

정숙은 힘없이 고개를 끄덕거렸다. 가슴에서 불콰한 기운이 불쑥 치밀었지만 가까스로 참아내고 있었다.

- 정숙 동무 아버지가 교화소에 있다 들었소. 보자, 태산이 동무에 행방은 어찌 되었는지 정숙 동문 알고 있소?

- 모르오. 고 바람쟁이 같은 동무가 정숙이 신세 망쳤잖소. 당 간부 딸애를 데리고 산속으로 튀었다는데~ 그저 명호 동무에 입 장담이 딱 맞아떨어졌습니다~

정숙은 계속 흐느끼고 있었다.

- 아니 정숙 동무, 그게 무슨 소리요? 입 장담이 맞대는 둥~

- 지난날 뭐라 했소? 인민학교 뒤란 창고에서 말이오. 고저 정숙이 더러 해방처녀라 하지 않았는가 말이요~

명호는 정숙의 입을 틀어막았다. 이제 더는 정숙 동무 앞에서 이런 불미스런 말을 꺼내는 것은 도리가 아니라고 생각했다. 이제야말로 정숙에게 목숨을 걸어야 하는 때가 왔다는 생각이 불쑥 들었다. 사내자식이 연분하는 녀성을 두고 옳고 그름을 따지는 것도 아니고 마치 자본주의 것들처럼 이익과 손해를 따져보고 있었다는 것이 한심하게 여겨졌다.

- 정숙 동무, 인민학교 뒤란에서 했던 말은 이제 하늘에 맹세코 다시 안하겠소. 고저 지난 과거 싹둑 쳐내고 새잡이新出발 합시다~

- 흥, 어찌 그렇게 사람이 그악하답니까?

정숙 동무 역시 인민학교 뒤란에서 명호가 새잡이 하자고 말하던 때와 같은 응대를 보내오고 있었다. 명호는 이런 응대를 뚜렷이 기억하고 있었다. 이제 호랑이 굴의 입구에서 파들거리고 있는 정숙을 위해 사내답게 뭔가 보여줄 때라는 것을 명호는 확신했다. 새잡이 하자는 말에 정숙은 고개를 가로저었다. 그러면서 정숙이 자신의 배를 내려다보았다. 달빛 속에 배부른 장독대가 수줍어 잔뜩 웅크린 모습이었다.

- 정숙 동무, 그 뱃속에 태는 지금부터 이 리명호에 태라는 것을 잊지 마오. 이때껏 못난 나를 용서하오. 지금부터 내가 목숨처럼 정숙이 동무 지켜낼 것이오. 가자, 당장 보따리 싸서 우리네 집으로 갑시다.

어디서 그런 용기가 나오는지 명호는 태어나서 처음으로 정숙에게 사내나운 면모를 거침없이 보여주고 있었다. 정숙이 연신 고개를 저어 댔지만 이제 그런 정숙의 태도는 명호에게 아무런 문제가 되지 않았다. 정숙에 대한 자신의 결기가 중요하다고 생각했다.

명호는 잠시 가슴 깊이 생각해 보았다. 지금 자신의 태도는 옳은가? 아무리 묻고 물어보아도 대답은 하나, 정숙을 연분한다는 것이었다. 세상에 태어나서 처음 연분이란 것을 알게 했던 녀성 동무, 처음 몸을 섞고 피를 섞은 녀성 동무, 처음 자신의 태를 뱃속에 품어준 녀성동무, 아아, 생각하면 가슴이 터져버릴 것만 같았다.

명호는 이것이 자신이 짊어지고 가야 하는 운명이라는 생각이 들었다. 다시 한번 지금 자신의 태도는 옳은가 자신에게 물어보았다. '옳다면 이해타산 따지지 말고 정숙만을 생각하라'하며 자신에게 명령했다. 이내 열한 마음에 얼굴이 붉어졌지만 어둑신한 달빛 아래서 정숙을 끌어안으며 앞으로 어떠한 시련이 닥쳐도 정숙을 지켜 내리라 다짐하는 명호의 눈가에는 이슬이 맺혔다.

그날, 명호는 마치 정숙 동무를 보쌈 하듯 자신의 결심을 실행에 옮겼다. 마침내 아이처럼 명호의 팔에 매달리며 따라오는 정숙을 아내로 받아들이며 대문을 넘는 순간 정숙이 명호에게 내뱉은 말은,

　－ 명호 동무, 아슴찮습니다고맙습니다!

　－ 명호에 여끼여우같은 안해아내가 되어주오.

명호가 달콤한 목소리를 흘렸다.

　－ 흥, 헤뜬 소리 아니지요, 명호 씨?

　－ 고저 명호 씨 하니 듣기 좋소. 다시 한번 외어 보시오, 정숙 동무~

명호의 낯바닥이 붉어졌다.

　－ 아이참, 낯간지럽습니다. 고저 명호 동무한테 질긴 오랑캐꽃이 되어주겠소.

　－ 하하~ 호호~ 약속, 약속합시다.

명호의 자대기겨드랑이에 땀이 흥건히 고였지만 명호는 무거운 몸의 정숙을 부추기면서도 힘든 줄을 몰랐다. 그의 인생에서 그 어떤 장애물도 지금 명호의 가슴속에 펼쳐진 색동다리무지개를 가로막지 못할 것이며 그 어떤 시련도 명호에게는 정숙 동무만 곁에 있어 준다면 따스한 햇볕 아래 봄눈 같을 것이라고 생각했다. 대문을 넘어 장독대 앞에서 다시 정숙의 어깨를 끌어안을 때 여원 달빛이 산중품산허리에 걸려 처연히 명호와 정숙을 시샘하듯 내려다보고 있었다.

제6장 뻐꾸기 알을 품다

1

이튿날, 명호는 부모님께 정숙과의 일의 자초지종을 이실직고하고 말았다. 밤이슬을 맞고 들어온 아들을 걱정스럽게 바라보는 부모님의 시선은 어쩌면 당연할 것이다. 특히 불어난 몸에 언제 터질지 모르는 시한폭탄을 몸속에 장착한 녀성동무를 밤손님처럼 데리고 들어온 아들애를 걱정스런 눈으로 바라보지 않을 부모란 없을 것이다.

– 정숙 동무, 너무 주제비들지주눅들지 마오.

명호는 정숙 동무의 마음을 단단히 다스리도록 다독였다. 정숙에게 더는 상처를 주고 싶지 않은 게 솔직한 심정이었다.

– 어쩌 놀새날라리 짓이 되고 말았소.

– 놀새라니 언, 지난날엔 정숙 동무가 이 명호에 은인이 아니오? 그저 요만큼도 주제비들지 말란 말이오.

거듭 마음가짐을 다진 연후에 부모님을 뵙게 되었다. 부모님은 모두 낯색을 드러내지 않았다. 떡메전사와 연관된 일이 아니었다면 굳이 부모님의 눈치를 보지 않았을 것이다. 더욱이 정숙의 아버지가 중죄인이 되어 교화소에 투옥되어 있음을 아는 사람이라면 누구라도 꺼리지 않을 수 없을 것이다. 그러나 한때나마 명호가 궁지에 몰렸을 때 위기를 모면하게 해 준 지난날의 은혜를 부모님이 깊이 통찰해주기를 은근히 바랐다. 그럼에도 부모님은 호불호를 드러내지 않은 채 '밤 잔 원수 없고 날 샌 은혜 없더라'는 모호만 말만을 던져놓을 뿐이었다.

명호는 정숙 동무의 뱃속에 들어앉은 아이에 대해 어떻게 부모님에게 설명해야 할지 큰 걱정이 되었다. 원수처럼 집안이 엮인 박태산 동무의 태임을 알게 된다면 어떤 부모라도 억이기가 막힐 일이 아니던가.

– 어머니, 정숙 동무에 뱃속에 이 명호에 태가 앉아 있습니다.

명호는 이렇게 된 이상 속히 이 상황을 정리할 필요가 있다고 생각했다. 어머니는 정숙의 볼록한 배를 망연히 바라만 볼 뿐 아무 말도 하지 않았다. 어머니의 얼굴에서는 어떤 표정도 읽을 수 없었다. 당시 상황에서는 자식 둔 어미로서 최선의 태도였을지 모른다. 어머니 곁에서 아버지 역시 묵묵히 입을 다물고 있었다. 명호의 가슴이 타들며 까닭 모를 슬픔이 울컥 목을 막았다. 명호는 억지로 꺽, 꺽 목울대를 밀어 올렸다. 정숙 동무를 이렇게 집안에 들이는 일이 사잣밥을 목에 매달고 다니는 일임을 어찌 모를 것인가. 삼척동자도 위태한 일임을 모르지 않을 터이었다.

– 정숙이 동무 뱃속에 아버지 두벌자식_{손자}이래 숨 쉬고 있다 말입니다.

– 쉬거라.

돌아오는 대답은 이뿐이었다. 하룻밤이 지나고 이틀이 지나고 열흘이 지났는데도 정숙에 대한 부모님의 반응은 무표정이었다. 정숙의 뱃속에 들어 있는 아이가 명호의 아이가 아님을 훤히 꿰뚫어 보았을 터였다.

명호는 고등중학에서 귀가할 때마다 부모님의 심기를 살피느라 잔뜩 긴장을 하고 있었다. 시간이 흐를수록 정숙 동무의 배가 더욱 불거지는 느낌이었다. 마음이 급하다 보니 더욱 그래 보였다. 하는 수 없이 부모님 앞에 무릎을 꿇고 명호는 간청해 보기로 작정했다. 뱃속의 아이가 태어나기 전에 혼인의 절차를 밟고 싶었기 때문이다. 지난 시절

상상해 보지도 않았던 뜨게부부_{혼전 부부}로 살아갈 수는 없는 노릇이었다.

다.

— 정화수라도 떠 놓고 혼인하겠습니다.

— 딱지 붙은 네 아버지 한뉘_{생애}를 보고서두~

하고 어머니가 떠듬떠듬 입을 열었다. 어머니의 말에 아버지가 흘깃 어머니를 바라보았다. 명호는 재개 어색한 분위기의 공백을 메웠다.

— 딱지라면 반쪽 피의 분자가 더하지 않소? 정숙 동무래 이 명호보다 성분 좋단 말입니다. 사위를 데려오는 일도 아니고 며느리 들이는 일이에요.

사위는 백년손님이고 며느리는 종신 식구라는 옛말이 생각나서 변명처럼 너스레를 떨어 보았지만 아버지의 응대 역시 차갑기는 매한가지였다.

— 고 황 비서의 불똥이 어디까지 튈 줄 몰라서 이러는 거 아니야! 그저 자고 일어나면 교화소에 처형질에~

아버지의 가슴에는 여전히 자기가 지난 시절 딱지를 몸에 지니고 살아온 고달픈 기억이 남아있는 듯 망설이고 있었다. 아버지는 몸을 외로 틀면서 방문을 닫았다. 명호의 눈가에 뜨거운 눈물이 맺혔다. 그는 부엌에 딸린 작은 방으로 돌아와서 이불을 뒤집어쓰고 있는 정숙을 제대로 쳐다보지 못했다.

— 명호 동무, 정숙이가 변변치 못해서 그러하오. 아버지는 교화소 끌려가고 가족들도 뿔뿔이 흩어졌는데 언 누가 정숙이 달달하게 받아들이겠소?

— 정숙이, 그런 소리 하지 마오. 시국이 어지러운데 누구 탓을 하겠소. 쥐구멍에 항상 응달만 있대나. 듣자니까 이번에 김정일 지도자 동

지 흔들어대던 간부들 조직이래 깡깡하기 이를 데 없다는 거야. 고저 김정일이도 함부로 건드리지 못한다는 말이지. 자고 일어나면 해가 서쪽에서 뜰지 모른다는 말도 있지 않대나?

명호는 정숙 동무를 이렇게 위로하며 가슴을 조이며 힘겨운 날들을 보내고 있었다. 조기백 동무의 혼인날이 되었지만 명호는 미리 축하 인사를 하고 직접 참석하지는 않았다. 머잖아 태어날 아이에 대한 불길한 마음 때문이었다. 그래도 오랜 벗인 조기백 동무가 참한 아내를 맞아 새롭게 가정을 꾸린다는 사실에 하루 내내 가슴이 뭉클했다. 명호에게 존재하는 역사 자체를 모두 기억하고 있는 사람이 바로 조기백이라고 명호는 생각했다.

부모님은 정숙 동무의 거동이 상당히 불편할 정도로 아랫배가 불렀을 때 안방으로 불러 앉혔다. 명호는 숨을 죽여 정숙과 함께 부모님께 머리를 조아렸다. 한동안 정숙을 받아들이지 않고 데면데면한 관계를 유지했던 부모님의 태도로 보면 분명 놀랄 일이었다. 그런데 부모님의 첫마디에 명호는 더욱 놀라고 말았다.

— 보라, 고저 정숙 동무 몸이 무거워 고생이 많다만 당장 변소 청소부터 하라.

— 아니 뭐이요? 몸을 운신하기도 힘든 판국에….

명호는 빤히 부모님을 올려다보았다.

— 고저 변소를 깨끗이 청소하라. 뱃속에 애가 앵~ 앵~ 밀고 나올 때까지 하루도 빠짐없이 변소 청소하라.

명호는 부모님의 지시가 못마땅했지만 당장 거절할 수가 없었다. 정숙은 황당한 지시를 받았음에도 뜻밖에 밝은 표정이었다. 엄연한 집안의 일원으로 받아들이는 암묵적인 신호임을 정숙이 읽었던 모양이다.

정숙에게 몸이 힘든 사정 따위는 문제가 되지 않았을 것이다. 이렇게 가족의 일원으로 받아준다는 자체만으로도 사실 감격할 일이라고 명호 역시 생각했지만 겉으로 내색을 하지는 않았다.

명호는 부모님의 깊은 속내를 나이 지긋한 고등중학 녀성 교원으로부터 들은 얘기로 짐작할 수 있었다. 명호가 자연스럽게 이렇게 질문을 했던 것이다.

– 뱃속에 애기가 들어 몸이 무거운데 변소 청소를 하는 안해아내들의 심사는 어떤 것이오?

– 에그나, 리명호 동무, 소리소문 없이 혼사 치렀나요?

녀성 동무가 하품하듯 손으로 입을 틀어막고 웃었다.

– 어찌 그래 묻습니까?

명호는 녀성 교원 동무의 정곡을 찌르는 물음에 흠칫 놀라고 있었다. 그의 얘기를 듣자마자 혼사 얘기를 꺼내는 자체가 명호에게는 놀랄 일이었기 때문이다.

– 요상한 걸 물으니 이상하잖소?

– 아니 그저 머~

명호는 낯바닥이 붉어 올라 말끝을 흐렸다.

– 흐응, 뱃속에 태앗기임신를 하고 변소 청소를 하면 예부터 예쁜 애를 낳는다고 했단 말이에요.

녀성 교원 동무의 말을 듣고 명호는 어안이 벙벙했다. 예부터 전해 내려오는 말이라니. 부모님이 정말 교원 동무의 말처럼 이런 옛말 때문에 정숙에게 변소 청소를 시켰는지 궁금했다. 명호는 녀성 교원 동무의 말을 믿고 싶었다. 귀가하자마자 정숙 동무를 보고 빙그레 웃음을 지어 보였다.

– 어찌 초생달초승달 모습인 양 입이 벌어진다오?

– 정숙아, 어서 나가자~

명호는 마치 정신 나간 사람처럼 굴었다.

– 어델 나간단 말입니까?

– 고저 예쁜 애새끼 낳으러 가자.

생각할수록 낯바닥이 붉어지는 말이었다.

– 아니 뭐이에요? 아직 밀고 나올 때가 아닌데 어데를 가잔 말이에

요?

부른 배를 손으로 만지며 정숙이 되물었다.

– 변소 청소하러 가잔 말이지. 어서 변소 청소하러 가자나~

– 언, 기끈겨우 한 대는 소리 보오.

명호는 학교에서 녀성 동무에게 들은 말을 정숙에게 들려주었다. 전혀 상황을 눈치채지 못했던 정숙으로서는 자기 인생에서 가장 반가운 말이었다. 정숙은 그저 입을 다물지 못하고 눈물을 흘리고 있었다. 명호는 일어나서 정숙 동무를 덥석 안아주었다. 정숙의 볼록한 아랫배가 명호에게는 오히려 든든하게 느껴졌다.

누가 뭐래도 정숙의 뱃속에 앉은 태는 명호 자신의 것이라고 마음속에 깊이 새겨두었다. 명호는 그렇게 믿고 싶었다. 지난 말골에서의 추억이 살아남아 정숙의 뱃속에 새로운 생명으로 자라나고 있었다고 믿었다. 그래서 비록 태산의 아이라 해도 전혀 밉지 않았다. 아니, 명호는 자신에게 최면을 걸었다. 정숙의 뱃속에 있는 아이는 자신의 아이라고 자신에게 수없이 최면을 걸었다. 변소 청소를 정갈하게 마친 다음 정숙과 함께 부모님을 뵈었다.

– 오마니, 변소 청소래 말끔히 했댔습니다. 고저 예쁜 애새끼 안겨

드리겠습니다.

부모님은 동시에 고개를 끄덕거렸다. 명호와 정숙을 조용한 눈빛으로 올려다보는 부모님의 표정에는 설렘보다 차분함이 그려져 있었다.

- 언, 녹새질한단(사양한단) 말도 못하겠고~

어머니가 약간 상기된 목소리로 말끝을 흐리고 있었다.

- 오마니, 아습찮소~ 아습찮습니다.(고맙습니다)

정숙이 말자루를 이어받아 부모님께 고맙다는 말을 했다. 이어지는 아버지의 말은 그날 밤의 가장 아름다운 말이요 가장 소중한 선물이었다.

- 누가 뭐래도 고 뱃속에 아새끼래 리병기에 두벌자식(손자) 맞다.

- 아, 아버지~

아버지의 말씀에 명호는 입이 딱 벌어졌다.

- 진짜 이 아비에 두벌자식 맞다. 그래서 말인데 애가 나오면 이름을 '참'이라고 해라. 리참~

- 아버지, 벌써 이름까지 지어냈습니까?

흥분한 나머지 온몸이 굳을 지경이었다.

- 목숨 같은 아들이 저지른 일이 아니니? 정숙이가 명호 널 구하겠다고 날뛰던 때를 생각하니 고저 이런 일들이 품들이(품앗이) 하는 거 같단 말이야.

- 자식 농사 초망(마수걸이)인데 어찌 패풍(방해)을 치겠나~ 고저 날을 잡아 맹물이라도 떠놓고 혼례를 치루자야~

명호는 뜻밖에도 부모님으로부터 이런 선물을 받게 되었다. 이웃들에게도 연락하지 않고 그저 정화수 떠 놓고 조용히 혼례를 치렀다. 고등중학 동무들조차 명호의 이런 사실을 알지 못했다. 오직 그 혼인의 증인처럼 조기백 동무와 김덕순 동무가 자리에 함께했다.

그런 후 명호는 정숙 동무로부터 얼마 지나지 않아 아들을 얻게 되었다. 아버지가 작명해주신 대로 명호는 아들을 '리참'이라 불렀다. 남쪽 피의 분자라는 반쪽의 핏줄로 태어났지만 명호의 마음은 기뻤다. 참이가 이제 자신처럼 반쪽이란 딱지를 지니고 살아야 하는 운명임을 생각함에 서글픈 일이기도 했지만 쌕쌕거리는 아기의 숨소리에서 힘찬 생명력을 느끼기 시작했다.

정숙 동무가 아들을 낳고 얼마 지나지 않아 김덕순 동무 역시 아들을 낳았다. 기백의 아들은 얼굴이 둥글어서 '동실'이란 이름을 하사받았다. 참이와 동실, 명호와 기백의 아들들이 훗날 죽음을 무릅쓰고 국경을 함께 넘어야 하는 것도 이런 인연으로 비롯한 운명이었을 것이다.

2

가난이 아무리 깊어도 집안에 웃음소리는 끊이지 않았다. 어른들의 일로는 웃음이라는 꽃봉오리를 좀체 맺기 어려운 일이지만 집안에 갓난 아들애 하나가 자라고 있는 자체로 날마다 웃음꽃이 피어났다. 강냉이죽을 끓여 먹어도 아들애가 배냇짓을 하며 방긋방긋 웃는 모습을 보면서 온갖 시름을 털어낼 수 있었다.

– 닮다 닮다 이래 제 아비를 빼닮았나?

– 할맘할멤! 말이라고 지껄이나~ 팥 심은 데 팥 나오지 콩이 나오나?

정숙 동무가 참이를 낳고서 집안에 자연스레 말이 늘어나고 웃음소리가 담을 넘는 일이 늘어났다. 명호는 부모님이 참이를 들여다보며 심심풀이 삼아 말하는 것을 보며 마음에 여유가 생기기 시작했다.

- 에그나, 우리 참이 하품하품두 참 예쁘게 하는구나~
- 할만! 허부기허파에 바람 드니 하품을 하지 어구 이쁘네 끅~

퇴마루툇마루에 아이를 안고 나란히 앉아 주거니 받거니 하는 부모님의 모습에 명호는 눈물이 날 지경이었다. 정숙 동무가 참이를 낳은 순간부터 참이의 피나 출생에 관하여 어떤 내색도 하지 않고 모든 것을 받아들였다. 명호는 이런 부모님에 대한 고마움을 감히 어떤 말로도 표현할 수가 없었다.

하루는 일요일을 맞아 조기백 동무가 그의 아내와 같이 아이를 데리고 명호네에 들렀다. 기백의 아들 동실이도 건강하게 무럭무럭 자라나고 있었다. 먹을 양식이 턱없이 부족해도 아들에 대한 정성은 평양 만수대 주체사상탑보다 높다고 말하면서 기백은 퇴마루에 동실을 눕혀두었다. 참이와 동실이 나란히 누워있는데 마치 형제 같은 모습이었다. 생김새는 다르지만 재재거리고 헤벌쭉 웃는 모습하며 손과 발을 맘껏 흔들어대는 모습이 여러모로 닮아 있었다. 그때, 조기백의 입에서 무의식적으로 튀어나온 한 마디가 대번에 명호의 화를 돋우고 말았다.

- 흥, 아비 없는 불쌍한 자식~
- 아니 도, 동무 뭐이야? 지금 뭐라 지껄이나?

기백의 멱살을 잡지는 못하고 퉁명스럽게 쏘아붙였다.

- 동실 아버지가 꽝포거짓말를 친다 말입니까?

하고 김덕순 동무가 자신의 나그네남편를 거들었다. 순식간에 벌어진 일이었다. 정숙 동무가 헐레벌떡 참이를 보듬어 자리를 떠버렸다.

- 이보, 기백이 동무! 자네만큼 내를 믿어줘야 하지 않나 응?

– 고저 믿고 말고 자시고지~ 내래 언제 한번 명호 동무 믿지 않은 적이 있나?

시치미를 떼며 기백이 동무가 입을 놀렸다.

– 한데 어찌 참이가 아비 없는 불쌍한 자식이라나? 이래 허우대 멀 쩡히 어미 아비 살아 있지 않나 말이지~

명호의 목소리가 높아졌다. 조기백의 볼 짝 살이 가늘게 떨리는 것을 명호는 알 수 있었다.

– 명호 동무, 정신 차리라. 원수, 반동의 피를 어찌 동무가 품어?

– 이런 잘코사니를 봤나, 듣자니까 못할 소리가 없구나. 썩 꺼지라 야~

명호는 친한 벗의 당돌한 태도에 참을 수가 없었다.

– 흐엇, 자뿌룩하문자칫하면 치겠구나~ 10리 밖에 선들 오리나무 가 어찌 닭나무 되겠나 말이다. 숯섬은 저무내 있다가도 숯섬이라지 아마~

– 아니 보자니까 이 동무가 무장~

하며 급기야 명호의 손이 조기백의 **뺨**을 올려쳐 버렸다. 기백은 명호의 갑작스런 **뺨**질에 불쾌한 마음이 일어났으나 명호의 진심을 알기에 가까스로 견뎌냈다.

– 흥, 싱겁기는 늑대 불알 같은 동무 보라지. 싸전에 가서 밥을 달래지 어찌 동무답잖게 종주먹을 들이대나 말이야~

– 우닥질하지우기지 말라야. 동무래 이거 큰 실수한 거란 말이야. 10년 시오마니 성도 묻지 말아야 하지 않나? 고저 모른 척 지내달란 말이야~

믿었던 동무의 망가진 태도에 어이가 없어 하늘을 쳐다보았다.

- 알았으니 그만하라. 우리 사이 10년 공부 아미타불 되겠구나. 내래 명호 동무 의중을 알았으니 그만 노여움 풀란 말이지~

- 고저 나중에 참이가 명호 동무 아들 아니라고 발뺌이나 하지 마오. 삼천갑자 동방삭이라 하잖소? 닥치는 팔자를 어찌 알겠느냐 말이라~

하고 덕순 동무가 남편의 말자루를 이어받아 쐐기를 박았다. 명호는 덕순 동무의 말에 순간 머리가 핑 돌았다. 살다가 절대 그런 일은 생기지 말아야 한다고 생각했다. 명호는 깊게 한숨을 내쉬면서 분위기를 바꾸고자 기백의 갓난 아들 동실이를 제 자식처럼 얼러주었다. 명호와 기백은 언제 그랬느냐는 듯이 자연스럽게 절친한 동무로 돌아갔다.

- 헌데 기백이 동무 보자. 낯바닥이 어째 까맣게 거슬렸나. 어데 아프나 응?

- 기갈이 들려서 그러는지 그하냥 황달이 가시지 않는단 말이야~

기백의 망령된 태도에 밉다가도 황달 낀 낯바닥을 생각하면 안타깝기 그지없었다.

- 고저 아들을 키우자면 몸뚱이가 건실해야 하지 않나~ 거 의원에 들러 검평診察이나 한번 받아보지 않고서~ 덕순이 동무, 동실 아버지 잠자리래 물컹하지요?

- 에그나~ 언 남정네들이란 게 못할 소리가 없소.

덕순이 얼굴을 붉히며 푸념을 했다.

- 허 참, 명호 동무 농을 하는 거 보니 이거 에미네 맛을 제대로 봤구나. 허허허~

명호와 기백은 지척에 살면서 간혹 티격태격하는 일도 있었지만 서로에게 매우 소중한 벗이었다. 참이 출생의 문제로 다툼의 불싸개를 한번 만든 것을 제외하고 아내들끼리도 오래된 벗처럼 거리낌 없는 사이가 되었다. 비슷한 시기에 태어나 헐벗고 굶주림 속에서도 아이들은 무럭무럭 자라났다. 이런 모습들을 바라보면서 명호랑은 그래도 내일에 대한 꿈을 버리지 않았다. 덕순이가 살가운 표정으로 말했다.

— 이거 어무집친정에서 가져온 귀한 세밥조밥인데 정숙 동무 함 묵어보라~ 참이 동생 들어서는데 뭐라도 먹어야지 않나?

— 번번이 아슴찮아 어떡하지~ 말라비틀어진 밥푸개밥주걱 구경도 못한다는 데~ 듣자니까 농촌에는 붕타리붕어 구경도 못하고 고저 도시란 데는 붉은 잠자리 구경도 못한다지~

귀한 세밥을 받아들며 정숙이 대꾸했다.

— 붉은 잠자리가 뭐야, 베레기벼룩 구경도 못한다는데~ 고저 압록강 양안 배나들나루에는 기갈 들린 조선 인민들 구경하려 드는 남조선 반동들이 판을 친다지 않나? 에그나, 뱃속에 들앉은 명호 동무 태야 때 되면 쳐 밀고 나올 것인데~

이제는 조선천지의 끝도 없는 굶주림의 시련을 누구나 겪고 있었다.

— 참 덕순 동무도 동실이 동생 하나 만들어야지~

— 이런 엉세판에 애기질은 무슨~

덕순의 낯바닥이 화닥닥 달아올랐다.

— 호호호 기백이 동무 절구질이 머 신통찮나 보우?

— 에그 어째 그런 남세스런 소리 하나. 보라 정숙 동무야, 동실 아버지래 자꾸 요상한 짓거릴 하려고 든단 말이지~

정숙이 덕순 동무의 귓가에 뺨을 가져다 대며 소곤거리듯 물었다.

— 뭐이야, 요상한 짓거리라니?

— 고저 이 덕순이를 하냥 거꾸로 엎어 치는 거야. 남세스럽게 말이지

~

덕순이 부끄러워 어찌할 줄 모르면서도 큭큭거리며 말했다.

– 호호호~ 수상쩍다이야 남정네들이란 게~

– 아니 뭐? 거게도 이상한 짓거릴 하나?

덕순의 입이 하마처럼 벌어졌다.

– 호호호~ 정숙이 고저 말 못하지~ 바람도 새쓰게 바람늘 방향 바꾸는 센 바람이라 하지 않나~ 호호호~

– 에고 에고 고저 새쓰게 바람질이구나 호호호~

고난의 행군은 쉽게 끝나지 않았다. 북조선 인민공화국 젊은이들은 입에 풀칠을 하기 위해 하루가 마냥 고달팠다. 남녀의 사랑놀음이란 마치 자본주의 행색처럼 여겨지고 그런 나머지 북쪽에서는 드러내놓고 연애질을 하지 못했다.

이성을 만나려 해도 주위의 눈치들을 보아야 했고 무엇보다 그럴 정신적 여력이 허락되지 않았다. 하나의 목표를 향해 본능적으로 무섭게 질주하는 훈련된 말馬처럼 이리 뛰고 저리 뛰어다녔다. 명호가 근무하는 고등중학에서도 학생들이 이리 뛰고 저리 뛰는 것은 이상한 광경이 아니었다. 배고픔도 스스로 극복하고 여타 난관도 스스로 이겨내며 살아남아야 했다.

누구를 원망할 겨를도 없고 누구를 원망할 분위기도 아니었다. 학생들을 가르치는 교원들마저 먹고 살아가기 위해 학부형들을 통해 음식을 조달할 입장이었다. 조선노동당이나 조선 인민공화국이 인민들을 먹여 살리리란 기대는 등진지 오래되었다.

그런 가운데도 명호는 정숙 동무와의 사이에 딸애를 낳았다. 참이의 동생이 태어나면서 비록 살이는 힘들었지만 정숙 동무와의 부부간의 관계도 돈독해지고 각별하게 되었다. 명호는 무엇보다 자신의 핏줄인 봄이_{리봄}가 태어남으로써 참이와 하나의 핏줄의 인연으로 연결되는 것이 기쁘기 그지없었다. 이제야말로 참이와 봄이, 정숙은 명호에게 운명적인 관계로 자리매김하게 되었던 것이다.

3

우수 경칩에는 대동강 물도 풀린다는데 인민들의 가슴속에는 여전히 시린 겨울이 웅크리고 있었다. 겨울철 북쪽에서 불어오는 바람을 삭풍이라 하는데 이 말이 무색하게 동쪽에서 불어오는 바람 역시 차갑게 얼어붙어 있었다. 인간들의 입에서는 세월 속의 봄도 오지 않고 마음속의 봄날도 아득하다는 푸념이 쏟아졌다. 조선공화국에서 부는 어떤 바람도 인민들에게는 삭풍밖에 되지 않았다.

— 천지꽃_{진달래}이야 멀었을망정 개구락지는 나올 때가 되지 않았나?

— 조선 천지에 살아남은 개구락지가 어데 있가서? 고조리_{고드름}가 녹아내린대도 인민들에 대동강이야 겨울 꼭디_{꼭대기}에 얼어붙었잖나~

먹을 것이 없어 굶어 죽는 인민들이 넘쳐나면서 가는 데마다 원망 섞인 푸념이 늘어갔다.

— 에그나~ 평양 인민들이래 꼬독개지_{버들강아지} 맛 볼 때가 됐는데~

— 꽃 보무라지_{꽃봉오리} 맺힌들 뭐하나. 인민들 맘들이 요 압록강처럼 얼어붙었지 않나 말이야~

인민들은 조선공화국에 작은 변화라도 오기를 어김없이 찾아오는 절기 속에서 목을 빼고 기다렸다. 북조선에서는 나름대로 천국에서 산다고 불리는 평양의 인민들마저 마음속에 고드름이 매달려 있다는 말도 들려왔다. 조선공화국은 어디서나 인민들의 생활 속에 불평들이 난무하고 변화에의 분위기는 안개 속에 묻힌 듯 기약이 없었다.

조선공화국에서 새로운 세상을 향한 돌파구는 영영 열리지 않을 듯이 보였다. 여전히 인민들은 굶주림에 시달리고 있었으며, 하루하루를 비참하게 살아가고 있었다. 그래도 명호에게는 봄날인 셈이었다. 정숙 동무와의 사이에 딸애가 태어났고 이제 명색이 두 아이를 자녀로 두고 있기 때문에 비록 세상은 팍팍해도 맘속에 감회는 남다른 평안함이 있었다.

대동강 물이 풀리지는 않았지만 대학시절의 동문 모임 때, 부벽루 청류벽 아래로 대동강 물이 넘실거리며 빗살무늬를 만들던 날의 기억들이 물에 젖은 노래처럼 아련히 밀려왔다. 차가운 하늘 끝에 매달린 달빛이 유난히 밝아 명호와 정숙 동무는 부벽루에서의 추억을 찾아 담벼락에 서서 옛 시구詩句를 읊조렸다.

성벽 기슭으로 강물 도도히 흐르고
동편 넓은 벌판 점점이 산이로세!

정숙과 나란히 팔을 두르고 처연한 달빛을 바라보며 읊은 시 구절은 지난 시절의 고난과 아픔 속에 피어난 한 떨기 달의 꽃처럼 여겨졌다. 고려 선비의 영혼이 대동강 물에 젖어 있었다면 명호의 영혼은 이제 정숙의 가슴 속에 젖어 있을 것이다. 명호가 숙명처럼 이런 운명을 받아들이면서 깨달은 것은 어떤 시련이나 고통이라도 마음속에 영혼의 평화로움이 존재하면 견뎌낼 수 있음이었다. 명호는 정숙 동무의 존재가 영혼의 안식처가 되고 있음을 느끼고 있었다. 처연한 달빛이 산마루를 지나 산중품산허리 속으로 모습을 숨길 때에 명호는 정숙의 손을 잡고 방으로 들어왔다.

－ 정숙 동무, 고저 애들이 코를 박고 자는데 우리 회포나 한번 풀자야～

－ 에그나 애들 잠꼬대 같은 소릴～

정숙의 말이 끝나기도 전에 명호는 달뜬 몸의 기운을 잠재우지 못하고 아내의 어깨를 감싸 안고 옷고름을 풀어 젖혔다. 뱃가죽이 달라붙어도 이상하게 정숙을 향한 육체의 불은 활화산이었다. 명호의 손가락이 정숙의 몸을 더듬을 때마다 정숙의 새된 목소리가 흘러나왔다. 넘치지 않고 절제가 담겨있는 들릴 듯 말 듯한 정숙의 교태는 명호의 가슴을 녹아내리게 했다. 북쪽 인민들이 너나없이 잠자리에서 얼음뽕을 하고 황홀경에 빠진다는 소문은 명호에게 그저 남의 일에 지나지 않았다. 정숙의 곁에 있으면 반사적으로 몸이 달아오르는 것은 정숙이 녀성으로서 남다른 매력을 지녔기 때문이라 생각했다.

－ 명호 동무 보라, 자네 안까이아내 고저 잠자리 하난 죽여주겠지? 근데 우리 덕순 간나는 말이야 대체 꿀 먹은 벙어리란 말이야. 이거야 원 남정네들이란 게 귀가 즐거워야 되지 않나. 어쩌다 잠자리에서 새로운 맛으로다가 덕순 동물 내 배꼽 위에 올려놨는데 아니 고저 기겁을 하잖겠나 말이야. 이거야 원 세대주남편를 벌레 취급을 하질 않나～

기백의 아내에 대한 하소연에도 정숙의 여자로서 남자를 잡아끄는 매력에 대한 부러움이 묻어 있었다. 공화국의 인민들에게는 낮보다 밤이 차라리 나을지도 모른다. 죽은 듯이 잠이 들어 배고픔을 잊을 수도 있고 젊은 부부들은 차라리 죽을 듯 서로를 품에 안음으로써 잠시나마 고통에서 벗어날 수 있기 때문이다. 명호에게 있어 어둠 속에 눈을 뜨는 것은 젊은 혈기가 가져온 민감한 욕구 같은 것이었다. 명호에게 밤은 인민들의 밤처럼 낮시간의 고통에 대한 치유의 시간과도 같았다. 그래서 명호에게 밤이 두렵지가 않듯 어떤 시련이나 고통도 두려운 상대가 되지 못했다. 밤이란 낮을 준비하기 위해 자신을 어둠 속에 덮는 시간이라고 생각하고 있었기 때문이다.

어느 날, 인민들의 열기가 들끓기 시작했다. 대동강 물은 이미 풀렸으나 인민들의 살림살이는 여전히 팍팍했다. 겨우내 삭풍이 불어서 인민들의 마음마저 얼어붙었다면 이제 시작된 열기는 남쪽에서 시작된 봄바람이었다. 조선인민공화국에 남쪽의 따뜻한 봄바람이 밀물처럼 밀려들 거라는 소문이 바람처럼 퍼져오기 시작했다.

– 들어는 봤대나?

– 남쪽 얘기~ 고저 세상천지가 바뀌었다는데~

– 남조선에서 조선공화국에 따뜻한 햇볕을 쏘아댈 거라지?

– 아니 뭐이요? 남조선 반동 놈들이 햇볕을 어, 어쩐다굽쇼?

남조선의 도움을 인정하지 않으려면서도 은근히 기대를 하고 있었다.

– 언 감자바우 같은 사람 봤나. 김영삼이 시대가 끝나고 김대중이 시대가 열렸다지 않소.

– 머이 김영삼이 시대가 끝나고 김대중이가 머이 어드래요?

산골짝에서 농사를 짓는 주민들의 귓전에도 소문은 날아들었다.

– 글쎄, 따뜻한 햇볕을 들이붓는다잖소.

– 무장 못 알아들을 소리 지저거리누만요. 인민들 머리맡에 내리쬐는 햇볕은 머고 반동 놈들이 들이붓는 햇볕은 뭐란 말이오?

세뇌의 틀에 갇혀 있는 인민들은 한참 후에야 떠도는 소문을 리해했다.

— 이런~이런~ 거 동문 세상 물정 좀 아시오. 김영삼이는 조선공화국하고 등을 졌었지만 김대중이는 형제처럼 지낼거라잖소~

— 그래 햇볕이란 게 김대중이가 머 옥수수죽이라도 우덜 머리맡에 들이붓는단 말이지요? 에구 에구 고저 김대중이가 붓는 옥수수 맛 좀 봅시다~

남쪽에 김대중 대통령 시대가 열리면서 그간 공화국에 대한 정책 기조가 완전히 바뀌어 적대적인 상태에서 화해와 화합의 시대로 전환되었다고 했다. 이른바 햇볕정책이란 것을 들고 나온 김대중 대통령은 겨울 나그네의 외투를 벗게 만드는 것은 결코 강한 바람이 아니라 따뜻한 햇볕이라는 이솝우화 속의 이야기를 해결책으로 내밀었다.

인민들 사이에서는 남쪽의 이런 변화가 조선공화국에 어떻게 유리하게 작용할지 짐작조차 못하겠지만 인민들에게 당장 필요한 것은 먹을 양식이었다. 거지들이 득시글거린다는 남조선이 어떻게 공화국을 위해 먹을 양식을 제공해줄 것인가? 하고 의문을 가지는 인민들도 있었지만 유입된 남조선의 드라마나 영화, 노래 등을 통해 남조선이란 나라가 지옥이 아니라 천국이란 것을 알고 있는 인민들이 많았다.

그래서 어느 시점에는 조선공화국에 나돌던 남쪽에 대한 비아냥이 모두 날조 세뇌되었음을 인식하기에 이르렀다. 남쪽이 못산다는 말을 믿는 인민들은 대처 어디에도 찾아보기 어려웠다. 김정일 당국조차 이제 그런 세뇌와 왜곡, 날조 가지고는 북조선 인민들을 더는 움직일 수 없음을 잘 알고 있었다. 조선공화국의 인민 생활 수준은 이미 바닥까지 추락한 상황이었기 때문이다.

조선공화국에서 은밀히 남쪽에 손을 내미는 형국이 되었고 남쪽을 동경하여 공화국 인민들이 대거 국경을 넘었다. 중국에서 돈벌이를 하는 외화벌이 이탈주민들도 엄청났지만 남조선이나 다른 나라로 자신의 살길을 찾아 탈출하는 인민들도 늘어나기 시작했다. 하물며 버젓이 남쪽에 내려가 돈을 벌어 공화국의 가족에게 송금을 한다는 믿지 못할 일도 일어나고 있다고 했다.

– 치잇, 내 뭐라 했소. 떼떼김정일 별명가 인민들 먹여 살리지 못한다 하지 않았소?

– 흐응, 떼떼가 아님 아랫동네 김대중이가 먹여준대나?

서슴없는 말을 지껄이며 푸념을 늘어놓는 것이 이제 남의 일이 아니었다.

– 글쎄, 듣자니까 남조선 제일 부자가 여기 통천 살았던 사람이래잖소. 뭐라나 에구 정신 머리하구, 글쎄 송전 소학교라나 머라나~

– 그럭하면 그 정주영인가 뭔가 하는 영감쟁이 말이구려~ 그 영감쟁이 듣자니까 욕심가마리가 하늘을 찌른다는데 멀~ 머 송아치 한 마리라도 올려 보낸다오?

햇볕이 쏟아져도 자신의 머리에 쏟아지지 않는다는 것을 알면서도 말자루를 풀어내야 시름이 풀리는 모양이었다.

– 보라 동무, 남조선 제일 부자라면 얼마나 부자겠나? 남조선이 세계에서 열 번째 가는 부자나라라는데 어데 송아치 한 마리를~

– 귀신 씨알 먹는 소리 마오.

인민들은 머리를 저으며 어둠을 향해 사라졌다.

– 하하하 고저 답답해서 넘겨짚은 소리요. 남쪽 반동 놈들이 어째 우덜한테 양식을 주겠는가 말이요. 양식을 준다손 흐어 우덜 인민들

입초리에 닿을 둥 말 둥 아이요?

　인민들의 말은 바람탄 들불처럼 번져나가기 시작했다. 김정일의 체면은 땅바닥에 추락할 대로 추락했다. 무엇보다 먹을거리를 해결하지 못한 지도자에 대한 존경심은 이미 사라졌다. 김정일 통치 채 5년도 되지 않아 후계자에 대한 말이 인민들 입에 회자膾炙되기 시작했다.

　성혜림의 아들 김정남당시 29세이 지도자 수업을 받고 있다는 둥, 국보위 해외반탐국 총책을 맡고 있다는 둥, 고용희의 장남 김정철당시 19세, 스위스 베른대이 외국물을 먹어 똑똑하다는 둥, 고용희의 둘째 아들 김정은당시 18세이 김일성 할아버지를 똑 닮아 후계자감으로 제격이라는 둥 말들이 많았다.

　그럼에도 이런 말들은 바람에 쓸려 다니는 소문에 지나지 않았다. 김정일은 자신의 권력에 저항하는 세력을 특이한 방식으로 은밀히 제거하면서 정권을 유지하며 가난에 허덕이는 북조선을 구제하기 위해 안달을 하고 있었다. 그러나 인민들의 불만은 암흑 속에서 은밀히 원성의 씨가 되어 날아다녔다. 김정일에 대한 불만을 토로할 유일한 방법은 오직 말의 포자를 방출하는 것이었다.

　― 언간 북조선에선 고저 'ㄹ' 받침이 말썽이라잖소~

　― 동문 그게 언제 적 얘긴데 소식통이 이래 늦습니까?

세상에 떠도는 소식이 우스갯소리로 둔갑하며 공화국을 능멸했다.

　― 물, 불, 쌀, 하하 뭐라나 요글막엔 '려자'도 말썽을 부린다는데~

　― 그러니깐 3부가 돼야 잘 살 수 있단 말들을 하잖소.

얼른 들어서는 도무지 리해할 수 없는 말들이었다.

　― 클 날 소리 마오. 2부가 보낸 색출자들 심문한단 3부 말이오?

　― 언 까마귀 고기를 구워 먹었대나? 간첩 잡는 2부라니 언, 간부 과

부 어부라는 3부 말도 못 들어 봤소?

이제야 말의 뜻을 알았다는 듯 인민들은 서로의 눈치를 보며 입을 틀어막고 키득거렸다.

− 큭큭큭~ 거 어떤 동무들이 말도 잘 지어내누만요~ 고저 간부 과부는 알겠는데 어부란 거는 머인가~

− 어부란 글쎄 목숨 걸어놓고 불법 어로漁撈를 해야 돈을 번단 말이지요. 깔깔깔~

조선공화국 인민들 사이에 어느새 노골적인 말들이 바람에 쓰렁쓰렁 휩쓸려 다녔다. 부당한 방법으로 돈을 착취하는 부패한 관료, 생활고에 숭고한 정조를 내다 파는 녀성들의 매춘, 밤이나 낮이나 목숨 걸고 불법어로에 매달리는 어부들의 광란은 이제 더는 인민들의 관심사에서도 멀어졌다. 가치 없는 세월들이 속절없이 흘러 배만 굶주리고 생각과 양심의 자유마저 저당 잡혀 갈피를 잡지 못해 회오리쳤다.

김정일은 자신의 권력에 위협을 가하는 고위 관료들을 은밀한 방법으로 처단했다. 인민들의 말밥구설수에 오르지 않기 위해 교묘히 교통사고를 위장해서 자신의 앞길에 연막을 터뜨리는 자들을 제거했다. 당시 김정일이 제거하기 위한 대상을 두고 인민들 사이에서 먼저 말들이 나돌았다. 직장이나 마을 골목어귀, 장마당 등 어디든지 이런 은밀한 말들이 떠돌았다.

먹을 밥은 없어도 말밥에라도 올라야 한다는 우스개가 나돌았을 정도였다. 말밥에 올라 죽으나 굶어 죽으나 죽기란 한가지라는 뚝심들이 생겨난 것이다. 그래서 인민들의 입방아에 오르는 말들은 그 강도를 더했고 불만과 불평이 가득한 말의 성찬이 인민들 사이에 차려졌던 것이다. 그러나 명호에게 있어 이런 말의 성찬이 새삼 자신의 발뒤축을 급히 재촉했고 사느냐 죽느냐 양 갈래 길에 마주하게 되었다.

- 동무들, 김정일 지도자 동지가 김용순이하구 장성택이래 감쪽같이 제거할 기회를 호시탐탐 노리고 있다는데~

- 우리도 그런 소문 들었소. 하지만 턱없는 소리 아니오?

시간이 깊어질수록 무시무시한 정치 얘기까지 말의 잔치상에 올라왔다.

- 어찌 턱없는 소리라 하오? 벌써 두 놈들이 남조선 아새끼들 하고 내통을 했다는 거 이거 알짜배기 소식입니다~

- 보라 동무, 어찌 맹탕 하나밖에 모르오? 고저 김정일 지도자 동지가 그게 어리석지 않단 말에요. 김용순이래 누구요? 대남 담당비서 아니냔 말에요~

- 죽여 제끼는대 고저 대남 비서믄 어떻구 노동당 부부장 동지면 어떻소?

급기야 노동당 부부장 동지까지 말의 식탁에 올라왔다.

- 이런 새대가리 보라지~ 김용순이가 나가 자빠지면 남조선 김대중이가 조선공화국에 방문을 한다는데 누가 손님을 맞나 말이요? 통천 아산 살았다는 영감쟁이도 고저 소 떼 1000마리를 트럭에 싣고 판문점을 넘는다는데 그 밑 작업을 고저 김용순이가 했다는 거 아니냔 말이요.

- 옳고니~ 그러니깐 토끼를 다 잡은 담에 가이개 새끼를 삶아도 삶아대겠다는 말이 아니오?

- 바로 그거지요. 맞아요, 맞습니다~

인민들의 말들은 공연히 일어난 바람 같은 것이 아니었다. 아주 예민한 날선 소식들 역시 인민들의 입방아에서 멀리에 있지 않았다. 몸을 사리기는 해도 태풍 끝에 산발한 바람처럼 인민들이 모이는 데는 어디서나 회오리바람처럼 일어났다. 당시 대남 담당비서였던 김용순과 조선노동당 조직지도부 제1부 부장이던 장성택이 황장엽과 은밀히 연결되어 김정일 위원장 제거를 위한 자금을 마련코자 대리인을 비밀리에 남쪽 사람들과 만나도록 했음이 들통나면서 목숨을 부지하기가 하루 앞을 장담하기 어렵다는 소문이 돌았다. '룡 돋을무늬 석간주 흰자기 단지' 등의 도자기와 흰자기 항아리 등 10여 점이 넘는 골동품을 남쪽에 매각해 활동자금으로 사용하려던 계획마저 발각되어버렸다는 것이다.

김용순 비서의 제거가 현실로 이루어진다면 다시없는 좋은 기회가 될 것이라고 명호는 생각했다. 왜냐하면 박태산의 아버지 떡메전사와 그의 작은 아버지 부문당 비서가 김용순과 베이징에서 연결되었기 때문이었다. 김용순의 퇴장은 곧 점점이 연결되어 있는 그네들 조직의 와해와 같은 의미였기 때문이다. 박태산의 가족이 당시 뿔뿔이 흩어진 연유는 황장엽과 같은 뜻을 키운 김덕홍 여광무역 사장과의 연계 때문이었다.

김대중 정부가 조선인민공화국을 먹여 살려준다는 소식이나 통천 출신의 정주영이 소 떼 1000마리를 트럭에 싣고 판문점을 넘을 거라는 소식은 북쪽 인민들에게 신화와 같은 소식이었다. 이런 소식이 미친 회오리처럼 인민들의 턱밑을 헤집고 다닐 때 인민들은 믿으려 하지 않았다. 그래서 명호에게 이런 소식은 공공연한 언쟁밖에 되지 않았다. 김용순 비서나 장성택 부부장은 퇴장은커녕 오히려 승승장구를 하는 것이었다. 그들이 세력을 회복하면 그들 때문에 좌천되거나 정치범수용소에 들어간 죄수들 역시 세력을 회복할 수 있을 것이었다. 명호는 제발 박태산의 가족이 다시 지위를 회복해서 호상 간 맞닥뜨리는 일이 일어나지 않기만을 간절히 바라고 있을 뿐이었다.

그런데 명호의 바람과는 반대로 정말 김용순 비서는 승승장구를 했다. 인민들의 입에 회자 되었던 것과 같이 아직은 쓰임이 있기 때문인지 몰라도 김용순은 대남 담당비서로서의 능력을 십분 발휘하며 고난의 행군 시기에 영웅처럼 칭송되기 시작했다. 인민들에게 신화 속의 주인공처럼 회자되었던 통천 사람 정주영이 마치 인민들이 영웅으로 맘속에 그려대는 임꺽정이처럼 소 떼를 트럭에 싣고 나타났던 것이다.

트럭 50대에 500두의 소 떼를 싣고 두 차례에 걸쳐 위세가 당당하게 늙은 영감이 판문점을 넘어 들어왔다. 그는 약속처럼 소 떼 1000마리를 북쪽에 전달했다. 정주영이 17살에 부친이 소를 팔아둔 은밀한 노자 70원을 훔쳐 가출해서 남쪽에서 최고의 재벌이 되어 임꺽정처럼 전설 속의 주인공이 되어 등장했다. 정주영은 인민들에게 하루아침에 신화 속 영웅이 되었다. 이런 북남 관계의 물꼬를 텄던 사람이 바로 김용순이었다.

김용순은 더 나가서 남조선의 정주영 현대그룹과의 사이에 금강산 유람선을 왕래하도록 하여 금강산 관광계획을 성공적으로 이끌었고, 이윽고 김대중 대통령과 김정일 위원장과의 만남이 평양에서 역사적으로 이루어졌던 것이다. 김정일과 김대중 대통령의 만남의 좌석에는 항상 김용순이 배석했다. 북조선 중앙텔레비전은 이런 좌석에서 김정일 위원장이 김대중 대통령에게 김용순 비서를 '용순 비서'라고 소개하는 장면까지 거르지 않고 내보냈다. 김용순마저 인민들에게 영웅이 되어 가고 있었다. 이런 연유로 명호의 심중에는 찍어내야 하는 뿌리 깊은 나무의 그루터기가 더욱 견고해져 가는 두려움으로 파고들었다.

장성택 부부장 역시 퇴출되지 않고 건재하다는 소문이었다. 김정일
과 보이지 않게 암투를 벌이고 있다는 소문도 나돌았지만 김정일 위원
장이 제아무리 장성택이를 제거하려 해도 장성택의 조직이 허투루 존
재하지 않는다는 것이었다. 김정일은 북한 전역의 요지에다 초대소일
_{종의 호텔}나 특각_{별장}을 건설했다. 당시 취지는 미국과 일본 제국주의를
물리친 아버지 김일성 영웅이 노구의 몸이니 이제 휴식을 취해야 한다
는 이유였다.

그래서 공화국 각지의 물이 맑고 경치가 빼어난 곳에 초대소를 짓고
일반 주민의 출입은 통제했다. 김일성 사후에는 인민보안성 35국이 이
런 초대소의 경비를 담당했다. 김정일은 김일성 사후 이런 시설들에 대
한 소유욕이 커졌지만 간부들이나 인민들의 원성이 커질까 두려운 나
머지 각 지역별로 하나의 여관을 배속하여 도당에서 직접 관리토록 했
다.

도당 책임비서들이 경치가 빼어난 초대소에서 녀성들을 불러 연회를
열고 음주 가무를 하며 호화 질탕한 생활을 한다는 보고에 김정일은
중앙당 검열조를 파견하여 관련된 간부들을 즉각 해임하고 처단했다.
이후부터 초대소의 관리는 김정일의 지시에 따라 35국이 하게 되었는
데 35국을 직접 관할했던 사람이 바로 장성택이었다.

장성택은 35국장을 자신에게 충실한 자로 임명하여 물 좋은 특각을
골라 초대소처럼 만들었고 마치 사유물처럼 전용했다. 측근들을 데리
고 다니면서 중앙당 5과에서 녀성들을 불러다 술판을 벌였다. 그럼에
도 이런 사실을 김정일 위원장이 전혀 알지 못하고 있었다. 그런데 김
정일이 어느 날 자신의 사람을 보내 그 초대소에서 쉬도록 하였는데
관리자가 장성택의 허락이 아니면 어떤 사람도 들어갈 수 없다며 들여

보내지 않은 것이었다.

　김정일은 나중에 이런 일련의 일들이 장성택이가 저지른 일임을 알고 장성택의 뒷조사를 벌이게 되었다는 것이다. 장성택의 여인들이 낳은 아기가 10여 명에 이른다는 정보를 입수하고 모두 색출해서 총살을 시켰다는 소식도 들렸다. 그러나 장성택의 신변에 어떤 변화가 일어나고 있는 것은 아니었다. 내부적으로는 어떤 상황인지 모르지만 김용순이나 장성택이나 겉으로는 충분히 건재했던 것이다.

　초대소를 이용한 사람들 중에는 남쪽 사람들도 있다는 확인되지 않은 소문이 파다하게 퍼졌다. 공화국은 방북한 남측 인사들 중 몇몇에게 교묘히 재갈을 물렸다고 한다. 재갈이 물려진 남측 인사들은 공화국에 고삐를 잡히는 것이었다. 일종의 멍에를 등에 짊어지게 된 이런 방북자들은 초대소에서 호사스런 접대는 물론 성접대까지 받았다는 소문이었다. 조선인민공화국에 대한 충성맹세를 한 방북자들 중 종교인이든 정치인 출신이든 사회운동가 출신들이든 공화국에서 제공한 향응의 단맛에 빠지면 헤어나기 어렵다는 말들이 나돌았다.

　어떤 사람들은 열흘이 넘게 아예 초대소에서 녀성 동무들과 동거를 하는 경우도 있다는 것이었다. 조국 통일을 위한 10대강령, 사회주의 과학성 등의 열혈 학습은 물론 김일성, 김정일 노작 등을 학습하면서 자연스럽게 공화국 체제를 동경하며 흠모하게 된다는 것이었다. 북한 노동당 통일 선전부는 직접 이 같은 전략을 토대로 초대소와 연락소를 조종하며 남쪽에 공화국을 추종하는 세력을 확장하고 있다고 했다.

　반공의식이 아무리 투철하고 신앙에 대한 믿음이 아무리 견고해도 대남공작부의 교묘한 재간에 당해내지 못한다는 것이었는데 한 예로 남쪽에서 온 남자가 초대소 안에서 샤워를 하러 들어간 사이에 녀성 동무가 나체로 그 방을 마치 잘못 찾아들어 간 것처럼 연출하여 그런 장면을 비밀스럽게 포착해 남측에 사진을 공개하겠다는 꽝포거짓를 쳐서 공화국에 충성하도록 강요했다는 것이다.

당시 김정일 국방위원장은 남조선에 은밀히 공작원을 심으려고 훈련까지 실시했다는 소문도 들렸다. 떠도는 소문에 의하면, 척을 졌던 김영삼 정권 때도 남쪽 청와대의 회의 자료가 다음날이면 조선노동당에 떠돌아다닐 정도였다고 했다. 남쪽 권력의 중심부라는 국정원 요원의 포섭까지 염두에 두었다는 말도 나돌았다. 김정일이 '김정일 정치군사 대학'에서 전문적으로 남파 스파이를 양성하고 있다는 소문도 떠돌았다.

자본주의 사회에서는 돈이면 뭐든지 이룰 수가 있다는 풍조이기에 남쪽의 정부 기관, 군부대, 기업체 등지에 돈을 써서 첩보원을 위장취업 시킨다는 전략으로 실제 공작원을 잠입시켜 요처의 인물들에게 접근한 사례도 있다고 하는 확인되지도 않고 뜻도 모를 소문들이 떠다니고 있었다.

신화적 영웅처럼 등장했던 통천 노인 정주영의 소 떼를 시작으로 남쪽의 김대중 정부는 정말 조선민주주의인민공화국에 뜨거운 햇볕으로 엄청난 재화를 북송했다는 얘기가 돌았다. 먹을 양식은 물론 일상 소비재뿐만 아니라 북조선에 직접적으로 필요한 달러까지 엄청나게 쏟아부었다는 소문이었다. 실제로 남쪽의 물자를 실은 트럭이 일렬로 대열을 이루어 몇 날 며칠을 지나갔고, 인민들은 남쪽의 도움에 뜨거운 박수로 보답했다고 했다. 겨울 나그네가 외투를 벗고 무장을 해제한 결과로 김대중 대통령과 김정일의 사이가 한 번도 엇나가지 않았다고 했다.

그래서 북쪽에서는 겨울 나그네의 외투를 제대로 벗겼다고 했다. 이것에 대하여 김정일이 남쪽에 던져준 선물은 북남 흩어진 가족^{이산가족}상봉이었다. 지난 1985년 9월, 서울과 평양에서 각각 이산가족 고향방문단 및 예술공연 행사가 최초로 이루어진 이후 처음이었다.

명호의 아버지는 당시 딱지를 하나 더 몸에 붙이는 일이라며 아들을 위해 방문단에 끼어들고 싶은 마음을 갖지 않았었다. 그러나 2000년 광복절을 맞아 실시한다는 제1차 이산가족 상봉에 대해 아버지는 많은 관심을 갖고 있었다. 명호는 이번에는 그 딱지 같은 멍에도 감수하며 반드시 신청해서 그토록 그리던 남쪽의 아내와 아들을 만나보라고 말씀드렸다.

그러나 이번에도 아버지는 관심은 가졌지만 단호히 거절하고 말았다. 당시 아버지 연지 고희를 넘은 나이여서 이번 기회를 놓치면 살아서는 남쪽의 가족을 만나지 못할 운명에 처할 수도 있다는 생각이 들어서 명호는 아버지를 한사코 설득해서 지원 등록하도록 했다.

- 나는 이참에 남쪽 가족 만나볼 생각이 없다. 나보다 나이 많은 어르신들도 많은데 나중에 더 나이 들어서 해도 늦지는 않겠지~

- 아버지, 그래도 조금이나마 강건할 적에 만나봐야 하지 않습니까? 내래 아버지 딱지 같은 거 원망하지 않습니다.

명호는 이번에는 아버지의 한을 풀어드리고 싶었다.

- 듣자니까 남쪽 김대중이 동무가 우리 공화국 살게 해 준 대가로써 고저 이산가족 상봉도 정기적으로 할 거라는데~

- 아버지, 공화국 사람들을 어찌 믿을 수가 있습니까? 그런 얘기 돌고는 있는데 뻑 하면 불바다를 만들어버리겠다, 남쪽 간나새끼들 박살을 내 버린다 떠들어대잖소. 이거야 원~

아버지의 말대로 김대중 대통령에 대한 선물인지 어떤지 인도적 차원 운운하면서 정말 북남 이산가족 상봉이 2000년에만 두 차례가 이루어졌던 것이다. 조선공화국에서도 이산가족 상봉을 희망하는 인민들이 넘쳐났다. 남쪽의 신청자가 넘치는 만큼 북쪽 역시 다를 수가 없는 일이었다.

당시 아버지의 건강이 점차 악화되면서 악착같이 살아서 만나보라고 설득을 하여 이산가족 상봉 신청을 하였지만 번번히 아버지에게 차례가 돌아오지 않았다. 아버지는 10년 뒤 훗날 제18차 이산가족 상봉에서 극적으로 남쪽의 아내와 아들을 만나게 되었지만 그보다 먼저 남쪽의 아들로부터 아주 반가운 편지를 받게 되었다. 이 편지 역시 훗날 명호에게 치명적인 딱지가 될지 몰랐지만 기뻐하는 아버지의 모습을 보고 명호는 아들로서 아버지만큼 흡족했다.

남조선의 물자 공세에 힘을 입었던지 조선민주주의인민공화국 김정일 위원장은 정확히 2000년 10월 10일, 조선인민공화국이 공식적으로 고난의 행군 시기를 마감했다고 공표했다. 그러나 실제적으로 인민들의 사정은 크게 달라지지 않았다는 것은 불행한 일이었다. 인민들의 생활은 여전히 고달프고 굶주림에 치여 하루를 견디는 것이 힘들었다. 김대중 대통령이 쏟아부은 햇볕은 조선노동당 당원들의 외투는 벗겼을지 몰라도 굶주림에 허덕이는 인민들의 누더기는 결코 벗겨내지 못했다.

공화국 인민들 사이에서는 '그래서 빛 좋은 개살구' 라는 말로 그 허비진허탈한 가슴을 달랠 수밖에 없었던 것이다. 굶주림을 벗어나기 위해 목숨을 걸고 국경선을 넘어 남쪽으로 이탈한 인민들이 3만여 명이 넘을 거라고 했다. 국경을 넘어 중국대륙에서 돈벌이를 하고 있는 인민들도 20여만 명이 넘는다는 소문도 돌았다. 그들 중에 북쪽의 가족을 데려와서 남쪽으로 이탈하려는 인민들이 얼마나 될지 가늠조차 하기 어렵다는 말들이 나왔다. 중국에서는 탈북자에 대하여 철저히 봉쇄를 하고 있지만 감쪽같이 수를 쓰는 데는 재간이 없다고 했다.

그러나 공화국은 항상 그렇게 건재한 듯 했다. 김용순 비서와 장성택 부부장이 건재한 것처럼 공화국의 심장을 적시는 대동강 역시 끊임없이 흘렀다. 김용순 비서의 건재함 탓인지는 몰라도 명호에게는 치명적으로 박태산의 가족들이 팔뚝 하나 꺾이지 않고 정치범수용소와 교화소에서 되돌아왔던 것이다. 명호는 당장 이런 소식을 접하자 비록 밤이 깊었지만 기백이 동무부터 만나야 했다.

- 동무 어케 된 거이야? 이런 야밤중에~

- 태산이 소식 들었시?

명호의 타들어 가는 듯한 말에 기백의 고개가 힘없이 끄덕여졌다. 덕순이 동무 역시 자다가 일어난 듯 부스스한 모습으로 기백이 곁에 앉았다.

- 기백이 동무, 내래 어케서 여기 찾아왔는지 모르겠나?

- 고저 염려 붙들라. 보오, 덕순이 동무, 저게 가서 통장갑_{벙어리장갑} 좀 가져오오.

기백은 이미 자신의 허물을 직감하고 있는 모양이었다.

- 자다 봉창 뜯는다더니 느닷없이 통장갑이라나?

영문을 모르겠다는 듯 덕순이 말했다.

- 고저 진소리_{잔소리} 말고 날래 통장갑 가져오라~ 간 김에 고 옆탱이 있는 가새_{가위}도 가져오라.

- 무장 봉창을 뜯는 것이오? 홍, 통장갑은 머고 가새는 또 머란 말

이오?

기백은 명호의 의중을 정확히 짚고 있었다. 명호가 야심한 시간을 틈타 기백을 찾아온 연유가 바로 기백의 입을 단속하기 위해서였다. 참이의 출생에 대해 명호 주위에서 알고 있는 자는 기백이 동무밖에 없다고 생각했다. 기백이 부부가 함구하면 명호의 아들 문제에 있어서 아무것도 거리낄 것이 없었다. 명호가 염려하는 것은 바로 참이의 출생에 대해 태산이 동무가 알게 되지나 않을 지였다.

– 보라 명호 동무!

기백이가 덕순이 가져온 통장갑을 입에 뒤집어씌우며 말했다.

– 태산이가 돌아왔으니 이래 벙어리가 돼 달라 하는 거지?

명호는 팽팽히 긴장된 표정으로 고개를 끄덕여주었다. 태산이라는 기백의 말에 명호는 가슴 어디선가 서늘한 바람이 휑하니 지나는 느낌이었다. 태산이한테 자식을 불피코 빼앗길 수는 없잖나 말이야. 명호는 속으로 다짐을 하고 있었다. 덕순이 동무가 곁에서 이런 모습을 보며 입을 크게 벌리면서 하품을 하며 웃었다.

– 호호호, 남정네들이 야밤 퇴마루에 앉아 우습습니다.

– 고딴 소리 말라야~

하면서 이번에는 기백이가 가위를 손가락에 끼워 아랫도리에 대고 쓱 싹 자르는 시늉을 하고 있었다. 명호는 군말하지 않고 고개를 끄덕이며 자리에서 일어섰다. 덕순이가 한숨을 깊게 내쉬며 푸념을 늘어놓았다.

– 에그, 어찌 그런 흉한 모양새를 하는 거예요? 동실 아버지 거기 잘리면 덕순이는 뭘 믿고 살란 말이오. 호호호~

– 덕순이 동무도 입단속 하시오. 태산이 동무가 아는 날엔 누설자는

동무들밖에 없으니깐 고저 동무들이 입을 봉하란 말이지~

명호는 단칼에 무 자르듯 단호히 말했다. 그의 단호한 말에 덕순 동무 역시 뒤지지 않겠다는 듯 말을 흘렸다.

- 어머머, 듣자니까 태산이 동무가 말에요, 권총을 꿰차고 돌아다닌다는 데~

명호는 듣는 둥 마는 둥 하고 다만 쐐기를 박듯 기백이 동무에게 눈총을 쏘아주고 돌아섰다.

집에 돌아오니 참이와 봄이는 잠에 곯아떨어져 있고 정숙 동무는 잠을 이루지 못하고 한숨을 크게 쉬었다. 정숙의 한숨을 느끼면서 명호는 이제 앞으로 절대로 정숙 동무와 헤어지지 않겠다고 다짐했다. 결코 참이를 태산에게 빼앗기지 않겠다고 정숙의 손을 잡고 굳게 다짐했다.

제7장 씨누스 인생

명호의 아이들은 놀랄 정도로 빠르게 성장하고 있었다. 명호의 아들 애 참이는 벌써 정숙 동무가 일하는 기업소의 유치원에 다니고 있었으며 딸애 봄이도 애기궁전탁아소에 다니고 있었다. 애당초 봄이를 유치원에 보내려 했으나 꾹돈뇌물을 먹여야 한다는 점에서 명호와 정숙에게 작은 갈등을 일으키는 요소였다. 만 3세부터 5세 아이들까지 입소하는 조선인민공화국의 탁아소는 부모의 결정에 따라 다닐 수도 다니지 않을 수도 있었다. 그에 비해 유치원은 6~7세의 아이들이 다닐 수 있는 체계적인 의무교육기관이었다. 성급한 부모들은 탁아소에 아이를 맡기기보다 꾹돈을 써서라도 좀 더 빨리 유치원에 보내려고 했다. 아직 유치원 입학 연령이 되지 않았더라도 뒷돈을 먹이면 충분히 가능했다. 부모들은 아이들이 유치원에서 체계적이고 질 높은 교육을 받기 바랐던 것이다.

조선인민공화국에는 모든 일터마다 탁아소가 있었다. 공장이나 일터에 탁아소가 있어서 엄마가 일터에 있는 동안에는 탁아소에서 아이를 맡아주었다. 도회지는 물론 산간벽지에도 잘 발달된 제도가 바로 탁아소 제도였다. 탁아소는 제법 유치원처럼 운영되고 있었는데 이때부터 아이들에게 집단주의에 대한 관습과 공산주의적 생활 등을 몸에 익히도록 하는 교육을 시켰다. 아이 엄마들은 일을 하다가 젖 먹일 시간이 되면 아이에게 가서 젖을 먹였다. 경제가 바닥에 떨어지면서 탁아소에 보내지 말라는 곳도 있었지만 여전히 엄마들에게 탁아소는 매우 유용한 장소였다.

아이가 5세가 되면 유치원의 낮은 반에서 1년을 학습하고 높은 반에서 1년을 학습해야 한다. 엄밀한 의미에서 높은 반에서의 학습이 일종의 의무교육이라고 할 수 있다. 유치원 교육에서 핵심은 무엇보다 사상교육이다. 조선인민공화국은 아이들에게 날조된 조선력사의 주입, 남조선 인민들에 대한 적대화의 고취, 사회주의에 대한 끝없는 사랑을 기본교양으로 교육시킨다. 하나가 전체에게 있어 갖는 의미와 전체가 하나에게 있어 갖는 의미에 대해 전체주의를 부각시킨다. 이런 탁아소나 유치원 제도를 곧 녀성해방의 향유라고 부르짖고 있었다.

참이는 유치원의 높은 반이 되면서 한글을 익히고 셈 세기를 공부하게 되었다. 그리고 동무들을 사귀기 시작했는데 자연스럽게 조기백 동무의 아들애 동실과 같은 반이었다. 덕순 동무가 정숙이 일하는 기업소에서 함께 일하게 된 때문이었다. 탁아소를 마치고 유치원의 낮은 반에 들어간 봄이는 우리말이나 셈 세기 등을 하는 대신에 칭송가를 부르고 율동을 하며 종이접기 등을 했다. 놀이 중심의 학습을 통해 아이들을 역동적으로 움직이도록 만들었고 중간중간에 김일성 김정일의 어린 시절 이야기를 영웅담처럼 들려주었다. 숫자를 세든 놀이를 하든 수령에서 시작해 수령으로 끝이 나고 지도자 동지로 시작해 지도자 동지로 끝이 날 정도로 모든 교육을 김일성, 김정일과 연계시켜 교육하였으며, 유치원 때부터 습관적으로 아이들이 서로간에 경쟁을 하는 구도로 몰아나가고 있었다.

- 정숙 동무, 참이가 이 아바이를 닮았는지 영특하기 그지없어 보이누만~

- 참이 아버지는 어찌 봄이를 멀리 합니까?

씨가 다른 아이를 키우다 보니 사소한 것에도 신경이 쓰였다.

- 그 무시기 소리요? 참이 봄이 죄 내 핏줄 아니오?

- 아이 에그나, 함경도 사투리 애들 앞에서 쓰지 말자 밤새 약조 했잖소. 아바이니 무시기니 그런 말 당최 애들 앞에서 쓰지 말잔 말이오. 그저 우리 자식들도 평양 문화어 좀 가르치자 말입니다.

습관 중에서도 입에 익은 말투를 바꾸는 게 가장 힘들었다.

- 고저 알겠소~ 정숙 동무가 뭐를 걱정하는지 알겠습둥~

- 것 보시라요. 고저 고저 습둥 습둥, 이거 영판 입에 익어설라믄~

정숙 동무 역시 말투에서 자유롭지 못했다.

- 허허허~ 정숙 동무도 그하냥 써대잖소. 고저 말본새 가지고 너무 왈가닥대지 맙시다~

하루는 유치원에 들러 명호가 정숙 동무와 같이 창문 너머로 아이들이 학습하는 모습을 지켜보았다. 명호는 사실 마음속으로야 제 살붙이 봄이를 누구보다 예뻐했지만 정숙 앞에서 티를 내지 않고 오히려 참이에게 정성을 쏟고 있었다. 그렇게 하는 것이 정숙 동무에 대한 예의라고 생각했기 때문이다. 명호 나름대로 정숙을 배려하는 방법이었지만 정숙은 이마저도 차별이라 생각하고 있었던 모양이다. 애들에 있어서는 둘에게 어떤 형태의 차별도 있을 수 없음을 보여주는 행동이었다.

기백이 동무와는 늘 만나는 사이가 되었다. 더욱이 기백의 아들애 동실이가 참이와 같은 유치원에 다니게 되었기 때문이다. 명호는 사실 참이가 성장하는 모습을 곁에서 고스란히 지켜보게 될 기백이 부부가 항상 마음에 걸렸다. 그들의 눈에 띄지 않는 곳에서 마음 편히 양육하고 싶은 것이 명호 부부의 솔직한 심정이었다. 그러나 바늘에 실처럼 참이와 동실이는 같은 교실에서 같이 학습하게 되었던 것이다.

이상하게도 참이와 동실은 즈네의 부모들처럼 잘 어울렸다. 무엇보다 아이들 둘 다 몸을 잘 흔들어대는 취미마저 같았다. 상학수업 시간이 지나 쉬는 시간에도 둘은 붙어 다니며 활달하게 몸을 움직이고 열정적으로 율동을 했다. 마치 생김새만 아니라면 쌍둥이라 해도 믿을 정도로 닮은 데가 많았던 것이다.

남쪽에서 물자가 올라오기 시작했어도 처음에는 인민들에게 전혀 도움이 되지 못했지만 시간이 지남에 따라 물품이 배급되기 시작했다. 그러나 인민들 사이에서는 김대중이 쏟아 부은 뜨거운 햇볕에 옷을 벗어 대는 인민들은 하나도 없었다고 볼멘소리를 냈다. 그저 검둥이가 센둥이고 센둥이가 검둥이에 지나지 않았다. 털이 희나 검으나 개의 본질은 개에 다름 아닌 것처럼 조선공화국의 가난 구덩이는 이미 인민들이 헤쳐 나올 수 없을 정도로 깊었기 때문이다.

김정일에 대한 인민들의 불만은 결코 줄어들지 않았다. 남쪽에서 지원한 물자들이 조선공화국의 노동당 간부들에게는 기름진 것들일지 몰라도 인민들에게는 잠깐 쓰면 없어지는 치약이나 비누와 같은 소모품 한두 개에 불과했다. 오히려 남쪽의 물자를 챙긴 노동당 간부들을 야시꼽게아니꼽게 생각하며 볼먹은 소리만 쏟아냈다. 간부들 중에서도 이런 물자 공세에 세상물계세상형편가 좋아졌다고 말하는 자들은 아주 소수에 지나지 않았다. 남조선의 지원으로 김정일은 인민들의 형편은 생각하지 않고 고위 간부들의 불만투성이를 잠재우고 핵을 개발하는 데 사용하고 살림집아파트 짓는 데도 이용했다.

김정일은 간부들의 불만을 잠재우기 위해 동독에 은밀히 사람을 보내 동독이 서독과 통일이 되고 나서 동독의 공산당 간부들이 어떻게 최후를 맞는지 철저히 조사하도록 했다. 그렇게 만든 자료는 대부분 왜곡된 것들이었다. 고문당하고 처형당하고 감옥에 갇혀 결국 처절하게 죽어가는 모습들만 담은 사진들을 은밀히 조작해서 간부들에게 들이밀며 남조선 주도로 통일이 되면 이렇게 공화국의 간부들이 처절하게 죽을 것이라며 엄포를 놓았다. 그래서 공화국의 간부들은 대개 김정일 위원장이 싫어도 두려운 나머지 울며 겨자 먹기로 충성을 다하는 것이었다.

이런 상황에서 정주영이 죽고 또한 김대중 정부가 끝나고 남쪽에는 노무현 정부가 들어섰지만 햇볕의 기조는 달라지지 않았다. 남쪽의 지원을 받는 대가代價로 김정일은 직접적인 긴장은 조성하지 않았고 드러내놓고 핵개발을 하지는 않았지만 간간이 서해 백령도나 연평도를 향하여 잊을만하면 한 번씩 포탄을 날렸다. 그 포탄들은 남쪽 인민들에게 들이대는 포탄일 뿐 아니라 사실 북쪽 인민들을 다잡으려는 속셈이 작용한 것이었다.

그리고 조선공화국에서는 언제부터인가 김용순 비서가 보이지 않는다는 것이었다. 이제 충분히 부려먹었으니 사냥을 마친 개를 삶아 먹듯이 쥐도 새도 모르게 죽였다는 둥 아니 그냥 심장마비로 죽었다는 둥 말들이 많았지만 정확한 소식을 알 수는 없었다. 김용순이 실각을 했다는 둥 숙청을 당했다는 둥 무성한 말들이 퍼져 나오는 어수선한 상황에 박태산 동무는 얼마 전의 소문처럼 허리에 권총을 차고 나타났던 것이다.

꿈밖의뜻밖의 소식을 듣고 헐레벌떡 정신을 차리지 못한 사람은 명호뿐만 아니라 정숙 동무 역시 마찬가지였다. 세상물계세상형편가 어떻게 돌아가는지 항상 예민한 촉을 세우고 살던 명호나 정숙에게 박태산의 등장 소식은 난데없는 따기꾼소매치기에 뒤통수를 답새기는얻어맞는 일과 같았다.

박태산이 군 보위부 요원이 되어 나타났다는 소식은 아버지로부터 들었다. 명호의 아버지는 낮전에 구락부 건물에 들렀다가 태산의 소식을 듣고 헐레벌떡 집으로 돌아왔던 것이다. 아버지는 혼이 나간 사람처럼 장독대에서 담벼락 너머를 살펴보며 안절부절못했다. 무엇보다 참이의 존재에 대해 태산이가 알게 되지 않을지 염려가 되었기 때문이다. 명호의 아버지는 혹시 떡메전사가 참이를 자신의 두벌자식손자이라며 데려갈지도 모른다는 압박을 내심 받고 있었다. 어떻게 기른 두벌자식손자인데 떡메전사에게 빼앗길 수는 없는 노릇이었다. 명호가 고등중학에서 귀가하자 명호네 가족은 가슴을 죄면서 불피코기필코 떡메전사로부터 참이를 지켜내야 한다고 의견을 모았다.

– 듣자니까 태산이라는 떡메전사 아들애 말이다. 고저 노동당 간부 딸애와의 사이에 사내아이를 낳았다는 거야~ 흐음, 참이를 후오마니 계모한테 맡길 수야 없지~

– 아버지, 살 떨립니다. 머 고저 후오마니라니 후 짜도 꺼내지 마십시오.

명호의 심중에 티끌만큼도 없던 말이 바로 후오마니라는 말이었다.

– 서슬 퍼런 보위부 요원이 되어 허리에 권총을 찼다는 거 아니니? 머라나, 붉은 별 38호를 허리에 차고 돌아다니더란 게야~

– 흥, 소련제 떼떼 총을 개량한 권총 말입니까?

소련제 떼떼라는 권총을 북한식으로 개량해서 만든 총이 '붉은별 38호'라는 이름의 총이었다. 주로 공화국 보위대학 요원들은 미 제국주의자들과 남조선 괴뢰도당들을 '붉은별 38호'의 목표물로 삼아 사격술을 익혔다. 따라서 요원들에게는 몸에 철저히 익숙해질 수밖에 없는 총이었다.

보위부 요원들은 사격술을 익히고 또한 정보를 입수할 목적으로 사람을 죽이지는 않되 저항하지는 못하도록 하는 특수 저격술을 동시에 익힌다는 것이었다. 그들은 또한 사람의 심리술과 고도의 미행술을 연마한 특수요원들이었다. 미묘한 심리술을 익혀 포획한 적을 다루고 또한 적을 은밀히 미행하는 고도의 미행술로 적을 포획하는 전문집단이었다. 어떻든 박태산 동무가 보위부 공작원이 되어 명호 앞에 나타나게 된 현실은 명호네에겐 감당하기 힘든 충격이었다.

─ 글쎄 그렇다는 거야. 며늘애야, 고저 떡메전사네 근처에 얼씬도 하지말라야. 며늘애기 일하는 기업소 얼쯩거렸다간 보라지~ 이번에는 고저 이 아바이가 목숨을 내놓고 떡메전사네 막아낼 거야.

─ 아버님, 염려 붙들어 매오. 정숙이 원수가 누구겠습니까? 공연히 우리 근처에 게바라다니다간나돌아다니다 빨래방치빨래방망이 신세 될 거에요.

직장세대맞벌이 부부로서 기업소에 일하러 다니는 정숙 동무의 결심 역시 다부졌지만 명호에게 은근히 염려스런 일이 아닐 수가 없었다. 무엇보다 조기백 동무의 입단속이 가장 시급한 문제라고 명호는 생각했다. 그날 밤에 잠자리에서 정숙의 물음에 명호는 깜짝 놀랐다.

─ 어머님 표정이 어째 이상하지 않습니까?

─ 머이야? 어머니 표정이 이상하다니 무슨 말이오?

정숙의 말은 뜻밖이었다.

─ 여태도 봄이 밖에 모르시던 어머님 아닙니까? 어째서 한 말씀도 없으시고~ 무슨 궁냥궁리을 하시는지 언~

─ 보라 정숙 동무, 참 못할 소리 없소~ 아니 고저 어머니가 우리 참이를 얼마나 아껴대는지 몰라서 하는 소리요? 어이없다 고저~

정숙 동무의 말이 명호에게는 정말 삐딱하게 들렸다. 참이는 부모님에게 어엿한 두벌자식이었다.

― 봄이 아버지, 이 정숙이 말을 못 믿겠다는 겁니까? 어머님이 이 정숙일 이래 지르보는노려보는 일이 한두 번이 아닙니다.

― 허어 참 정숙 동무 보자니까 너무 하구나~ 고딴 소리 말라야. 어머니도 고저 심사가 복잡해서 그러실 테지~ 사람 얼굴이야 능 쪽그늘도 지고 하는 거 아니겠소?

명호의 말투 역시 서늘한 말투가 되고 말았다.

― 애옥살이가난에 찌든 살림에 넘남에 아들 호구 밑천 대고 있단 뜻 아니겠소?

― 허 참 고저 입방정이래~ 오늘따라 어째 열주머니쓸개 빠진 소리 지껄이오~ 자꾸 걸고들지시비들지 말란 말이오. 강보리밥도 제대로 못 먹이고 살았지만 언놈에 동무가 우리 아들애 키우는데 덧주는보태주는 놈 있었나? 애새끼들이야 고저 우리 피땀으로 키워낸 거란 말이지~

명호의 찬바람 섞인 말에 정숙 동무 역시 뒤지지 않았다.

― 봄이 아버지 눈엔 안보입니까? 시오마니 손에 잡힌 눅거리싸구려들이 누구의 입에 들어 가드냐 말이오?

― 언 가위주먹가위 바위 보 해서 가마치누룽지 먹잔 속셈도 아니고~ 이날껏 노랑진기름진 음식이야 먹어대지 못했지만 정숙 동무가 생각하는 것처럼 비열한 어머니 아니란 말이오.

명호는 정숙 동무와 더는 말씨름을 하고 싶지 않아 밖으로 나왔다. 무엇보다 시급한 것은 다시 한번 조기백 동무에게 당부를 하는 일이었다. 하루의 일을 장담할 수 없는 불확실한 시대에 명호가 참이를 지켜내기 위해 가장 단속할 입은 기백이 동무였던 것이다. 명호는 밤이 늦

었지만 가만히 기백이를 찾아가 두 번째 입단속을 했다. 예전보다 황
달이 사뭇 심해진 기백의 얼굴에도 명호의 당부 탓인지 긴장감이 엄습
하는 듯했다.

명호는 집으로 돌아오는 길에 인생의 굽이길에 대해 생각해 보았다.
운명이란 것이 정말 존재하는지 어찌하여 만나고 싶지 않은 사람들이
자꾸만 운명처럼 앞길을 가로막는지 까닭모를 일이었다. 운명이란 산
은 과연 인간의 힘으로 넘을 수가 없단 말인가? 반드시 넘어야 한다면
어떻게 넘어야 하는 것인가? 잡다한 생각들로 머리가 어지러웠다. 대
문을 열고 들어서는데 아버지 역시 잠을 이루지 못하고 장독대 뒤에서
먼산바라기를 하고 있었다.

2

일요일 낮뒤오후, 낯선 중년 사내의 발걸음이 명호의 집 앞에서 서성
거렸다. 사내의 손에는 검정색 가죽 가방이 들려 있었다. 명호네 집안
을 살펴보고 다시 저만치에서 주위를 살피고 있었다. 퇴마루에서 햇볕
을 쐬던 명호는 중년 사내의 머리가 담벼락 위로 나타났다가 열린 철
대문 앞으로 사라지는 것이 바람결에 스쳐 지나가는 듯 느껴졌다. 박
태산의 존재를 생각하면 이런 일도 허투루 지나칠 일이 아님을 누구보
다 명호는 잘 알고 있었다.

명호는 바싹 긴장하면서 철대문 밖으로 나와 골목의 좌우를 살펴보
았다. 중키에 점퍼 차림의 중년 사내는 이 집 저 집을 기웃대며 골목을
살피고 있었다. 상황으로 봐서 분명 누구네 집을 찾고 있는 모양이었

다. 명호는 뒤를 한 번 밟아볼까 하다가 공연히 민감한 반응을 보이기가 어째 꺼림칙해서 밖으로 내딛으려던 발길을 거두었다. 이때 아버지가 이런 모습을 지켜보았던지 나지막이 입을 열었다.

– 봄이 아범아, 어델 그렇게 올려바다보고올려다보고 있는 거냐?

– 낯선 사내 하나가 자꾸 우리 집을 기웃대는 거 같습니다.

심상찮은 사내의 모습에 마음이 편치 않았다.

– 오나칙오늘 아침에도 검정 가방 든 이가 울 집 담을 넘어보더니만~

– 아니 올빼미처럼~

검정 가방의 사내는 궁금증을 남긴 채로 골목 끝으로 모습을 감추었다. 온종일 명호의 가슴은 이런 복잡한 일들로 타들어 가고 있었다. 사내의 모습이 불량스럽지 않아 보여서 더는 가슴 속에 담아두려 하지 않았다. 그런데 밤이 깊어서 전혀 꿈밖뜻밖에 바로 낮에 골목을 서성거렸던 그 사내가 담을 넘어 들어왔다. 사내는 퇴마루에서 낮고 긴장된 목소리를 흘렸다.

– 리병기 동무 안에 계십니까?

– 누, 누구시오?

야심한 밤에 몰래 남의 집 담을 넘은 낯선 사내의 출현에 명호는 물론 모든 가족들이 소스라치게 놀라고 있었다. 명호 역시 잠을 이루지 못하고 역사책을 뒤적이다가 낯선 사내의 침입에 놀라 밖으로 나왔다. 퇴마루 불알백열등을 밝힌 순간 명호는 낯뒤오후에 집안을 살피던 바로 그 사내임을 짐작할 수 있었다. 사내의 손에는 여전히 그 검정색 가죽 가방이 들려 있었다.

– 야심한 밤에 뉘신 데 나를 찾아왔소?

– 리병기 동무래 맞습니까?

아버지가 고개를 끄덕이며 조마로운조마조마 눈으로 쳐다보았다. 사내는 목소리를 더욱 낮추면서 속삭이는 듯한 투로 말했다.

– 어르신, 남쪽 소식 가져왔습네다.

– 아니 머이요?

아버지의 응대 또한 주위를 잔뜩 경계하는 투였다. 명호뿐만 아니라 가족 모두가 놀라고 있었다. 방안으로 안내받은 사내는 자신을 북남 인민들의 연락책이라 소개했다. 뒷날 연락책이란 일종의 브로커란 직업으로 자리매김 되었다. 그러나 당시에는 은밀히 북남을 연락하는 공작원 같은 느낌이 들었다. 그래서 더욱 조심스러운 데다 긴장하지 않을 수가 없었다.

– 남조선 서울 종로에 어르신 가족 있다는 거 알고 계시지요?

– 종로 쌍효자골이 내래 고향인데~

쌍효자골만 떠올리면 아버지는 눈시울부터 붉어졌다.

– 맞습니다. 지금 거기가 종로구 통인동인데 리명진이란 아들이 고 저 아버지를 애타게 찾고 있다는 겁니다.

– 아니 명, 명진이래~

아버지는 떨리는 나머지 말을 잇지 못했다. 전쟁통에 헤어진 남쪽의 아내와 아들애가 이렇게 살아 있었다니 원. 사내의 애기에 따르면 남쪽의 아내와 아들이 아직도 자신을 찾고 있다고 했다. 아버지와 난리통에 헤어진 아내 송열녀 여사와 아들 이명진 그리고 가족이 되어 있는 며느리 김정애, 손자 이찬열 등 남쪽 가족의 사진까지 연락책은 가지고 있었다.

송열녀의 이름으로 적은 편지에는 남편을 향한 하염없는 사무침과 오랜 세월 겪은 고통에 대한 회한, 죽기 전에 흩어진 가족 상봉을 못하면 국경 밖 중국 땅에서라도 만날 수 있기를 바란다는 내용이 깨알처럼 적혀 있었다. 명호의 아버지 리병기 옹이 전쟁통에 쌍효자골에 잠깐 들러 이름을 지어주었던 바로 그 아들애 이명진이 벌써 지천명의 나이가 되어 북쪽의 아버지를 찾고 있었던 것이다.

아들애 명진의 이름으로 또박또박 눌러 적은 편지에는 아버지의 얼굴도 모른 채 남쪽에서 그저 배불리 잘 먹고 잘살고 있는 불효자식을 용서해 달라, 이산가족 상봉 행사가 해마다 두 차례 정도 이루어지고 있는데 아버지는 신청을 하였느냐, 연락책을 통해 아버지의 생사를 확인하고 주체할 수 없이 눈물을 흘렸다는 감회에서부터 아버지 없이 자란 설움과 늙도록 아버지를 기다리고 있는 어머니에 대한 죄스러움 등을 마치 참새가 부리로 모이를 쪼아대듯 또박또박 적고 있었다. 그리고 연락책 사내는 품속에서 흰 봉투를 꺼내더니 남쪽 아들이 마련한 달러라며 아버지의 손에 전해주었다. 이런 어려운 시기에 꿈만한 일들이 일어나게 될 줄 꿈속에서도 상상하지 못했던 일이었다.

그날, 이것저것 챙겨서 사내의 품에 넣어주고 주위를 살피며 조용히 사내를 보내고 들어오신 아버지의 표정은 종잡을 수가 없을 정도로 긴장되어 보였다. 자신에 대한 모습을 하나라도 더 담아 보내려는 듯이 낡은 사진첩에서 여러 장의 사진을 꺼냈지만 어머니와 나란히 찍은 사진은 챙기지 않았다. 남쪽 가족들에게 아버지의 존재란 오직 사진 속에서밖에 확인할 수 없을 것이다. 그것도 이제 일흔 살을 훌쩍 넘은 추레한 모습의 아버지, 세월이 흐를수록 아버지의 존재 역시 남쪽 가족들에게도 희미해질 것이다. 명호는 아버지의 허둥대는 모습에서 아버지의 존재가 차츰 여위어 가는 것을 슬픈 마음으로 바라보았다.

남쪽 안해아내에 대한 그리움과 공화국 안해에 대한 미안스러움이 반쯤씩 섞인 아버지의 표정은 마치 잡다한 생각들로 얽힌 모습이었다. 아버지는 이산가족 상봉을 적극 신청하자는 명호의 권유에 여전히 망설였다. 딱지라는 운명에 대해 아직도 큰 부담을 가지고 계신 모양이었다. 공화국 아내에 대한 미안함 역시 떨쳐내기가 쉬운 일은 아니었을 것이다. 건강이 많이 나빠지고서야 명호의 성화에 마지못해 이산가족 상봉을 신청하고, 뒤에 일어난 일이지만 제18차 이산가족 상봉에서 그리운 남쪽의 가족을 만날 수가 있었다.

연락책이 다녀간 뒤에 아버지는 장독대 한구석에 곱게 모셔놓은 아내로부터 건네받은 자신의 수호신 같은 호리병을 애지중지 어루만졌다.

– 어찌 소중한 도자기를 선반에 모시지 않고 한 데에 굴립니까?

– 우리 같은 반쪽 분자들이야 언제 당할지 어찌 아나. 109 그루빠들이 닥치면 고저 남쪽 가족들하고 거래 트는 줄 알고 이런 자기瓷器를 보면 닥치는 대로 가져갈 거 아니냐~ 장독대에 있으니 거들떠보질 않는 게지 머~

아버지의 말씀을 듣고 명호는 가슴이 시큰거렸다.

– 어머니 눈치를 보는 줄로 알았습니다.

명호는 자식으로서 마치 죄인이 되는 기분이었다.

– 흐어, 수용소 경비대에 빼앗긴 걸 찾아온 사람이 네 오마니 아니잖나 말이야~

– 예에~

남쪽 아내에 대해 기억할 수 있는 물건이라고는 전쟁통에 수통으로 사용하며 생명의 수호신이 되어주었던 흰색 호리병뿐이었을 것이다. 명호는 아버지의 가슴에 깊이 박힌 상처를 헤집어대고 싶지 않았다. 순간 이런 엉뚱한 물음을 던진 것을 후회했지만 소중히 간직해야 할 자기瓷器가 항상 장독대 한쪽에 외롭게 놓여있는 것에 대한 궁금증이 풀리게 되자 속이 후련해지는 느낌이었다. 북남 연락책의 느닷없는 방문에 아버지는 전전긍긍하면서도 연락책이 남긴 남쪽의 가족사진을 품속에 곱게 간직하고 있었다. 명호는 이런 상황에 대한 어떤 얘기도 어머니에게 하지 않았다. 어머니의 마음 역시 편치 않음을 짐작할 수 있었기 때문이다.

아버지는 그날 이후 잠을 제대로 이루지 못했다. 장독대에서 특히 어두운 밤에 담벼락 너머로 먼산바라기를 하는 날들이 늘어갔다. 철모르는 아이들이 어리광을 부리느라 할아버지한테 매달리며 귀찮게 굴었다. 남쪽의 아들에 대한 소식과 사진을 접한 아버지의 심중에 매달려 있을 참이의 모습을 생각해 보았다. 남쪽에 있는 아들의 핏줄이며 아버지의 참 핏줄인 두벌자식의 존재! 이 씨의 손係을 잇는다는 것으로 위로를 삼았을 아버지의 표정은 분명 남쪽의 두벌자식의 사진을 보고 나서 달라졌던 것 같다.

명호의 뇌리에 처절했을 아버지의 모습들이 떠올랐다. 아내의 뱃속에서 갓 태어난 아들애를 뒤로하고 사지死地로 향했을 아버지의 슬픔과 고통의 순간들, 도저한 이데올로기의 망령에 휩쓸린 것도 아니면서 그저 작은 육신 하나 이끌고 사선의 안팎에서 갈리던 운명들에 철저히 투항하던 날들이 무릇 혈육의 물길을 차단하고 장구한 세월의 더께로 남아 있었던 것이다.

속절없이 달아났던 아버지의 세월을 무엇으로 보상받을 수가 있을 것인가. 지난 어린 시절, 수세미 방죽에서 처음으로 남쪽의 가족에 관한 얘기를 명호에게 들려준 이후 아버지는 여지껏 함구해 오셨다. 난리통에 남쪽의 아내와 헤어지면서 어떻든 광화문에서 다시 만나자고 했다던 약속을 이제 성장한 아들애로서 명호는 자신이 남조선의 안해아내와 맺었다는 아버지의 약속을 지키게 해주어야 한다고 생각했다.

명호는 자원해서 아버지의 북남 이산가족 상봉이 이루어지도록 이리저리 뛰어다녔다. 그러나 북쪽에서 이산가족 상봉자에 선정되는 길은 쉬운 일이 아니었다. 대상을 선정하는 데에 철저히 정치적 성향을 반영하고 있었다. 따라서 본인이 아무리 원한다고 하더라도 노동당이 거절하면 그만이었다. 노동당 행정부가 총괄하고 지역 인민위원회의 행정부서에서 참여함으로써 신원확인 등의 실무 작업을 진행했다.

인민보안성우리의 경찰청에서 인민의 출생, 사망 여부, 성분 등을 분류하여 분석하고 국가안전보위부에서 정치적 성분을 검증한 연후에 적격자의 여부를 최종결정하는 방식이었다. 하지만 공화국의 인민들 가운데 비록 대상자에 포함되더라도 딱지라는 멍에를 짊어지지 않으려고 남조선에서 찾는다고 해도 관심을 보이지 않는 사람도 많다고 했다. 그러나 조선공화국 역시 물질이나 돈의 가치에 대한 인식변화가 생기면서 남조선의 경제적 지원을 기대하는 인민들이 늘어나게 되었고 점차로 이산가족 대상에 선정되려고 기를 쓴다는 후문이었다.

명호는 아버지의 이산가족 상봉을 위해 백방으로 뛰어다니면서 박태산에 대한 정보를 입수하게 되었다. 그는 국가안전보위부일명 국보위 소속으로 시 보위부 요원으로 활약하고 있었다. 국보위는 공화국 주민들에 대한 사찰을 맡는 기관으로 무소불위의 권력이 집중되어 있고 법적인 절차를 생략하고 용의자를 구속할 수도 있었다. 이러한 보위부 요원들은 도, 시, 군 등의 기관에 상주하고 있었으며, 기업소 등지에도 보위부 요원이 활동하고 있었다.

최고 인민회의에서조차 국보위에 대한 언급은 삼갈 정도로 특권을 가진 조직으로서 김정일 국방위원장의 직접적인 지시를 받아 노동당 조직지도부의 지휘와 통솔을 받는 요원이 전국에 5만여 명 정도가 포석 되어 있다는 것이었다. 정치범수용소 관리는 물론 반국가 행위자를 색출하고 간첩 행위 등을 은밀히 조사하며 수출입 상품, 밀수 등을 단속하는 전방위 사찰조직이었다.

명호는 국보위에 대한 소문들을 예전부터 들어서 대충 짐작은 했지만 이번 이산가족 상봉에 관심을 갖게 되면서 여러 경로를 통하여 보위부에 대한 정보들을 입수하게 되었다. 그런 막강한 조직에 소속되어 있는 박태산 동무에 대한 정보는 단박에 명호의 살비듬마저 떨리게 만들었다. 박태산이 보위부에 소속되어 있는 한 명호의 어떤 행위도 자유로울 수가 없음을 명호는 뼈저리게 인식하고 있었다.

명호가 살고 있는 같은 관내에 태산이가 살고 있다는 소식도 치를 떨게 만드는 것이었다. 그리고 나중에 들어서 알게 된 태산에 대한 놀라운 정보 하나는 그의 아들 역시 명호의 아들과 기백의 아들애가 입학할 인민학교에 다니게 될 거라는 소식이었다. 인민학교 학사과정의 특성상 한번 배정받은 반은 졸업 시까지 바뀌지 않고 담임조차 한번 배정되면 졸업 시까지 바뀌지 않는다는 사실은 자신의 지난 고등중학 시절처럼 태산과 부딪치지 않으면 안 되리라는 암울한 예감을 갖도록 만들었다.

그런데 정말 이처럼 암울한 예감이 현실이 되어 나타났다. 인민학교의 개학날에 참이의 학부형으로 참석한 정숙 동무 앞에 나타난 사람이 바로 태산의 안해였다. 태산의 안해는 아들애 상철의 손을 잡고 아주 거만한 모습으로 입학식에 참석한 것이었다. 참이의 손목을 잡고 참석한 정숙이나 동실의 손목을 잡고 참석한 덕순의 눈에도 단박에 박태산의 안해임을 알아챌 수 있을 정도로 거만한 차림새였다. 무엇보다 입학식장에 나타나서 학교장, 부교장 등과 수인사를 나누며 아들애의 손목을 끌어 허리를 굽혀 인사를 시키던 태산이가 안해를 호위하듯 하며 위세를 부리고 난 뒤라서 정숙과 덕순은 기가 죽어 있었다.

- 정숙 동무, 우리 아들이 어찌 태산이 동무 아들과 같은 반에 배정되었을까?

- 덕순이 동무야, 고저 기죽지 말자야~

정숙은 내심 당당한 척 위로의 말을 했다.

- 언, 기죽지 않게 생겼나? 저 저 태산이 동무 견장에 달린 별 좀 보라야. 흐어, 제 아들애 하나가 옆에 있는 줄도 모르는 감자바우_{바보} 같은 동무 보라지~

- 고저 주둥이 닥치라니~ 어찌 그리 무서운 말을 지껄이나 말이야. 보자니까 덕순이 동무 언간 오새없는_{철없는} 녀자 맞구나이~

명호는 정숙 동무로부터 당일의 상황을 전해 듣고 놀라 번드러질거_{꾸라질} 뻔했다. 같은 인민학교의 같은 반에 같은 담임을 부여받음은 명호에게 가장 치명적인 소식이었다. 인민학교는 남녀공학으로 새 학기가 4월에 시작되며 학급담임 고정제이기 때문에 1학년 초기 담임이 졸업 시까지 책임을 맡는 것이었다. 이제 태산이 동무와 맞닥뜨리는 일은 불을 보듯 뻔한 일이라고 생각했다. 명호가 정숙 동무와 혼인하여 살고 있음을 보위부 요원인 태산이 모르지 않을 것이었다. 태산이가 참이의 존재에 대해 알게 된다면 어떤 태도로 나올지가 정말 염려되었다. 명호는 참이가 자신의 아들애라고 다시 한번 가슴 속에 되새기며 수없이 다짐했다.

3

김정일을 제거하려다 결국 발각이 되어버린 김용순과 장성택의 실각에 대한 소문들이 나돌았지만 구체적인 소식은 접하지 못했다. 한때 김정일에 의해 '용순 비서'라고 추앙받았던 김용순의 모습은 김대중 정부가 끝나면서 쓸모가 없어진 탓인지 노무현 정부가 들어서면서 공개석상에서 보이지 않았다. 인민들은 이제 김용순을 일컬어 토끼를 다 잡았으니 끓는 무쇠솥에서 팔팔 삶기게 되는 사냥개 처지라고 말들이 많았다. 하지만 공식석상에 모습을 드러내지 않을 뿐 그에 대한 정확한 소식은 들리지 않았다. 김용순과 운명이 비슷하다는 대학 선후배이며 띠동갑의 장성택 역시 한동안 공개석상에 모습을 드러내지 않았다. 그러다가 어느 날 갑자기 김용순에 대한 소문 하나가 은밀히 떠돌기 시작했다.

－ 용순 비서가 교통사고를 당해서리 병원에 요양 중이라는 게야~

－ 머이야? 고저 죽었다는 소문도 있더니만 그래~

허망한 소문이 꼬리를 물고 이어졌다.

－ 조선공화국 영웅이 어찌 이래 맥없이 사라지느냐 말이지~ 경애하는 김정일 위원장 원료기지 농장 현지지도까지 수행을 했다는 게 아니나?

－ 고저 북조선엔 말이야. 제2인자란 없단 말이 아니겠나~

나중에 드러난 일이지만, 사실 김정일은 김용순으로부터 시작해서 제2인자뿐만 아니라 자신의 권력에 아주 작은 누수漏水의 빌미가 되는 자들을 철저히 제거해 나가기 시작했던 것이다. 김정일의 아주 교묘하고 은밀한 처단의 방식이 바로 교통사고를 위장한 죽임이었다.

— 동무 그게 무슨 말이오?

— 인민들이 영웅 대접하는 게 위원장 눈에 고깝지 않겠소? 백두혈통 밖에서 어찌 영웅이 나온답니까?

갈수록 무서운 말들이 실타래처럼 풀려나왔다.

— 듣자니까 씨알 박힌 말이오. 그카문 지도자 동지래 용순 비서를 제거했다는 것이오? 이거 이거 살 떨린다야 동무~

— 장성택이도 많이 컸지~ 조선노동당 서열 2위라잖소. 이거 어째 불안하지 않소? 장성택의 동생 장성우, 장성길 두 놈 역시 승승장구하지 않았소?

공화국 주민들의 눈에는 가시 같은 존재들이 항상 넘쳐났다.

— 동무 말 듣자니 고저 조만간 두루 일 터지겠다야~ 김용순, 장성택이 목을 따겠다는 놈이 어디 한 둘이겠소? 조직지도부 리제강 부부장 동지가 견제를 하느라고 뱁새눈 된 지 이미 오래되었잖나 말이오~

— 흐어 도, 동무 입조심 하자야~

인민들의 입에 회자되는 말들은 근거 없는 말들이 아니었다. 뱃가죽을 축내는 인민들의 말은 결코 말공부_{공염불}에 그치지 않았다. 굴뚝의 연기도 가뭄에 콩 나듯 피어오르는 공화국의 인민들에게 아니 때던 굴뚝에 연기가 나더냐는 말보다 아니 때린 장구에 북소리 나냐는 식으로 은근히 비아냥거리는 말들로 들끓었다. 인민들의 귀에 들린 장구 소리는 현실이 되어 나타나기 시작했다.

인민들의 입에 회자되던 소식들이 실제로 일어난 것이다. 김용순 비서가 교통사고를 당해 병원에 입원해 있다가 끝내 죽었다. 그해 4월에 교통사고를 당해 10월에 죽기까지 6개월 만에 최후를 맞게 되었다고 했다. 또한 그후 장성택 역시 뜻하지 않은 교통사고를 당해 입원가료 중이라는 소문이 나돌았다. 이런 소문에 이어 장성택이 모든 직책에서 해임되었다고 했다.

장성택은 김정일의 녀동생 김경희의 남편으로서 장차 백두혈통의 후계자로 인식될 정도였다. 그러나 김정일에게 어떤 세력이든 지나치게 커지는 것은 눈엣 가시 같은 것이었다. 장성택의 해임과 더불어 그의 최측근이라 여겨지는 보안성 35국장이 총살을 당했다고 했다. 35국에 근무하는 보안원 전원과 말단 하전사들 역시 전격 뿔뿔이 해체되어버렸다.

권력의 공고화를 위해 지난 몇 년 동안 6천여 명에 대한 총살과 숙청이 자행되었다. 여기에는 김용순, 장성택 등과 권력의 시소게임을 벌이던 리제강 조선노동당 조직지도부 제1부 부장이 깊숙이 개입되었다는 소문이 돌았다. 그러니까 리제강 부부장이 장성택의 숙청을 진즉부터 주도하고 있었던 모양이다.

해외에 나가 있던 장성택의 친척과 일가붙이들 역시 모두 소환되었다. 그런데 당시는 김정일 국방위원장의 건강이 나빠져 미래를 장담할 수 있는 상태가 아니었다. 이런 상황에서 김경희는 장성택 부부장만이 김씨 일가의 권력 세습을 공고히 할 수 있음을 김정일에게 주지시켰다고 했다. 장성택은 아내 김경희의 내조에 의해 구사일생으로 복권 되었던 것이다.

하루아침에 입장이 달라지자 오금이 저린 사람은 바로 장성택 숙청을 주도했던 리제강 부부장이었다. 아이러니하게도 리제강 역시 훗날 교통사고를 당해 죽게 되는데 리제강의 죽음을 두고 장성택의 짓이라는 말들이 많았다. 왜냐하면 김정은의 후계자 계승에 반대하던 인물이 바로 리제강이었기 때문이다. 평양에서 원산간 고속도로에다 자신의 혼령을 내동댕이치며 최후를 맞은 리제강과는 대조적으로 그때까지 권력의 부침浮沈을 겪으면서도 장성택이 여전히 권력의 상층부에서 호령할 수 있었던 것은 훗날 후계자 김정은의 권력승계 기반을 공고히 하기 위한 포석으로 작용했기 때문이었다.

그러나 김정은 지배체제를 공고히 한 연후에 제2인자로 부상할 수 있는 장성택에게 기다리고 있는 것은 당연히 처형밖에 없었을 것이다. 이런 권력의 소용돌이를 예측할 수 있었지만 당장 누리는 쥐꼬리만 한 권력이라도 손에서 놓기 전까지는 영원히 쥐고 있을 것처럼 권력을 갈망하는 사람들은 믿는다는 것이다. 그러나 권력이란 길어야 10년이란 말이 그냥 지나가는 소리가 아님을 권력의 맛을 보았던 사람들이 실제로 더욱 철저히 느끼게 되는 것이다.

승승장구하던 시절에 하루가 멀다고 측근들과 파티를 벌이던 장성택에게 '네가 감히 내 흉내를 내고 있니?'하고 김정일은 불호령을 남겼는데 이것이 훗날 처형을 당할 장성택의 운명을 미리 보여주는 것이었다. 방탕하고 사치스러운 생활 등 자본주의의 단맛에 젖은 장성택의 행동은 스스로의 발목을 잡을 오라가 되리라는 것을 당시에는 결코 예상하지 못했을 것이다. 혁명 2세대 즉 김일성 측근 후손들에 대한 김정일의 애착이 장성택이 권력의 제2인자로 부상하는 사다리가 되는 것까지 용납하는 것은 아니었다. 장성택을 독수리의 눈으로 노리는 자들 역시 권력의 시소게임을 벌이는 대열에서 거리를 좁혀들고 있었다.

4

명호네는 남쪽에서 보내온 달러의 덕분에 비교적 풍성한 밥상을 가운데 두고 오순도순 둘러앉아 아침 때식끼니을 먹을 수 있었다. 때식을 먹는 동안 인민학교에 다니는 참이가 불쑥 명호를 향해 이렇게 입을 열었다.

― 동실 아버진 왜 나를 볼 때마다 느이 어머니 닮지 말구 느이 아버지 닮았어야지 원 하면서 쯧, 쯧 혀를 차대는 거예요?

명호는 순간 당황한 나머지 입을 열지 못했다.

― 아니 기백이 동무는 가려우면 자대길겨드랑이 긁어야지 잠소리잠꼬대 하는 것도 아니고 그저~

정숙 동무 역시 기가 차는 모양이었다.

― 내가 어머니를 그래 많이 닮았습니까?

참이의 말에 명호는 가슴에서 섬뜩한 빗금이 쳐지는 느낌이 들었다. 기백에게 농지거리를 하지 말라고 여러 번 당부하지 않았던가. 참이 나이 이제 어른들의 말귀를 알아들을 나이였다. 명호의 아버지가 참이를 이윽히 바라보다가 한마디 거들었다.

― 누굴 닮든 한쪽만 닮으면 됐지~

― 그래서 봄이 아빈 영감을 닮았소? 자식 보는 데는 아비만한 눈이 없다 하니 봄이 아비 고저 눈이 부시겠구나~

어머니의 찍는 소리에 명호는 좌불안석이었다.

― 어머니 그저 그만 하세요~

시어머니의 찍어대는 말에 정숙은 아침을 먹는 둥 마는 둥 자리에서 그만 일어서고 말았다. 성장해가는 참이를 보면서 누구보다 시어머니의 시선이 곱지 않다는 것을 정숙은 예사 눈으로 바라보지 않았다. 말속에 콕 콕 찌르는 가시를 담고 있음을 모르지 않았기 때문이다. 명호 역시 아내의 눈치를 보며 한편으로 참이의 눈치까지 살피며 집을 나섰다.

명호는 어머니가 참이를 홀대하는 것을 눈치채지 못한 것이 아니었다. 피 한 방울 섞이지 않은 자식을 두벌자식손자이라고 애지중지할 할머니란 없다손 쳐도 참이가 점점 성장하면서 참이에 대한 어머니의 홀대는 은밀히 일어나고 있었다. 명호는 그게 마음이 아파 부러 봄이 보다 참이에게 살갑게 대하고 아버지로서 관계를 돈독히 하려고 애를 썼던 것이다.

명호는 등굣길에 참이의 손을 잡고 집결소까지 바래다주었다. 아이들은 학교 동무들과 집결소에서 만나 힘차게 노래를 부르며 인민학교로 향할 것이다. 인민학교 저학년 아이들에게도 단체생활이란 여간 신경잡이를 해야 한다. 운동장 사열식은 물론 교실에서의 독보회를 마쳐야 상학수업에 들어간다. 상학을 마치면 담임선생이 입회한 자리에서 학급장반장과 더불어 총화를 해야 한다. 김일성, 김정일에 관한 이야기부터 지간의 신문 사설까지 일찍부터 세뇌잡이를 시작하는 것이다.

― 참이 고저 공부 열심히 하고 오너라.

― 네 아버지~

절도 있게 허리를 숙이는 아들애를 향해 명호는 활짝 웃어주었다.

― 동실이 아직 당도 안했구나~

― 아버지, 저기 동실 동무 오고 있습니다.

참이의 손끝이 가리키는 데를 바라보던 명호는 마침 잘 되었다고 생각했다. 조기백 동무 역시 아들애 동실의 손을 잡고 집결소로 향하고 있었다. 안개가 끼어 흐릿한 시야에 마치 비루먹은 나귀처럼 헐거운 모습으로 기백이 동무가 걸어오고 있었다. 가까이 당도했을 때 기백의 모습이 나사 빠진 장난감처럼 헐어 보여 명호의 마음이 아팠다. 부쩍 건강이 나빠졌다는 생각에 마음 한구석이 아려왔지만 참이를 생각하면 싫은 소리를 더는 숨겨둘 수가 없었다.

― 나 잠 보자 기백이 동무야~

하고 아이들이 집결소를 떠나는 것을 보고 명호가 말했다. 아침 6시 30분을 지나고 있었다.

― 무서라. 중탕진창에 처넣을 기세구나~

― 농지거리 말라야. 어째 하는 줏다리꼬락서니가 그 모양이니?

기백이 동무의 몰골을 보면 마음이 아렸지만 틈만 나면 찍는 소리를 하는 동무의 태도에 참을 수가 없었다. 기백이 비루먹은 모습으로 지껄였다.

― 아니 지금 머라 지저거리는지껄이는 거야?

― 고저 말이야. 우리 아들애 참이가 아버지 닮지 않고 머가 어드래?

이런 말을 입에 올리는 것조차 명호는 섬뜩하게 느껴졌다.

― 야 야 명호 동무야. 이 주둥이래 고저 근질근질 미치겠다야. 그만 고집부리지 말고 참이 고 아새끼래 즈이 핏줄 찾아 주라야~

― 아니 보자니까 기백이 동무 그저 무장 무너지는구나~ 제발이지 입 좀 다물란 말이야. 고 입 좀 다물라니까 동무 응?

― 알았어, 알았어~ 아니 고저 내 주둥이 해까분가벼운 걸 고 태산이 아새끼 탓에 알게 될 줄을 누가 알았나? 흐흐~

명호는 뜨거운 기운이 일어 그만 와닥닥 기백의 주둥이를 틀어막았다. 여차직하면 정말 종주먹이 올라갈 뻔했다. 몸통이 더욱 졸아들어 보기에도 그만 연민을 자아내게 하는 기백의 낯바닥은 누렇게 황달이 무르익어 있었다. 그런 기백이 동무에게 종주먹을 들이대기란 가슴 속에 깃든 젖은 신경을 펴서 말리는 일처럼 쉽지 않을 일이었다. 기백이 동무를 향한 그의 당부는 이번만이 아니었다. 수학을 가르치는 교원답게 기백은 참이의 문제를 종종 수학적으로 언급하곤 했다.

  ― 사는 게 씨누스^{싸인} 커브 맞네. 태산이 보라지~ 꺼져들 듯하더니 제치고 올라서지 않나 말이야.

  ― 기백이 동무야, 제발 태산이 동무 얘기 꺼내지 말라야. 울 참이 얘기를 한 번만 더 주둥이에 올리면 몇 곱배로 싸대기 퍼 맞을 줄 알라야~

  순간순간 기백이 동무를 향해 당부했던 터였다.

  ― 고저 명호 동무래 고 참이하구 어데 아주 작은 공통 곱절수^{최소공배수} 하나라도 있나 말이야? 내 한 번 울 아들애 동실이하고 놀 적에 찬찬히 뜯어보았는데 콧부리도 턱살도 이마빼기도 머 닮은 듯하더니만 고저 팔매선^{포물선}을 그리면서 엉뚱하더란 말이야. 흐흐~

  기백은 아주 은근히 명호의 약점을 물고 늘어지며 순간을 즐기는 듯했다.

  ― 아주 그래 기백이 동무래 수학 교원 잘됐구나, 그래~ 어쩜 그래 오도 방정식을 떠나 말이야. 고저 이럴 때는 콱 죽어 나갔음 싶단 말이지~

  기백이 동무와의 실랑이는 이렇게 말로 시작해 말로 끝날 뿐, 참이라는 존재가 지니는 진실이 숨겨질 리가 없음을 명호는 어렴풋이 짐작하고 있었다. 어머니 역시 참이의 존재에 대해 은밀히 부정을 하고 마음 속에서도 배척을 하고 있음을 모르지 않았기에 기백이를 전적으로 나무랄 명분조차 점차 줄어들었다. 참이의 존재는 명호가 장차 태산이 동무와의 사이에서 풀어야 하는 매듭 같은 것이었다.

자신의 아들애라 해도 피는 자신의 것이 아니며 태산의 아들애라 해도 정숙을 생각하면 인정할 수 없는 반쪽에 지나지 않았다. 그럼에도 명호는 단 한 번도 참이가 자신의 아이가 아니라고 생각했던 적은 없었다. 가난 속에서도 애지중지 키워내며 정숙과의 사이도 참이로 인하여 애틋해졌음을 모르지 않았다. 배腹로 낳은 자식보다 가슴으로 낳은 자식이 열 동지 부럽지 않다는 말도 있었다. 명호는 참이야말로 가정을 지켜주는 보배라 여기고 있었다. 그가 이제 살아갈 이유라면 자식들에게 부모보다 나은 세상을 물려주기 위해서라고 생각하고 있었다.

제8장 평정서, 빗나간 추측

1

인민학교에 입학한 참이는 박태산의 아들애 상철과 한 교실에서 만나게 되었다. 태산의 아들애 상철은 담임의 직권으로 학급장반장에 지명되었다. 명호는 고등중학 교원이므로 출근하기에 바빠서 참이의 등교를 도울 여력이 없었고 참이가 인민학교에 입학한 후부터 인민학교에 가는 일은 주로 정숙 동무가 맡아서 도와주고 있었다. 학과 공부 뒤를 봐주는 일에서부터 아침마다 등교 시 학교 근처 집결소까지 정숙이 데리고 다녔다. 인솔자인 지구반장을 선두로 대열을 이루어 인민학교 정문을 향해 걸어갈 때 찬양의 노랫소리가 우렁찼다.

폭풍 안고 비약하는 조국 땅 어데서나
인민들은 부르네 어버이 그 이름
　　중략
그이는 천만의 불타는 심장
그이는 천만의 굳게 뭉친 힘
우리의 김정일 장군 그이는 조선의 힘이다

하루도 끊이지 않고 아침마다 울리는 이런 노래는 학생들에게 결속력을 다지는 작용을 하였다. 집결소에 정해진 시간에 당도하지 못한 아이들은 개별적으로 등교해야 했다. 이들은 소년단 간부들이나 교원들로부터 단속의 대상이 되었다. 이들은 자아비판을 해야 했고, 동무들로부터 비판을 받아야 했다. 학생들은 군복처럼 단체복을 입고 등교하도록 되어 있는데 단체복의 복장 상태 역시 검사의 대상이었다. 학생 규찰대의 복장검사는 아이들에게 항상 긴장감을 불러일으켰다.

뒷배경이 든든하지 못한 아이들에게 이런 시간은 매우 곤혹스러웠다. 상학시간수업시작 전에 열리는 아침 독보회에서는 로동신문을 거의 예외 없이 읽어야 한다. 학생 하나가 나와서 대표로 신문을 읽은 다음 다른 학생들은 그 내용을 숙지하는 것이었다. 그래서 로동신문은 학생들 사이에 공화국의 홍보지로 불리고 있었다.

학교 교육에서 가장 중시하는 것은 학생들을 공산주의 인간으로 만드는 데 있다. 하나하나 세뇌 교육을 통해 인간을 개조한 다음 김일성을 자연스럽게 신격화하며 김일성 가문에 의한 유구한 권력 세습에 순응하도록 지도하고 있었다. 수업의 중요한 일환이 되고 있는 군사교육은 오직 김일성 가문을 호위하기 위한 총 폭탄 기제처럼 활용될 뿐이다.

농사철에는 아이들 역시 가족의 일손을 도와야 하기 때문에 결석하는 학생들이 절반을 넘는다. 시골에 사는 아이들은 농사일을 하고 객토작업 등도 하지만 도시에 사는 아이들은 군수공장이나 공사판에 노력동원을 나가는 일이 빈번했다. 평양에 사는 학생들의 경우 집단 행사에 동원되었고 집단체조 등에 동원되기도 한다. 인민학교는 하나의 거대한 공화국 사회의 축소판이나 다름없다.

수업을 마치고 하교를 하면 끝이 아니라 소조활동이 기다리고 있다. 교원들의 지도를 받는 일종의 보충수업이라 할 수 있으며 또한 취미활동이랄 수도 있다. 배정받은 장소에서 하게 되는 소조활동을 통해 재능을 인정받은 학생들의 경우 소년 학생궁전 같은 곳에서 장기長技 지도를 받으며 재능을 키울 수 있다. 공화국은 이런 아이들을 활용해 외국인들에게 재능을 자랑하기도 한다. 방학 때에도 학생들은 단체생활을 하게 된다. 같은 마을 학생들끼리 학년 별로 6~7명씩 생활 반을 구성한다. 방학 일정표에 따라 아침 운동도 하고 체력훈련을 하며 독서도 하고 숙제 등도 한다. 이렇게 1주일 동안 과제를 완수한 다음 토요일이 되면 담임교원의 검사를 받게 된다.

인민학교 2학년이 되면 전원 소년단에 가입해야 한다. 학생들은 목에 멘 붉은 스카프를 매우 자랑스럽게 여기고 있다. 아이들은 인민학교 졸업 때까지 목에 빨간 넥타이를 매고 다니는데 이렇게 단체복을 입히고 붉은 스카프를 두르도록 하여 군대 체제를 미리부터 익히도록 하는 것이다. 일종의 군사훈련을 인민학교 아이들에게 맞게 적용시키고 있는 것이다.

고등중학에 입학하고서야 스카프를 목에서 해체하고 대신 가슴에 청년단 배지를 부착한다. 예전에는 사로청 즉 사회주의 노동청년 동맹이라 불렀지만 지금은 김일성 사회주의 청년동맹이라 부른다. 이는 일종의 김일성 가문의 우상화 과정으로 심화된 것이라 할 수 있다.

태양절4월15일, 김일성 생일은 조선공화국 최대의 명절로서 명호네 가족은 마침 이틀 연휴를 맞고 있었지만 보안원들은 다른 날보다 더 분주히 움직였다. 아침부터 고성기확성기에서 인민들을 향해 정치행사에 참여하라고 재촉하고 있었다. 아버지는 며칠 전부터 태양절 행사 때문에 매우 긴장하고 있었다. 공화국 최대의 명절인 태양절은 인민들에게 있어서도 최고의 날이었다.

하지만 아버지는 태양절만 되면 가슴에 치받아 올라오는 격한 감정을 가누기 어려웠다. 김일성이 때문에 이산가족이 된 남쪽의 가족들 생각 때문이란 것을 명호는 짐작하고도 남았다. 가슴 속에 뼈아픈 상처를 담아두었지만 그래도 아버지는 태양절이든 노동절5월 1일이든 겉으로는 어느 누구보다 열성적으로 공화국에 충성했다. 반쪽이란 딱지를 털어버리려고 누구보다 열성적으로 정치행사 등에 참여했다. 이날도 아버지는 가슴속에 단단히 각오를 다지면서 신들매를 다시 고쳐 매고 있었다.

－ 아버지, 어느 행사장 가십니까?

－ 구락부 들러 무슨 강연 하나 듣고 저게 공원 둔치에서 무슨 웅변대회를 한다는구나. 고저 눈도장은 찍어야 하니 일찍 서두를 수밖에~

아버지의 발걸음은 항상 분주했다.

－ 너무 무리하지 마십시오. 고저 적당히 하시고서 장마당에나 한 바퀴 다녀오세요.

－ 언 세상모르는 소리 하지 말라. 장마당 나가지 말라고 며칠 방송을 해대는 거 못 봤니? 이럴 때일수록 고저 평정서 관리에 바짝 신경을 써야 하는 게야~

평정서 소리를 들으면 주눅부터 들었다.

－ 아버진 고저 그 평정서 평정서 언제까지 그놈에 평정서에 묶여 노예처럼 이리저리 끄달리며 살아야 합니까?

평생을 전전긍긍하시며 살아오신 모습을 보았던 터라 갑자기 아버지의 모습에 화가 치밀어 명호는 목소리를 높였다. 아버지는 명호의 이런 투정에 놀란 나머지 눈을 화등잔만 하게 하고서는 명호의 입을 틀어막았다. 보안원의 눈이 아니라도 이웃집 동무들의 귀에라도 들어가면 안전을 장담할 수 없는 말이었기 때문이다.

조선민주주의인민공화국 인민들에게 운명처럼 달라붙어 다니는 꼬리표가 있다면 단연 '평정서'라는 것이다. 태어나서 죽을 때까지 인민

하나하나의 생활을 평가하는 기록지이다. 인민학교에 입학하면 평정서는 해당 학생이 다니는 인민학교의 관리를 받는다. 평정서는 주민 개개인의 발목을 붙잡는 족쇄 기록지로 사회인이 되면 마치 그림자처럼 붙어 다니는 그 평정서를 국가에서 관리하게 되는 것이다. 개개 인민들은 자신의 평정서를 죽을 때까지 볼 수가 없다. 상당한 고위직 간부가 아니면 자신의 평정서에 자신의 생활에 대해 어떻게 평가되고 있는지를 전혀 알 수가 없는 것이다.

아버지를 따라 동행하신 어머니를 골목 입구까지 바래다 드리고 돌아오니 정숙 동무가 아이들을 씻기면서 불평을 늘어놓았다.

— 봄이 아버지, 요즘 인민들이 제일 많이 투덜거리는 소리가 무엇인지 압니까?

— 머이야? 투덜거리는 소리?

정숙 동무와의 사이에 사상의 무장을 드러내는 순간이 명호는 가장 싫었다.

— 그저 '사람 좀 살자' '사람 좀 살자' 한답니다.

— 어찌 아니 그렇겠나. 이리 숨통을 조여대니 원~

정숙의 말이 틀린 말은 아니었다.

— 배급도 안 주면서 나오라 들어가라 야단법석 아닌가 말이요. 우리도 똑같은 인간들 아닌가 말이에요.

태양절은 인민들에게 허울 좋은 명절에 지나지 않았다. 이틀을 쉰다면서도 이런저런 행사에 동원하는가 하면 아이들이 좋아하는 사탕이나 과자부스러기마저 구경하지 못했다. 행여 흐트러진 인민들의 마음을 달래려고 고기가 나온다는 둥 술이 배급으로 나온다는 둥 말은 무성했지만 말 만 무성한 명절이 되고 말았다.

- 남조선 인민들은 천국에 산다는데 우리는 돈을 벌어도 맘대로 쓸 수 없는 나라에서~

- 정숙 동무, 좋은 날 왜 이러니? 고저 딱 그치라.

남조선이란 말이 튀어나오자 명호는 정신을 가다듬었다.

- 학습회다 강연회다 흥, 무슨 생활총화까지~ 이거야 대관절 언제 우리 식구끼리 오순도순 한번 살아보겠습니까?

명호는 정숙 동무를 제대로 쳐다보지 못했다. 정숙의 눈가에 이미 눈물이 맺혀 있었다. 보안원들의 감시와 인민반의 단체 동원 행사 등에 불려 다니며 정숙 역시 어지간히 지쳐있을 것이다.

- 정숙 동무, 내에 못나서 미안하오.

- 명호 동무에 잘못 없습니다. 이 정숙이 소갈딱지가 못돼 그렇습니다.

명호는 모든 것이 자신이 못난 탓인 것만 같았다.

- 그래 참이, 봄이 네 들은 오늘 어드렇나?

- 아버지, 우리 학급장^{반장}은 자기 아버지 자동차 타고 평양 간답니다.

참이가 불쑥 학급장 말을 꺼냈다.

- 평양? 고저 학급장은 좋겠구나~

명호는 이때까지만 해도 별 뜻 없이 뱉어낸 말이었다.

- 참이야, 어미가 학급장 얘기 하지 말라 하지 않았니?

정숙 동무가 다급한 말투로 끼어들었다.

- 알았습니다, 어머니. 학급장이 동무들 몇 명 데리고 간다는데 동실이 동무도 간다니까 부아가 나서 그렇습니다.

- 부아가 날 거 머 있나. 동실이 보다 참이 네가 공부 더 잘하고 학

급장 보다 네가 공부 더 잘하면 되는 거라. 오늘 아버지하구서 장마당 구경 실컷 하자야. 봄이 너도~

명호는 전혀 내색하지 않고 이렇게 애들을 위로했다.

－ 예, 아버지. 오빠, 평양 못 간 거 부아 내지 마라. 장마당 가서 어머니하고 인조 고기밥 좀 실컷 먹자~

봄이도 이제 어린아이가 아니다. 부모의 눈치를 먼저 읽을 만큼 정신도 성장했다.

명호는 정말 오랜만에 정숙 동무와 같이 아이들을 데리고 장마당에 나갔다. 그저 곽밥도시락을 싸서 유원지에나 가려다가 남쪽으로부터 받은 달러가 아직 쓸 만큼은 있어 이런 호사를 누릴 수가 있었다. 이도 저도 없는 사람들이야 그저 태양절이라고 하루종일 틀어주는 텔레비전 앞에서 죽치거나 동원행사에 불려 나가곤 할 것이다.

참이와 정숙은 애초부터 감정을 다스리지 못하고 반쯤 심드렁해진 상태였다. 사실 참이의 말을 듣고 속이 상한 사람은 다름 아닌 명호였다. 학급장이라면 상철이고 상철은 박태산의 아들이 아닌가 말이다. 정숙 동무 역시 이런 사실을 알고 있기에 공연히 화를 냈던 것임을 명호는 눈치채고 있었던 것이다.

명호의 고등중학교 학생들 중에서도 선택받은 아이들은 만경대 고향 집 답사 행군을 떠난다며 들떠 있었다. 명호는 평양에 가면 태산이 동무를 마주칠 수 있다는 생각에 몸이 아프다는 핑계를 대고 집에 눌러앉은 터였다. 참이와 상철이가 번번이 대립하고 갈등을 일으키고 있다는 사실을 넌지시 들어 알고 있었지만 명호는 내색하지 않았다. 정숙 동무 역시 명호와 마찬가지였을 것이다. 평양 인민문화궁전에서 이틀 동안 있을 축제에 아이들이 관심을 가지는 것은 당연한 일이었다.

이태 전인가는 남쪽 동무들이 무더기로 와서 축제를 벌이기도 했던 문화궁전 아닌가 말이다.

김일성 주석이 항일무장투쟁을 하러 고향 만경대를 떠나던 날의 감회는 어떤 것이었을지, 또한 아버지의 역사를 더듬어 1000리 길 답사 행군을 떠났던 김정일 지도자 동지의 감회는 당시 어떤 것이었을지 꿈이 많은 아이들로서는 당연히 관심사였을 것이다. 이런 대열에 가까운 동무들과 같이하지 못하고 소외받은 어린 참이의 심정을 십분 이해하고도 남았지만 어떤 위로도 하지 못했다. 고향 집 만경대를 떠나 중국 동북지방에 당도할 때까지 광복에의 벅찬 희망을 짊어지고 걸었을 김일성 주석의 '광복의 천 리 길' 방문을 뒤로 밀어낸 아들애의 허기진 마음을 온 가족이 손에 손을 맞잡고 하루를 함께 하는 것으로 위로를 삼을 도리밖에 없었던 것이다.

장마당에는 벌써부터 인민들로 들끓었다. 인조고기밥을 파는 집 앞에서는 사람들이 줄을 서서 기다리고 있었다. 두부를 넓고 가늘게 썰어 말려서 만든 다음 양념과 밥을 둘 둘 말아서 씹으면 고기밥을 먹는 느낌이 드는 것이 인조고기밥이었다. 장마당에서 가장 많이 팔리는 음식이며 고향의 맛을 간직한 음식이었다. 봄이는 집을 나설 때부터 농마국수 노래를 불러댔는데 마침 농마국수 파는 집에 자리가 남아 있어서 기다리지 않고 농마국수도 함께 나누어 먹을 수 있었다. 감자로부터 뽑은 녹말을 반죽해서 국수를 가늘게 뽑아 계란, 생선, 돼지고기 등의 고명을 넣어 시원한 육수에 말아 먹는 음식으로 일종의 냉면 같은 것이었다.

눈에 화사하게 들어오는 음식들이 많아 그저 눈으로만 봐도 태양절 명절은 그나마 인민들에게 마음이나 음식이나 일 년 중 가장 풍요로운 날이었다. 곱돌장밥이며 녹두지짐이며 약밥이며 꽈배기까지 생각만 해도 입에 침이 고이는 음식들이 줄을 지어 인민들을 기다리고 있었다. 그러나 이런 음식들도 간부들 가족들이나 혹은 장마당 매대에서 돈 좀 만진 인민들에게나 풍요로운 것이지 주머니에 바람 빠진 인민들에겐 그저 그림의 떡에 불과했다. 명호는 가족들과 함께 하루종일 장마당을 돌고 근처 영화관에서 영화를 보며 처음으로 가족끼리 오붓하고 살맛나는 시간을 가졌던 것이다.

2

인민학교에 다니는 참이는 승부욕이 남달랐다. 무엇이든지 누구에게나 이기려고 들었다. 명호는 이런 아들애를 보면서 가슴을 후벼 파는 듯한 아픔을 느꼈다. 명호 역시 철모르던 시절 승부근성이 강했고 공부 역시 동무들에 뒤지지 않으려고 했다. 지난 시절, 떡메전사의 아들을 근위대 야영소 훈련에서 눕힌 승리의 순간이 얼마나 어리석은 행동이었는지 아버지의 탄식으로부터 뼛속 깊이 느꼈다. 북한 인민군 후비대의 중대급으로 편성되어 마가목 나무의 도열을 받으며 콩을 볶는 열기 속에서 충성맹세를 하고 대열훈련부터 시작하여 실탄훈련에 이르도록 태산이 동무를 젖뜨렸던 감동의 순간들이 실은 자신의 앞길에 가시장애물을 만든 어리석은 짓이었던 것을 아버지의 탄식이 아니더라도 느껴온 세월이 아니었던가 말이다.

공부에 대한 애착도 남달랐다. 명호 역시 아버지의 출신이 반쪽 딱지라는 사실이 출세에 큰 지장이 있을 것이라는 것을 알면서도 오기를 발동했다. 대학에 진학하기 위해서는 정말 특별한 학생으로 보이지 않으면 안 되었다. 명호는 공부에 관한 것은 누구에게도 뒤지지 않겠다는 강렬한 정신상태로 무장을 한채 공부를 했고 비록 지방이지만 사범대에 진학할 수 있었던 것이다. 그렇지 않았더라면 대학의 선택을 대부분이 당이 지정하는 상황에서 명호로서 대학진학은 하늘의 별을 따는 일보다 어려웠을 것이다.

참이는 특히 인민학교 학생에게 가장 중요한 '어린 시절' 과목에 집착이 심했다. '경애하는 김일성 대원수의 어린 시절', '친애하는 김정일 지도자 동지의 어린 시절' 등에 집착을 보이며 과제 등을 단 한 차례도 수행하지 못한 경우를 명호는 보지 못했다. 인민학교의 경우 학생이 과제를 해오지 못하면 무조건 학교에서 과제를 마쳐야만 귀가하는 것을 원칙으로 하고 있었다. 최근에는 인민학교라는 명칭도 소학교로 바뀌었다.

참이는 인민학교 시절에 '어린 시절'이란 과목에 특별히 관심이 남달랐다. 영웅들의 어린 시절에 대한 선망이 남달랐던 것인지도 모른다. 국어며 수학, 체육, 음악에 있어서도 다른 학생들에 비해 뛰어났다. 도화 공작 등의 과목만이 약간 관심이 뒤처지는 정도였다. 전체적으로 참이는 최고 상위 등급 학생이었다. 학년이 올라갈수록 추가되는 '자연' 과목에서나 4년 졸업반 때 추가되는 '역사' 과목에서도 다른 학생들에 비해 두각을 나타냈다.

학교 교실이 협소해서 낮전오전반과 낮뒤오후반으로 나누어 등교를 하는 데 낮뒤오후반 등교일 때 참이는 간혹 아버지가 근무하는 고등중학교에 들렀다. 공교롭게도 참이는 인민학교소학교 4학년 때 추가된 '력사' 과목에 지나치다 할 정도로 관심을 가졌다. 그래서 고등중학에서 '역사'를 가르치는 명호에게 들러 궁금한 내용들을 묻곤 했다.

　－ 력사 선생, 아들이 아주 당찹니다. 이렇게 찾아와서 물어대니 력사 선생 피가 철철 아들애 몸속에 흐르는 모양입니다.

　교원들이 여럿 있는 데서 부교장 선생의 말은 명호를 뜨끔하게 만들었지만 슬기롭게 대처했다. 참이를 자식으로 품어 살아온 지 얼마이던가.

　－ 부교장 선생님 눈에도 그래 보입니까? 암요. 고저 피는 못 속인다 하지 않습니까?

　－ 그렇지 그래요. 피는 못 속이지~

　유리창 너머로 뒷짐을 하고 운동장에서 멀어지는 참이를 보며 부교장 선생이 장단을 맞추는 것이었다. 명호는 마치 교원들의 시선이 꼭 뒤에 오래 머무는 듯해 저도 모르게 얼굴이 달아오르는 것을 느꼈지만 이런 일로 상처받을 정도의 감자바우바보는 아니라고 생각했다. 이럴 때는 문득 기백이 동무와 같은 학교에 있지 않다는 사실이 그렇게 고마울 수가 없었다. 기백이만 함구하면 참이의 출생 문제는 영원히 묻힐 것이라고 명호는 생각했던 것이다.

　그러나 참이가 고등중학초급에 진학하면서 상황이 달라지게 되었다. 명호가 재직하고 있는 고등중학에 참이뿐만 아니라 상철, 동실 등이 같은 학급이 되었던 것이다. 인민학교에서부터 경쟁을 하던 참이와 상철은 특히 영어와 력사에 있어서도 경쟁이 치열했다. 명호는 참이에게 만큼은 역사에 대해 다양한 지식을 전해주고 싶었다. 또한 참이 역시 력사에 남다른 관심을 가지고 있었기에 서슴없이 조선공화국 력사의 잘 못 된 점에 대하여 지적을 하곤 했다. 명호는 력사의 진실을 알려줄 때 마음속에서만 틀어쥐고 있어야 할 지식까지 아들애한테 알려주었다.

지난 1990년대 초반에 동구 공산권의 붕괴로 인해 러시아어가 영어로 대체 되었는데 참이는 영어 과목에서도 우수한 성적을 보여주었다. 상철이나 동실 등이 참이를 결코 따라잡을 수가 없었다. 명호는 이런 상황을 같은 학교에 있기 때문에 자연스럽게 알게 되었다. 마침 참이의 영어 담당이기도 한 고동식 영어 담당 선생이 말했다.

– 력사 선생님, 리 참이란 학생이 선생님 아들이 맞습니까?

– 고 영어 선생님 어찌 그렇습니까?

명호는 고개를 자신 없이 끄덕여주면서 쭈뼛거리며 물었다.

– 참이 영어 발음이 어찌 빠다 냄새가 나는지~ 이거 미제를 물리치는데 미제 말을 알아야 하는 거는 맞지만~

– 그래 학과 공부 잘하는 것도 문제다 이거지요?

영어 선생을 향해 명호가 다부지게 말했다.

– 아닙니다. 어학에 재능이 뛰어난 학생이라서 드리는 말씀입니다. 고저 력사 선생님을 어느 한 군데라도 닮은 구석이 있음 놀라지 않을 것인데~ 머 참이 학생은 즈 어머니 닮았습니까?

영어 선생은 마치 출생의 비밀을 알고나 있다는 듯이 꼬투리를 잡았다.

– 즈 어머니도 닮지 않고 즈 하나반 닮았습니다. 고저 고 영어 선생이 주제넘게 오지랖이 널수다래~

명호의 입에서 갑자기 이런 소리가 튀어나왔다. 영어 담당 선생은 헤벌쭉 웃으면서 복도 저쪽 끝으로 모습을 감추었다. 정숙 동무를 닮았다는 것을 부정하며 갑자기 할아버지를 닮았다는 말을 꺼낸 것은 무슨 까닭이었을까? 명호는 순식간에 일어난 이런 상황에 절로 얼굴이 붉어졌다. 누군가 숨어서 자꾸만 자신의 모습을 지켜보고 있는 것만 같은 조바심이 들었다.

누구든지 참이에 대한 얘기를 하면 명호는 절로 신경증이 걸린 사람처럼 긴장하며 예민하게 반응하고 있음을 모르지 않았다. 정숙을 부정하며 할아버지를 끌어들임은 아마도 핏줄에 대한 강력한 집착이었을 것이다. 명호는 자신을 닮지 않았으면 아버지라도 닮았을 테지.....하고 자위를 하였던 것이다. 할아버지를 닮았다고 말한 명호의 속내는 다시는 이런 일로 다른 교원들의 말밥^{구설수}에 오르내리지 않기를 바라는 기대심 같은 것이었다.

언젠가 집에서도 참이의 물음에 순간적으로 엉너리를 쳤던 일이 생각났다. 가족이 모두 있는 자리에서 참이의 물음은 당연한 것이었을 것이다.

- 내가 누굴 닮았습니까?

- 오빠 또 그 소리야? 아버지 닮았다는 소리 듣고 싶어 안달 났나?

영문을 모르는 아이들이 이런 문제로 다툴 때는 낯바닥이 공연히 붉어 올랐다.

- 봄이 간나 끼어들지 말아라. 꼭 누굴 닮았어야 머 내가 공부 잘하는 게 납득이 되나?

- 참이 말이 맞다. 참이 공부 잘하는 거야 이 아버지도 닮고 어머니도 닮고 하나반두 닮고~ 아버진 고등중학 교원이지~ 어머닌 교원대 성분이지~ 하나비는 머 조선공화국 열성분자 아니냐 말이지~

명호가 참이의 얘기에 언제부턴가 아버지를 끌어들이고 있었던 것이다. 폐쇄된 북조선에서 어떤 동무들이 명호나 정숙의 성분조사를 하고자 한다면 쉽게 드러날 수 있을 것이기 때문이었다. 명호의 이런 엉너리에 이마를 찌푸린 사람은 명호의 어머니였다. 명호는 어머니가 항상 참이의 존재에 대해 부정하고 있다는 것을 모르지 않았다. 가난한 살림에 입을 하나 덜자는 얘기를 했을 때부터 어머니에게 아마 참이의 존재는 눈엣 가시 같은 존재였을지도 모른다.

명호가 아버지를 끌어들이는 데는 이런 암묵적인 까닭이 있었던 것이다. 참이의 할아버지를 들이대는 데야 감히 누가 구구절절 발목을 붙잡을 수 있단 말인가. 그저 참이와 관련된 아무렇지도 않은 말과 시선들이 명호에게는 마치 가시가 박힌 듯이 가슴에서 따갑게 느껴지고 있었다. 아버지야말로 진정 아들의 행복한 생활을 지켜주어야 한다는 것을 명호는 잘 알고 있었다. 참이의 물음에 할아버지를 닮았다는 명호의 대꾸에 묵묵히 고개를 끄덕이는 아버지의 깊은 속내를 아버지의 특별한 말씀이 없어도 들여다보고 남음이 있었다.

참이의 존재에 대해 이때까지만 하더라도 아무런 문제가 되지 않았다. 고등중학 학생이 될 때까지 참이는 항상 대견한 아들이었다. 참이와 상철, 동실이 올망졸망 앉아있는 교실에서 력사 수업을 할 때도 전혀 다른 내색을 하지 않았다. 참이와 상철은 엄밀한 의미에서 이복형제가 아닌가 말이다. 한 아버지의 피를 받은 존재라는 생각은 의도적으로 생각 너머에 유폐시켜버렸다. 이런 명호의 태도는 이제 자연스러울 정도였다. 그런데 하루는 저녁 무렵에 귀가를 서두르고 있는데 부교장 선생이 조용히 불렀던 것이다.

- 력사 선생, 나 좀 봅시다.
- 부교장 선생님, 무슨 일입니까?

명호는 심상찮은 분위기를 느끼며 물었다.

- 일전에 시 보위부에서 나와서는 리 선생 아들의 평정서를 깐깐하

게 훑어보더란 말입니다. 꼭 넘 얘기 여서듣는엿듣는 모양새더란 말이에요.

– 아니 뭐이요? 지도자 동지도 함부로 엿볼 수 없는 평정서를 어찌 야굼하게얌전하게 드밀었다 말입니까?

부교장 선생의 입에서 평정서란 말이 튀어나온 순간 머리칼이 삐죽 일어서는 느낌이었다.

– 그저 저 보위부 요원들이 들이닥쳐서 말예요~

– 머가 어째요? 아니 부교장 선생님이야 노동당 소속 아닙니까? 어찌 홍진홍역을 치러도 열 번을 치를 판에~

부교장 선생의 면 전에서 이렇게 화풀이 해댄 적은 여태 한 번도 없었다.

– 글쎄 그 109 그루빠에서 어찌나 매섭게 택틱을 들까부는지 원~

순간 명호의 뇌리에 스치는 것이 있었다. 109 그루빠라면 김정일 지도자 동지의 교시를 받은 특별단속 그룹이 아닌가? 이건 분명히 박태산 동무와 연결된 것임을 빠르게 읽어냈다. 참이와 관련해서 태산이 무엇인가 정보를 입수했고 그런 까닭에 참이의 평정서를 은밀히 살펴보았다는 말이었다.

대체 갑자기 이런 일이 무엇 때문에 벌어진 것일까? 죽을 때까지 딱지처럼 달라붙어 인민의 그림자가 되어 따라다니는 평정서, 참이의 평정서를 보위부 요원들이 훑어봤다는 것은 참이의 존재에 대해 누군가 관심을 갖기 시작했음을 의미하는 것이었다. 설마, 조기백 동무가 태산에게 정보를 흘리는 농간을 부린 것은 아닐까? 별의별 생각들이 명호의 머릿속에서 가지를 치기 시작했다.

잡다한 생각으로 머리가 어지러운데 귀가 후 정숙 동무로부터 기백이 동무에 관한 놀라운 소식을 듣게 되었다. 명호가 살면서 들었던 기백이 동무에 관한 소식 중 아마 가장 놀라운 것일 수도 있었다.

 - 봄이 아버지, 덕순이 동무 아주 살판났더란 말입니다.

 - 덕순이 동무가 살판이 나다니 무슨 치바다볼쳐다볼 일이라도 생겼소?

이때까지만 해도 전혀 예상하지 못했다.

 - 흐응 기껏 한 대는 소리~ 밥주벅밥주걱에 금가루 묻어 들게 생겼단 말이에요.

 - 머어야? 고저 밥풀대기 구경도 못하는 판세에 금가루라니 원, 어찌 말대포거짓말를 그래 쏘아대나~

여전히 알 수 없는 정숙 동무의 말이었다.

 - 기백이 동무가 고저 당증을 목에 걸게 생겼다 이 말입니다.

 - 머이야, 당증?

명호는 순간 머리가 띵 했다.

 - 아니 기백이 동무에게 난데없는 당증이라니? 그래 누가 입당보증서를 써 준다나?

명호는 머릿속에 하나의 그림을 그리면서 내심 떨리는 목소리로 말했다. 당증을 목에 거는 일이란 사다리를 놓고 별을 따기 위해 올라가야 하는 일처럼 어려운 일이었다. 공화국에서는 당원이 되어야 사람 구실을 한다는 말들이 인민들의 입에서 공공연한 터에 당원이 되는 일은 영광이며 수십 개의 훈장보다 찬란한 것이었다.

18세나 20세 이상의 성인으로 기존 당원 2명의 입당보증서를 받아내야 한다. 입당보증서를 받기 또한 쉽지 않은 것이며 설령 보증서를 받아냈다 하더라도 후보당원으로 일정 기간 자격심사과정을 거쳐야 하는 것이 필수적이었다. 설령 정식 당원이 된다고 하더라도 당시 상황에서 자신의 수입액의 2%를 당비로 내야 하는데 결코 쉬운 일이 아니었다.

당원으로서 지켜야 하는 의무조항 등에도 당에서 정한 엄격한 규약 속에 철저히 1인 체제 우상화 과정이 담겨 있었으며 이런 모든 과정들을 넘겨 내야만이 당원이 되는 것이었다. 일이 이렇게 되면 불피코 기백이 동무의 입당은 태산이 동무와 관계가 있을 것이라 짐작할 수 있었다.

— 리막내막은 모르겠지만 당증 목에 거는 거 시간문제라 합니다.

— 고저 후보 당원 되기도 전에 다 죽게 생겼더누만~ 황달이 누렇게 피어가지구서 고저 당증 목에 걸면 보기 좋겠소~

이럴 때야말로 기백이 동무를 맘껏 비난하고 싶었다.

— 기백이 동물 시기하는 거예요? 어릴 적 동무가 당증 걸게 생겼다면 축하해줄 일이 아니에요? 봄이 클아바이할아버지는 난리통에 전공 세운 군인 맞지요? 전공 세운 군인들이 죄 화선입당火線入黨을 하였다는데 봄이 클아바이는 왜 당증을 목에 매달지 못한 것이오?

명호의 마음속에 항상 퍼런 날을 세우며 도사리고 있는 말이 화선입당이었다. 아버지가 화선입당을 하지 못한 까닭은 남쪽의 아내를 잊지 못해 북쪽의 여자를 받아들일 수가 없었기 때문이었다. 한동안 홀로 지내다가 전쟁영웅 어쩌고 하는 말에 속았지만 공화국은 아버지를 딱지가 붙은 남쪽 반쪽 사상의 알맹이를 가진 동무라고 낙인찍은 것이었다. 훈장을 수없이 받아내고 살기 위해 몸부림쳐도 그뿐 세상에 달라진 것은 아무것도 없었던 것이다. 요즘에는 운동선수들이 공화국의 명예를 국제사회에 한껏 세워주면 화선입당을 시켜준다고 했다.

– 정숙 동무! 고저 언제 적 일이니? 우덜이 이래 한가하게 기백이 동무 당증이나 찬양할 때가 아니란 말이야. 고저 내 말 좀 들어 보라~

명호는 학교에서 부교장 선생에게 들었던 참이의 평정서 얘기를 정숙에게 들려주었다. 살아가는 일이 힘이 들어 어지간히 불만이 쌓였을 터이지만 정숙의 불만은 한뉘생애를 버텨오던 아버지의 회한에 비교하면 가당치도 않을 것이었다.

참이의 평정서를 보위부에서 들춰대더란 얘기를 듣고 정숙은 어머니를 의심하는 눈치였다. 참이에 대해 가슴 속에 불만을 가득 지니고 있던 어머니라지만 아무렴 어릴 적 키우던 정을 그런 식으로 매몰차게 던져버릴 수는 없을 것이라고 명호는 생각했다.

– 정숙 동무, 그딴 생각 말자야. 태산이 동무래 내 자식입네 쌍수 들고 참이 환영할 거 같은가? 공연히 일만 중탕진창 만들지 말고 저리아에 입들 봉하잔 말이오.

명호는 아들애의 문제에 매듭을 짓듯 결기 진 목소리로 말했다.

– 명호 동문 정말 참이가 밉지 않나요? 척진 동무의 핏줄이야 질갓이웃 만도 못하다는 걸 어찌 모르오.

– 오늘 보자니깐 정말 정숙이 동무까지 와 이러네? 내래 참이를 어드렇게 키워왔나 말이야. 그리고 적은아동생 밖에 모른 참이가 성분 좋은 아버지 만났다고 폴짝폴짝 뛸 거 같은가 말이야.

명호는 명치께로부터 뻗쳐오는 울화를 꼭, 꼭 눌러 내렸다. 대체 참이의 평정서를 학교까지 와서 들춰본 보위부의 저의는 무엇이란 말인가? 사상적으로 자신이 공화국에 책잡힐 잠소리잠꼬대 따위 지껄인 적도 없지 않은가? 이건 불피코 기백의 농간임을 명호는 짐작할 수 있었다. 그렇지 않다면 대체 참이의 존재에 대해 태산이 어떻게 알게 되었을까?

그날, 명호는 기백이 동무의 집을 늦은 밤에 방문했다. 기백이 동무는 명호의 갑작스런 방문에 매우 당혹해하는 눈치였다. 명호는 기백이 동무의 태도 하나하나를 놓치지 않으려고 신경을 곤두세우고 있었다.

– 동무, 듣자니까 당증을 목에 걸게 생겼다고?

– 고저, 소문 한번 빠르구나야.

황달을 잔뜩 달고서도 기백이 동무는 당증이란 말에 활짝 웃었다.

– 아니 관절 일이 어찌 된 거야?

명호는 조심스럽게 허두를 꺼내기 시작했다. 흐릿한 불빛 아래서 보는데도 기백의 얼굴은 여전히 누렇게 황달이 가시지 않았다.

– 어찌 그래 울며 겨자 먹는 얼굴을 하고 왔니? 이 기백이는 당증 목에 걸면 안 되는 거이니? 그저 덕순이 동무하고 울 아들애 동실이하고 호강이나 한번 해 보자. 사람답게 한번 살다 죽음 뭐가 문제 있는 거니?

– 보라, 보라~ 기백이 동무 거 목소리 잠 낮추라. 내래 까놓고 물어보겠어. 고저 당증 칼자루 쥐어준 놈이 태산이 동무 맞지?

이렇게 말하고서 명호는 불쑥 고개를 기백이 턱밑 쪽으로 바짝 들이밀었다. 기백의 아래턱이 파르르 떨리는 느낌이었다.

– 태산이야 우리 동무 아이니? 비빌 언덕이야 태산이 동무밖에 더 있냔 말이야.

– 이런 우라질 놈 보게~ 보위부 놈들이 들이닥쳐서 참이 평정서 들춰본 게 이거 동무 짓거리 맞지, 응?

명호의 손목이 대번에 기백의 멱살을 부여잡았다. 갑작스런 멱살잡이에 기백은 당황한 나머지 숨을 할딱거렸다. 황달기로 비쩍 마른 기백의 얼굴은 전체에 죽음의 그림자가 바짝 드리운 느낌이 들었다. 태산의 문제만 아니면 동정을 사도 열 번을 살만한 모습에 명호는 아픈 가슴을 속으로 삭이는 중이었다. 기백이 동무가 말들의 고삐를 잡아당겼다.

- 에그 참 고저 동무래 잘코사니로다.

- 아니 머이야?

기백의 비아냥에 명호는 펄쩍 뛰었다.

- 엉세판에 신다리넓적다리 긁어대는 소리 말라야. 우리 참이를 팔아서 당증을 목에 걸겠다는 말이렸다? 이거 신들메 좀 고쳐 신어야겠구나. 네 새드랭이새끼도 아닌 것을 팔아가지고서~

명호는 아무리 속으로 화를 삭이려 해도 절로 속에서 끓어올라 숨이 막힐 지경이었다. 아무래도 한바탕 치도구니를 놓아야 직성이 풀릴 것만 같아 대뜸 싸울 기세로 기백을 노려보며 공격할 자세를 잡고 있었다. 하지만 기백의 태도는 처음 당황한 것과 대조적으로 전혀 동요하지 않고 태연히 이런 순간을 즐기고 있는 듯이 보였다.

- 언간 새도리없는까부는 놈이 방정이라더니 시도무청도무지 무슨 소리 하는지 모르겠다. 명호 동무 들으라. 내래 시 보위부에 몇 차례 들렀던 적이야 있지~ 그런데 말이야. 고 글쎄 거기서 동무에 어머니를 보았단 말이야.

- 머가 어드래? 울 어머닐 거기서 보았단 말이야?

명호는 뒤통수를 호되게 한방 얻어맞은 기분이었다. 어머니가 설마 태산의 보위부 사무실에 찾아갔으리라고는 전혀 예상하지 못했던 것이다. 일이 이리되면 평정서에 대한 진상의 뒤에는 기백이 동무가 아니라 어머니가 있다는 것을 짐작할 수 있었기에 명호는 매우 당혹스러웠다.

 ― 그렇다니까 글쎄. 생각해 보라. 내게 명호가 어떤 동무인가 말이야~ 내 좋자 하고 동무 아들애 팔아대는 그런 승냥이 같은 놈은 아니란 말이지~ 낌새 보자니까 태산이 그 동무가 진작부터 참이가 동무 아들애 아니란 거 알고 있던 모양이던데~

 ― 그건 또 무슨 소리이니?

기백이 동무의 말이 명호에게 황당하게 들렸다.

 ― 글쎄 고 정숙 동무 뱃속에 태산이 태가 들어앉은 걸 몰랐던 것이 아니더란 말이야~ 고저 태산이가 정숙 동물 배꼽 밑에 눕힌 날이 이거 손 매듭 짚어보면 대번 뱃속에 태가 제 자식인 거 알고도 남지 않겠냐 말이야. 이거는 명호 동무 어머니가 발걸음 재촉을 아니 했다 해도 고저 대번에 촉감 끌어당기는 것이야. 태산이가 누구니? 보위부란 말이야~ 게다가 고저 듣자니까 은밀하게 109 그루빠 노릇도 한다지 아마~ 이거 정숙 동물 제 발로 찼기에 망정이지 동무가 즈 아새끼 밴 까이여자 보쌈했다 치면 이거 태산이 등쌀에 목숨 부지도 어렵지 않겠냐 말이야.

 ― 고저 기백이 동무에 말본새 여전하구나~ 이만 가겠어. 근데 고 당증도 좋지만 낯바닥이 당증 걸기 전에 죽어 나갈 상판 아니니? 고저 기백이 동무야, 강건해야지 강건을~

뜻밖에 기백으로부터 어머니에 대한 소식을 전해 듣고 명호는 당황하면서도 어깨에 힘이 빠졌다. 은근히 부아를 부추기는 기백의 입담에 화가 나서 거친 말을 흘리고 돌아서면서도 명호는 곧장 후회했다. 어린 시절부터 형제처럼 의지해 오던 기백이 동무의 건강이 누구보다 염려되었기 때문이다. 따뜻한 위로의 말을 남기고 기백의 집을 나왔더라면 차라리 마음이라도 편했을 터인데 말이다. 기운을 잃어 너절한 모습으로 터벅터벅 집으로 향하는 명호의 발길이 좀체 떨어지지 않았다. 어떻게 어머니의 얼굴을 마주칠 것이며 정숙의 얼굴을 어떻게 마주하며 참이에게 어떻게 태연히 대할 수가 있을지 아득하기만 했다.

3

조선민주주의인민공화국 사람들은 김정일 국방위원장의 걸음걸이가 심상찮다는 말들을 입에 올리기 시작했다. 걷는 모양새가 부자연스럽다는 둥 몸의 어딘지 불편한 데가 있는 듯 하다는 둥 말들이 많았다. 김정일의 건강 이상설이 인민들의 말밥에 오르내리면서 은밀히 떠도는 얘기는 바로 누가 김정일의 후계자가 되느냐의 문제였다.

드러내놓고 입에 담지는 못해도 가족끼리 혹은 동무 간에 은밀히 장차 벌어질 일들을 점치는 것이었다. 그러나 공화국의 미래가 대추나무에 연이 걸리듯 복잡한 까닭에 그야말로 개의 입으로 벼룩을 씹기란 여간 어려운 일이 아니었다. 혹간 그냥저냥 발길 가는 대로 내딛는 황소걸음이 때마침 쥐를 잡아대는 경우가 있을지라도 이를 두고 공화국의 앞날을 예단하기란 어려웠다.

김정일이 장막 뒤로 물러나면 문고리 권력들이 오합지졸 판을 펼칠 것이라는 말들에서부터 김정일의 복심이 장남 김정남에게 있다는 둥, 아니 김정남의 어머니 성혜림이 남조선 경남 창녕이 고향이라서 반쪽 출신이라 어렵다는 둥, 둘째 김정철이 스위스 베른대학교를 수재로 나와서 국제관계에 능통하지만 어머니 고용희의 출신 역시 그 부친이 제주 출신의 일본 교포라서 어렵다는 둥, 진짜 김정일의 복심은 셋째 아들 김정은에게 있는데 김일성 군사대학의 수재라는 둥, 마치 투명하지도 않은 살갗 속의 핏줄을 끌어내리려는 듯 밑도 끝도 없는 말들이 망령처럼 휩쓸리고 다니면서 세상을 어지럽게 만들고 있었다.

그러나 김정일의 아들애에 대한 말밥을 뒤로 물리고 인민들의 입에 회자되는 사람이 바로 장성택이었다. 순간순간 권력의 이편에 서서 시소게임을 하던 장성택은 수렁으로 빠지는가 싶으면 허우적대고 일어나서 말끔히 목욕을 하고 새로운 모습으로 인민들 앞에 나타나서 권력을 희롱하고 있었다. 특히 장성택은 리제강 노선노동당 조직지도부 제1부부장과 권력 게임을 하다 번갈아 교통사고를 당했는데 결국 장성택이 승리한 셈이었다. 리제강 부부장이 결국 교통사고로 사망하게 되었던 것이다.

장성택은 김정일의 최측근으로 김정일의 건강에 문제가 있음을 간파하고서 마음속에 다양한 시나리오를 작성하고 있었다. 항상 마음속에 담아놓았던 김정남을 생각하고 있었지만 김정일의 복심이 김정남에게 있지 않음을 알아차린 순간부터 그의 머릿속은 복잡하게 돌아갔다. 왜냐하면 김정일의 복심이 김정남에게 있었다면 김정남을 진작에 공화국으로 불러들였어야 옳은 일이었다.

김정일 위원장은 어릴적부터 김정남에 대한 총애가 깊어 지근至近의 사람이라면 누구나 유력한 후계자로 김정남을 생각했을 것이다. 김정일이 바쁜 가운데도 짬을 내서 장남과 교감을 갖고 사격도 같이 하는 등 가까이하자 후계자로서 견고한 듯이 보였지만 김정남이 일본 여행 중에 위조여권을 사용해 국제적 망신을 당한 뒤부터 아마 후계자의 자리에서 배척되었을 것이라고 추측해 보는 것이었다.

단연 김정일의 총애는 장남 김정남에게 있었다. 그러나 김정남의 이력이래야 지난 98년 공화국 컴퓨터 위원회 위원장이 고작이었다. 국보위 해외 반탐국 총책이란 지위가 주어졌으나 그는 정착을 하지 못하고 동남아 여기저기를 옮겨 다니는 철새와 같은 신세에 지나지 않았다. 그런 김정남에게 공화국을 맡기지는 않을 것이란 게 장성택의 생각이었다.

김정남에게 김한솔1995년. 평양태생이란 아들이 있지만 영원한 일인 지배체제의 후계 구도를 생각함에 단맛을 가져다주기에는 너무나 멀리에 있는 얘기였다. 따라서 장성택은 손위 처남 김정일의 차남 김정철1981년생과 삼남 김정은1984년생 사이에서 예리한 촉수를 더듬어 내야 하는 것이었다. 김정남 역시 은근히 자신에게 쏠린 고모부 장성택의 지지에도 불구하고 배척당했다는 것을 알았을 때 장성택을 원망의 눈초리로 쏘아보았다. 더구나 김정남은 해외의 언론들에 거침없이 공화국의 3대 세습을 비난하는 인터뷰를 했던 것이다. 장성택은 이런 김정남에게 함부로 입을 놀리지 말라는 따가운 충고밖에 아무것도 해줄 재간이 없었던 것이다.

이어서 장성택은 김정일이 김정철에게 어떤 이력의 돌다리를 놓아 주었는지 더듬어보았다. 27세의 나이에 조선노동당의 요직을 부여받은 김정철이었다. 조선노동당 조직지도부 부부장에서 조선노동당 선전선동부에 이르도록 막강한 요직을 부여받았다. 스위스 베른 국제학교 시절에 유학을 하면서 졸업을 앞두고 돌연 귀국한 사례도 있었으며 한때는 독일 여행 중 에릭 클랩튼의 콘서트를 며칠 동안 관람한 적도 있었다. 예술성향의 김정일과 닮은 데가 있는 대목이었다. 또한 김정철은 김일성 군사대학을 수료하고 김정일의 군 시찰에도 동행했던 이력이 있었다.

　반면에 김정일의 삼남 김정은은 김정철과 마찬가지로 고용희와의 사이에서 태어난 자식으로 김정철과는 동모同母 형제이며 세 살 터울로 파악되었다. 김정은은 조선노동당 중앙위원이 되기 이전까지는 평범한 대학생에 지나지 않았다. 그는 당시에 김일성 군사종합대학을 다닌 이력밖에 없었던 것으로 장성택은 파악하고 있었다. 따라서 장성택의 판단으론 당연히 김정일 군사위원장의 후계자는 김정철이라고 생각했다. 무엇보다 지난 2005년 중국의 후진타오 주석이 공화국을 방문했을 때 은밀히 김정철이 만찬에 배석한 것을 중요한 암시라고 생각했다. 김정일의 복심을 어렵잖게 낚아볼 수 있는 부분이었다.

　그러나 한참 뒤에 장성택은 자신의 판단이 잘못되었음을 알게 되었다. 김정철에게는 치명적인 약점이 있었던 것이다. 이른바 호르몬 이상설로서 '녀성 호르몬 과다 분비증'이란 아이러니한 질병을 지니고 있었던 것이다. 지난 독일 여행 역시 이런 질병을 치료하기 위한 방문이었을 것이란 추측도 가능하게 했다. 김정철은 이런 사실이 말해 주듯 유약하며 내성적인 성격으로 결국 공화국 후계자 구도에서 배제되었던 것이다. 공화국을 강력하게 틀어쥐어야 하는 리더로서 마땅치가 않았던 것이다.

　따라서 남은 사람은 당연히 김정은밖에 없었던 셈이다. 또한 장성택은 후계자에게 가장 중요한 것이 무엇인가 하고 생각해 보았을 때 망설임 없이 대답할 수 있는 것은 충성심이었다. 인민들 사이에 후계자로 김정일 국방위원장의 아들을 입에 오르내리는 것은 당연한 일이었다. 수령의 아들이야말로 어린 시절부터 지근에서 지도자 수업을 받았으므로 수령의 사상이나 철학 등에 관해서도 이해의 폭이 충분히 넓고 깊은 까닭에 아들로부터 후계자가 나와야 하는 문제에 대해 감히 이견을 갖지 못했다.

장성택은 김정은을 떠올리자 머릿속에 색동다리무지개 하나가 찬란하게 떠오르는 느낌이었다. 그래, 김정은이라면 공화국을 맡길 만은 하겠구나. 과감한 청년, 지혜로운 청년이라고 장성택은 생각하고 있다. 형인 김정철을 '큰 대장 동지'로 부르고 자신을 '작은 대장 동지'로 부르는 호칭조차 자존심 상해하던 김정은, 그래서 사람들이 '대장 동지'로 불러주기를 바라던 인물이 아닌가 말이다. 하지만 김정은의 나이 고작 25세 안팎, 김정은이 후계자 자리를 물려받는다면 당장은 허수아비에 지나지 않으며 그 허수아비를 조종할 수 있는 사람이 누구이겠는가? 장성택의 양쪽 입의 꼬리가 귀에 걸리는 순간이었다.

이런 장성택의 음흉한 미소 뒤에 숨은 계획을 실제로 실현시킬 수 있게 만든 사건이 발생했다. 어느 날, 김정일이 찌는 듯한 무더위 속에 거짓말처럼 장막 뒤로 모습을 감춰버린 것이다. 김정일이 뇌졸중으로 쓰러져 인민들 앞에 모습을 드러내지 못한 것이다. 뇌졸중으로 쓰러진 후 그의 모습은 무대 너머로 사라진 지 3개월 이상이나 지속되었다. 겨우 살아서 거동을 시작한 것은 그해 동짓달 해넘이 직전이었다.

장성택은 김정일이 장막 뒤에서 시난고난하며 와병臥病하는 동안 자신이 마음속에 그렸던 시나리오에 따라 실행을 하기 시작했다. 김정은에게 이양될 권력을 실효적으로 통제하기 위해 새판을 짜기 시작한 것이었다. 김정일이 쓰러진 후 거동을 시작하기까지 3개월 동안 장성택은 만반의 준비를 다지고 있었다.

무엇보다 조선노동당 조직지도부에 자신의 사람들을 심기 시작했던 것이다. 그러나 불행하게도 이런 장성택의 속내를 훤히 들여다보고 있는 사람은 문고리 권력들김정일 셋째 부인 김옥, 김정일 여동생 김경희, 김정일 차녀 김설송, 김정일 삼남 김정은 중 차녀 김설송이었다. 김설송은 김정일과 김영숙 사이에 태어난 딸로 김정일과 홍일천 사이에 태어난 장녀 김혜경과는 다섯 살 터울인 이복 자매간이었다. 김정일이 병상에서 일어나 거동을 시작하자 가장 먼저 차녀 김설송이 장성택의 흉중에 들어있는 생각과 3개월 동안 장성택이 짜놓은 밑그림들을 김정일에게 상세히 고해바쳤던 것이다.

그러나 김정일은 기다릴 줄을 알고 더욱 멀리 내다보며 견고한 그림을 그리는 지도자였던 것이다. 김설송의 보고를 받고 전혀 놀라지 않았다. 김정일 역시 아직은 장성택을 제거할 입장이 아니었던 것이다. 장성택의 힘은 김정일에게 아직 긴요하게 쓰이고 있었다. 장성택의 힘을 이용해 김정은에게 권력을 어느 정도 이양한 다음 제거해도 늦지 않겠다고 김정일은 생각했던 것이다.

김정일은 장성택의 힘을 교묘히 이용하면서 뒤에서 은밀히 장성택의 제거작업을 진행하고 있었다. 김정일은 지난 2011년 12월 17일 죽기까지 김정은에게 조선노동당 중앙위원, 중앙군사위원회 부위원장, 북한 조선 인민군 대장, 북한 조선 인민군 최고 사령관 등의 견고한 견장을 일사천리로 어깨 위에 얹어주었다. 제3대 세습 독재를 위한 후계자 작업은 이처럼 복잡한 과정 속에서 빠르게 진행되었던 것이다.

이렇듯 공화국의 장막 너머의 일들을 알아차리기란 인민들로서는 쉬운 일이 아니었다. 명호 역시 이토록 급박히 일어났던 일들을 짐작조차 하지 못했다. 고등중학교에서 귀가 후에 아버지와 은밀히 공화국 돌아가는 실상에 대해 몇 마디 주고받는 정도였다. 시국이 급박하게 돌아가자 정신 줄을 놓을 정도로 바쁜 사람이 바로 박태산이었다. 박태산이 참이의 존재에 대해 알게 된 이후 명호의 마음은 하루라도 편치를 못했다. 태산이가 언제 어떻게 치고 들어올지 전혀 가늠할 수가 없었기 때문이었다.

─ 명호야, 어떠한 경우에도 입조심 하여라. 입 한번 잘못 놀려대다 간 굴비 엮이듯 온 가족이 엮여 수용소 끌려 간대는 거 명심하거라이~

─ 아버지, 훈장 따는데 고저 방망이들지훼방놓지 않겠습니다. 그나저나 어머니께서 태산이 동무를 찾아가서서 참이 얘기 덧대구무턱대고 방아를 찧었다는 말입니다.

명호는 공연히 아버지를 향해 하소연을 늘어놓았다.

─ 너께지난번 실은 네 오마니가 너쓸하게너절하게 얘기하더라. 아비가 말렸다만 그놈 피라는 것이 평생 발목 거는 일이란 걸 어찌 모르겠니? 아비 만나 그 반쪽 피라는 호된 맛을 알겠기에 참이 일로 우리 가족이 괴니공연히 개자리뒤통수 맞는 일을 피해볼 요량이었겠지 않겠나 말이야.

─ 아버지, 참이가 우덜 아들애고 아버지 두벌자식손자 맞지요? 인정하지요? 아버지가 반쪽 피의 분자라는 딱지를 두르고 한뉘를 살아오신 것이 운명이듯이 참이 역시 우리 자식인 게 운명입니다. 내래 부리 뽑힌 게사니거위가 된대도 일없습니다.

─ 그래 명호 네 맘 알지. 한데 참이가 보위부 태산이 아들애하구 기백이 아들애하구 같은 교실 동무라지? 흐어 참 어찌 명호 너한테 이런 기막힌 운명이라냐?

명호 역시 이런 상황이 도무지 리해가 되지 않았다.

─ 어떻든 참이가 이런 사실을 알아서는 불피코 안 됩니다. 태산이가 참이한테 한 발짝이라도 다가서면 고저 에누리 없단 말입니다.

– 알았으니 고만 진정하라. 그런데 기백이 동무는 어찌 몸이 그 모양이니? 들자니 간 굳음증이 턱까지 올라왔다는데~

– 글쎄 말입니다. 기백이 동무가 당증 목에 걸려고 미쳐 날뛰다 그렇게 된 겁니다. 그러니 아버지도 강건 하시라요. 남쪽 큰어머니 살아 계실 때 한 번 만나봐야 하지 않겠습니까? 광화문에서 만나자는 략속 고저 속히 지켜내셔야지요.

아버지를 생각하면 울컥 울음부터 올라왔다. 남쪽의 큰어머니가 생각났기 때문이다.

– 그래~ 아비가 이번에는 눈 딱 감고 네 큰오마니 하구 네 명진이성 만나볼 것이야. 이참에 훈장 하나 따냈으니 머 수가 있긴 있겠지~

명호는 아버지의 살아오신 내력을 알기 때문에 더는 말을 하지 않았다. 그래도 아버지는 항상 명호의 편에서 이해하려고 했다. 반쪽 피의 분자라는 딱지를 멍에처럼 짊어지고 평생을 아들애를 위해 살아오신 아버지가 아닌가 말이다. 아버지의 바람처럼 북쪽 어머니는 잠시 접어 두고 제발 남쪽 아내와 아들애를 만나서 60년 회한 푸시기를 명호는 진심으로 바랐다. 아버지께서 남조선의 가족을 만나볼 수 있도록 명호는 아들애로서 할 수 있는 모든 노력을 기울이리라 다짐했다.

제9장 영혼의 나비

1

명호의 아버지는 흩어진 가족^{이산가족} 상봉자에 기적처럼 선정되었다. 아버지의 훈장이나 명호의 훈장 덕분인지는 몰라도 달나라 가기처럼 어렵다는 이산가족 상봉을 하게 되었던 것이다. 아버지의 건강이 나빠진 탓에 명호는 진작부터 이제 어떤 불이익을 받더라도 아버지가 이산가족 상봉을 신청하는 것을 망설이지 말라는 당부를 드렸다. 딱지 하나를 더 등에 붙인다고 하더라도 명호는 아들로서 아버지의 상봉신청을 더는 미룰 시간적 여유가 없었던 것이다. 아버지는 한사코 거절을 하시면서도 속내는 남쪽의 아내와 아들에 대한 그리움을 한뉘^{평생} 가슴에 품고 버텨온 사람답게 내심 설레며 들떠 있었다. 상봉 이후의 겪어야 할 불이익에 대하여는 일부러 생각하지 않기로 했다.

그러나 막상 상봉자 대상에 선정이 되었더라도 상봉까지는 쉬운 일이 아니었다. 아버지의 경우 피부병이 심해서 상봉의 대열에 합류할 수 있을지가 마지막까지 염려스러웠다. 소문에 따르면, 공화국 당국에서 상봉 대상자들에 대해 집중적인 특별관리에 들어간다는 것이었다. 인민들의 연치^{年齒}가 고령인 데다 제대로 먹지를 못해 외관상 궁색해 보여서 몇 개월 특별관리를 해야 한다고 했다. 아버지는 특별관리에 들어가시면서 어머니와 가족에 대한 미안함으로 몸과 마음이 자유롭지 못한 것 같았다. 특히 어머니를 대하는 아버지의 표정은 좌불안석의 연속이었다. 명호는 특별히 지난번에 북남 연락책을 통해 받은 편지와 보내준 돈에 대한 감사의 표시를 꼭 하시라고 아버지에게 당부하고 가족사진 하나를 정성스럽게 챙겨드렸다. 지난번에 북남 연락책에게 보내지 않았던, 어머니가 다소곳이 가족의 중심에 앉아있는 사진을 이번에는 챙겨드렸다. 북쪽 아내의 존재를 일부러 감출 일이 아니고 남쪽의 아내에게 당당히 드러내는 것이 순리임을 아버지는 몰랐을까? 그러기엔 아마도 남쪽 아내에 관한 나그네남편로서의 미안스러움이 가로막았을 것이다. 어머니의 표정 역시 지난번과는 달리 환하게 밝아졌지 않은가. 가족 사항을 또박또박 적어 보낼 때 참이의 존재에 대해 명호는 과감히 아들로 적었는데 그걸 보고서 어머니는 가막두거리딱따구리 같은 표정이 되어버렸다. 아버지 표정 역시 어머니와 크게 다르지 않았다. 이 씨 가문의 핏줄을 잇는다는 의미로 참이의 존재에 대해 위안을 삼았던 아버지의 표정이 가막두거리 마냥 굳어진 것은 아마 남쪽의 명진이 형님에게 찬열이란 두벌자식손자이 있음을 알았기 때문이리라.

나중에 들은 얘기지만, 아버지는 공화국 당국으로부터 특별한 교육을 받았다고 한다. 흩어진 가족이산가족 상봉 대상자들은 모두 특별교육을 받았던 것이다. 이른바 전문적인 외모 관리에서부터 사상의 무장까지 한 두 가지가 아니었다. 무엇보다 남쪽 인민들을 만나는 상봉장에서 절대로 눈물을 보이지 말라고 교육을 받았다고 한다. 인민들 대부분이 피부에 손상이 심해서 피부 관리를 철저히 받았다고 한다.

울지도 말고 웃지도 말라는 당의 지시가 가장 힘들었다는 말을 했다. 남조선 인민들의 물음에는 긴말을 하지 말고 그저 대답을 간단히 하라는 것, 절대 궁색한 티를 내지 말라는 것, 식사 시에는 테이블 위의 음식을 반드시 남기라는 것, 남조선 인민이 주는 돈은 절대 손을 내밀어 받지 말라는 것, 무엇보다 김정일 위원장 덕분에 잘살고 있다는 말을 빠뜨리지 말라는 지시를 수없이 받았다고 했다. 거칠고 손상된 피부가 짧은 시간에 윤기가 나도록 하려고 이밥쌀밥에 기름이 동동 뜬

고깃국물을 먹이고 비타민도 섭취하도록 했다고 한다.

사실 남쪽 인민들이 천국 같은 데서 잘 먹고 잘산다는 소문을 은밀히 들어서들 알고 있었기 때문에 상봉 대상자의 가족들은 은근히 남쪽의 도움을 기대하고 있었다. 그러나 어렵게 상봉자 대상에 선정되어 상봉 날짜를 기다리는 동안 강원도의 한 초대소에서 생애 처음 꿈같은 날들을 보냈지만 상봉이 끝나고 귀가하신 아버지의 모습은 허탈감에 젖어 있었다.

– 아버지, 남쪽 큰어머니와 명진이 성님을 만났는데 뭐에 그리 아쉬워하십니까?

– 명진이 오마니하구 명진이 보는 순간 고저 저 밑바닥에서 울음덩어리가 치밀고 올라오는데 자꾸만 찰칵찰칵 사진을 찍어대지 않가서?

아버지는 지그시 눈을 감은 채로 말했다.

– 그래 예순 해를 두고 처음 만나서 울음눈물 한번 훔치지 못했단 말입니까?

– 흐어, 마려운 똥 누부지도 못할라면서리 허리춤을 풀어 젖힌 꼴이 아님. 어디 그뿐이냐? 가족사진 하나 촬영하지 말라는 게야.

못내 가족사진을 찍지 못한 게 한이 되었던 모양이었다.

– 그래 명진이 성님은 살만하답니까?

– 듣자니까 무슨 출판사를 한다누만. 며늘애는 중학교 교원질을 한다는 거야. 고저 때깔이 우덜하구 생판 다르더만~

아버지의 얼굴에는 여전히 아쉬움이 남아 있었다.

– 그래 남쪽 큰어머니래 보니 어떻습데까?

– 흐어, 뭐에 반평생이 후딱 흘러간 마당에 감정이 어찌 생겨나나 싶더니~ 남조선 식구들이래 줄창 울어대는 게야. 그만 이 아비두 울컥

올라오는데 꺽, 꺽 눌러 담았잖아~

아버지의 눈언저리가 촉촉이 젖어 있었다.

– 우다질 놈들, 맘 놓고 울지도 못하게끔~ 그래 큰어머닌 강건 하십데까?

– 때깔두 좋구 허리두 곧더라만 세월이 원체 흘렀잖나. 아비 가슴 쥐 뜯으면서 울기만 하는데 뭐 아바이래 뭐를 해주가서. 고저 어깨나 다독다독 해줬지~

아버지의 입에서 바람 같은 한숨 소리가 흘러나왔다.

– 명진이 성님한테 다른 말씀 없었습니까?

– 개별상봉 시에 고저 귓속말로 수군대긴 했는데~ 남쪽 동네에 말이지 윗동네 인민들이 3만 명이 넘게 내려와서 산다는 게야. 이거 밑도 끝도 없는 말 아이니?

아버지가 본능적으로 주위를 살피며 말했다.

– 아니에요, 아버지. 국경 넘어가서 미얀마나 라오스 등 고저 동남 아 거쳐서 남쪽 동네 들어가서 우리 공화국 인민들에게 돈줄 대고 있다는 소문 들었어요.

– 설령 사실이래도 명호 너 입으로 그딴 말 지껄이지 말아라.

– 입 벙긋 잘못 놀렸다간 당장에 교화소행이라는데 입조심 해야지요.

부모와 자식 간에도 마음 놓고 속내를 드러낼 수 없는 감시사회라는 것을 부정할 수가 없었다.

– 명진이 아들애가 찬열이라는데 아주 춤을 잘 춘대잖나. 고저 사진을 보여주는데 울컥 올라오더란 말이지. 어찌 명호 너 어릴 적 모습이 있더란 말이야. 히히 고저 핏줄이란 게 땡기는 건지 그 두벌자식손자 사

진 보니까 어찌나 목이 메는지 말이지~

　– 참이하고 장차 만나게 되겠지요.

　명호의 입에서 저도 모르게 이런 말이 튀어나왔다.

　– 흐어, 어찌 참이가 우리 핏줄 찬열이를 만난다니? 그딴 소린 함부로 하는 게 아니야. 명호 네들이 어찌 됐건 장차 광화문에서 핏줄 상봉을 해야 할 텐데~

　– 아버지가 큰어머니하고 략속한 것을 어찌 우리한테 떠넘기십니까?

　– 고저 네 들 살면서는 통일이라는 것을 해야 한단 말이지. 아비가 이제 살면 얼마나 살갔니~ 네 들이 아비 략속을 이어받아서 장대히 광화문에서 만나야 하지 않겠니~

　아버지의 얼굴에 시름이 담겨 있었다.

　– 통일이 어느 세월에 된답니까? 고향단 방문 일도 오로지 찬양 목적으로 공화국에서 먼저 꺼낸 일 아닙니까?

　– 고저 김일성 수령이 고려 호텔 지어놓고 연방제 통일 부르짖지 않았니? 김일성 연방제 통일론 무르익을 땐 두루 인민들 눈에 보여주려고 남쪽 인민들 끌어들인 게야. 우리끼리 하는 말이지만 고저 어찌나 날조를 해대는지 원~

　명호는 아버지의 눈가에 맺힌 눈물의 의미를 생각해 보았다. 이제 더는 남쪽의 가족들을 만나보지 못할 것이다. 가슴속에 간직한 채 세상을 하직해야 한다는 것을 아버지는 눈물로 순순히 받아들이고 있었던 것이다. 아버지는 남쪽의 가족들을 만난 이후 명호에게 자꾸 미안하다는 말을 덧붙였다. 남쪽 출신임을 숨기고 살던 명호에게 잠시나마 성분조사를 받게 한 원인을 제공했다고 생각했기 때문이지만 명호는 정말 아버지의 가족 상봉은 아들로서 해드려야 할 도리였기에 뿌듯한 마음이었다. 명호는 슬며시 남쪽 가족들이 어떤 선물을 주지 않더냐고 물어보았지만 아버지는 주저하며 입을 열지 않았다. 나중에 들은 얘기지만, 공화국에서는 당시 남쪽 가족들에게서 선물로 받은 금품 등을 공화국 상봉자들로부터 압수했었다. 인민들이 좋아하는 초코파이, 양말 등도 반절은 압수해 갔다는 것이다. 때를 빼고 광을 내줬으니 김정일 위원장의 은혜에 보답하라는 것이 압수의 이유였다. 명호는 아버지의 말씀을 듣고 공화국의 실체를 다시 한번 가슴에 깊이 새기게 되었던 것이다.

2

김정일 국방위원장의 마음이 매우 다급했던 모양이다. 몇 번의 죽을 고비를 넘긴 김정일 위원장 역시 자신의 생이 얼마 남지 않았음을 느꼈을 것이다. 김정일은 자신의 권력을 아들 김정은에게 고스란히 이양하기 위해 마음이 바빴다. 급격히 건강이 무너지고 있음을 느끼고 있었기 때문이다. 선군정치를 통해 강성대국을 이룩하여 아들에게 물려주고자 했던 김정일은 처음에는 김정은에게 장막 뒤에서 권력 통치의 모습을 주의 깊게 살펴보도록 했다. 그러다가 김정일은 죽기 3년 전부터 은밀히 김정은을 자신의 통치수행에 참여시킨 것으로 보인다. 평양 기마중대 훈련장을 같이 방문했으며, 이를 시작으로 본격 행보에 나선 것으로 알려졌다. 평양 기마중대 방문 이후 채 1년도 되지 않아 김정일 국방위원장은 김정은을 데리고 평북 동창리 위성 발사장을 방문했다.

그리고 6개월 뒤에는 북한군 열병식의 주석단에 모습을 드러내도록 했다. 이후 급속하게 김정은의 공개 활동이 전개되고 있었다. 이런 공개 활동의 대부분은 군사와 관련한 활동에 집중되어 있었고, 점점 정치활동으로까지 확대되어 갔다.

김정일 국방위원장이 공화국의 존속을 위해 변함없이 공을 들여온 부분이 바로 핵이었다. 김정일 국방위원장은 지난 2003년 초에 핵확산방지조약에서 탈퇴한 이후 이태 뒤에 핵무기 보유를 선언하고 영변 원자로 폐연료봉 인출이 완료되었다고 발표했다. 그리고 바로 그 해 6자회담을 통해 모든 핵무기를 파기한다는 9·19 공동성명을 채택했지만 다음해 무수단리 발사장에서 대포동 2호은하1호 미사일 시험 발사에 들어갔으나 실패하고 말았다. 김정일은 폐쇄되고 낙후된 공화국이 생존하기 위해서는 오직 핵을 보유해야 한다는 믿음이 깊게 박혀 있었다.

대포동 2호은하1호 발사에 실패한 뒤 3개월 만에 1차 핵실험을 강행하였다. 하지만 2년 뒤에 국제사회의 강압에 눌려 영변 원자로 냉각탑을 폭파 해체하게 된다. 그럼에도 김정일의 뇌리에는 핵이 없으면 불안하고 장차 조선공화국이 일촉즉발의 위기를 당했을 시 힘도 한 번 제대로 써 보지 못하고 허리를 꺾이게 될 거라는 위기감으로 가득 차서 결국 폭파 해체 1년여 만에 무수단리에서 은하 2호를 시험 발사하였다. 내처 공화국 외무성은 대외에 핵시설 원상복구를 발표하며 세계를 놀라게 했다. 공화국의 핵 능력을 깔보는 나라들도 많았지만 이를 무색하게 김정일은 특명을 내려 핵시설 원상복구 달포 만에 제2차 핵실험을 실시하게 된 것이다.

김정일 국방위원장의 핵에 대한 집착은 대외적으로 공화국의 존재 자체를 드러내고 인정받으려는 것과 공화국 내부 인민들의 불만이나 반발 세력을 다잡을 방편으로부터 비롯되었다. 서해상에서 간간이 일으키는 도발들은 실제 남조선에 대한 견제라기보다 조선공화국 인민들을 다잡기 위한 기만술이었다. 김정일 국방위원장은 눈을 감기2011년 12월 17일 사망 며칠 전에 은밀히 아들 김정은에게 불피코 핵을 사수해야 하며 핵이 체제 유지에 얼마나 중요한 것인가를 각인시켰다고 한다.

김정일이 죽고 독재 정권을 이어받은 김정은이 정확히 1년 뒤에 동창리 발사대에서 장쾌하게 장거리 로켓을 발사하여 성공했다. 이른바 은하 3호의 성공으로 이에 힘을 얻은 김정은은 아버지의 유훈유언을 받들어 제3차 핵실험을 위한 토대작업에 돌입하여 자칭 무지막강한 공화국, 창창한 공화국 건설을 위해 축포를 날리게 된다. 핵만이 살길임을 아버지로부터 각인 받았기에 김정은 역시 숙명처럼 핵 개발에 박차를 가하게 되었던 것이다. 공화국은 위협적인 제국주의의 침략과 핵 위협에 당당히 맞서 바야흐로 조선민주주의인민공화국의 정당성에 대하여 지구상 어느 누구도 시비하지 못하도록 2천만 군민에게 폭풍 치듯 역사의 갈기를 일떠세우는 전략을 수행하였다.

김정은은 집권과 동시에 평양 기마중대 훈련장을 인민들의 여가선용을 위해 시설화하기 시작했다. 이것은 일종의 장성택 등에 정면으로 도전하는 하나의 포석 같은 것이었다. 그들의 눈치를 보지 않고 자기 의지대로 권력을 수행하겠다는 의지의 표현이었다. 아버지 김정일, 고모부 장성택 등을 뒤에서 수행하면서 서른 살 전후의 혈기 왕성한 김정은이 깨달은 것은 장성택이 언젠가 자신의 걸림돌이 될 것이라는 느낌이었다. 왜냐하면 장성택의 오른쪽에는 항상 고모 김경희가 있었다. 김경희라는 나이 먹은 고모가 그의 곁에 있는 한 일을 처리하기 껄끄럽

고 매사에 장성택을 통해 발목을 걸어올지도 모른다는 생각을 했던 것
이다.

김정일이 죽을 때까지 고수하던 자리는 조선 노동당 조직지도부장
이었다. 김정일이 죽고 난 뒤에 한동안 공석이었다가 이후 김경희가 조
직지도부장 지위에 올랐을 거라는 말도 나왔지만 분명한 것은 김경희,
장성택 부부 세력과 김정은 세력_{김정은 이복누이 김설송, 김정일 마지막 부인}
_{김옥, 차남 김정철} 등이 당시 치열하게 암투 중이었다는 것이다.

김경희는 김정일을 마지막까지 막후에서 수행하며 현지 지도에 항상
동행했다. 물론 김정은 역시 같이 동행 했음은 말할 나위 없다. 김경
희는 겉으로는 아직 나이도 어리고 경험도 없는 조카 김정은이 공화국
권력을 다잡도록 매사에 노력을 기울였다. 그러나 조선공화국 인민들
이 전혀 예상치 못한 일이 터져버린 것이다. 김경희의 나그네_{남편} 장성
택이 졸지에 숙청당해 버린 것이다. 최고의 존엄에 반항하는 '모반죄'라
는 무시무시한 죄목으로 엮어서 역사 너머로 티끌처럼 날려버린 것이
다. 천형天刑처럼 무섭다는 연좌제의 그늘이 김경희의 어깨를 누른 것
은 당연한 일이었다. 연좌제의 차꼬를 김경희가 받은 때문인지 김경희
역시 그 뒤로 모습을 드러내지 않았다. 그녀의 입지 역시 장막 뒤에서
힘을 발휘하고 있을지는 몰라도 예전의 빵빵하던 힘은 구멍난 풍선처
럼 허무하게 무너져버렸을 것이다.

그러나 김경희는 허물어진 세력을 다잡으려는 작업을 은밀히 진행하
였다. 어린 김정은을 자신의 휘하에 두는 일이 무엇보다 시급한 일이
었기에 노련한 정치적 경험을 기반으로 모험을 감행했던 것이다. 김경
희가 택한 카드는 김정은의 막후실세 이른바 곁가지들의 힘을 빼버리
는 것이었다. 곁가지의 중심인물인 김설송과의 암투가 시작된 것이었

다. 이름하여 고질娘姪 간의 권력 암투, 향후 고질의 난으로 이어질 수 있는 폭탄급 에너지가 그 중심에 자리 잡고 있었다. 김설송의 권력 운용의 중심축을 변방으로 옮기는 일이 전략의 핵심으로 떠올랐다. 김경희는 그 중심축의 일원이던 김정은의 누이이며 김설송의 동생인 김춘송을 해외로 내쫓아버린다. 그리고 김옥과 김정철 등도 해외로 내쫓는 데 성공했다. 김설송의 날개를 꺾는 작업이라고 김경희는 생각했을 것이다. 그러면서 공화국 내에서도 김정은의 실세이던 최룡해 총정치국장과 김양건 통일선전부장, 힘이 빠진 빨치산 줄기 오극렬 전 인민군 대장에 이르도록 은밀하게 손을 뻗었다. 그러나 김경희의 이런 속내를 빤히 들여다보고 있는 사람이 바로 김설송이었다. 김설송은 압력을 넣어 최룡해와 김양건김경희의 사람들을 권력의 무대 뒤로 밀어내어 오라를 받도록 했다. 김정일 국방위원장의 유훈일종의 유언을 언급하며 김일성, 김정일의 자녀 이외에 어떤 권력도 정통성이 없음을 강력하게 주지시켰다. 이후 최룡해나 김양건이 김설송에게 충성을 맹세했기 때문에 장성택 이후에 장막을 열고 무대 위로 모습을 드러낼 수 있었을 것이다. 장성택의 축출을 결정한 양강도의 '삼지연 회의'를 은밀히 주관한 인물 역시 어쩌면 김설송이었을 가능성이 높다. 김정은은 나이 드신 고모보다 젊고 활력이 있는 배腹가 다르지만 누이가 곁에서 수행하는 것을 당연히 원했을 것이며, 이런 누이가 막후 2 인자가 되는 것을 맘속으로 받아들였을 것이다. 삼지연 회의 이후 황병서 조직지도부 부부장, 홍영칠 기계공업부 부부장 등이 전면에 등장하게 되는데 이들이 사실상 중앙당 책임 간부들로서 김설송의 막후 사람들이란 소문 역시 파다하게 퍼지고 있었다.

김정은의 집권은 겉으로는 돛단배가 순풍에 순조롭게 흘러가는 듯

보였지만 폭풍의 전야처럼 장막 뒤에서는 보이지 않은 살벌한 죽음의 게임들이 계속되고 있었다. 김정은은 살아남기 위한 생존의 방식으로 핵의 무장을 선택하고 더불어 인민들의 식량난 해소를 위한 경제적 안정책의 추진을 선택했다. 김정은은 나이가 비록 어리지만 결코 어리석지 않았으며 누구보다 백두혈통이라는 것이 날조된 환상에 지나지 않음을 잘 알고 있었지만 스스로 그 환상을 사실로 하여 뇌리에 각인시켜 믿고 있었다. 인민들의 생활이 질적으로 나아지기를 뼈저리게 염원한 사람이 바로 김정은이었다. 따라서 김정은은 '인민들에게 더는 허리띠를 졸라매도록 하지 않겠다'는 공약을 내세우고 있었다.

김정은 국방위 제1위원장은 강력한 책임을 부여한 내각책임제를 내세운 다음 인민들을 먹여 살릴 곡물 생산에 열정을 쏟기를 독려했다. 그는 오직 공화국 인민들이 어떻게 하면 먹을 양식을 스스로 조달할 수 있을지에 대한 것을 생각했다. 이런 일련의 계획을 세워 어느 정도 성과를 이루어낼 무렵에 장성택을 단칼에 처단한 것도 권력의 안정에 대한 자신감이 작용했을 것이다.

또한 김정은은 리설주를 부인으로 택해 안정적인 가정의 모습을 보여주면서 공화국 정권의 안정성을 드러내고자 하였다. 김정은은 당시 리설주와 같이 중국을 방문하려는 계획도 염두에 두었다. 대외적으로도 자신의 권력의 견고함을 보여주고 싶었기 때문으로 이런 계획이 현실화 되었을 때 미국이나 일본 등과도 적절히 균형을 유지하며 장기적으로 안정된 체제를 유지할 수 있으리란 믿음이 앞섰지만 여전히 정치란 한 치 앞도 내다볼 수 없다는 것을 깨닫기란 그리 먼 세월이 필요하지 않았으리라. 그러나 분명한 것은 리설주의 자유로운 차림새와 머리 매무새는 김정은 정권의 장차 공화국에 대한 과감한 변화와 개방을 은밀히 말해주고 있었다.

3

　명호는 아버지로부터 남조선 형님에 관련한 비밀스런 얘기를 들었다. 북남 연락책을 통해 남쪽 이복형을 은밀히 만나보라는 얘기였다. 부자간에도 함부로 마음속에 있는 말들을 내뱉을 수 없는 데가 공화국이다. 그러나 명호는 아버지의 기력이 점차 쇠진되어 가는 것을 보면서 언제부터인가 아버지의 가슴속에 응어리진 말들이 있음을 눈치챘다. 열릴 듯 말 듯 망설이던 아버지의 입술은 가슴 속에 보일 듯 말 듯 품은 생각들보다 철저히 이성적이었다. 북남 이산가족 상봉 이후 문득문득 명호의 뒤에서 달싹거릴 듯한 아버지의 입술은 투철한 사상에의 압제 속에서 아버지 스스로 감시당하고 있음을 명호는 모르지 않았다.

　김정은 시대가 열리고 나서도 인민들의 생활은 좀체 나아질 기미가 보이지 않았다. 김정은이 특단의 조치로 시장경제 요소를 도입하고 시장경제에 대한 유화정책으로 인민들의 형편이 나아졌다고 선전하고 있지만 주민들의 생활은 여전히 바닥에서 허우적거리고 있었다. 김일성 주석 탄생 100돌의 열병식에서 김정은이 강조한 것은 앞으로 인민들의 허리띠를 졸라매는 일은 없을 것이며 사회주의 부귀영화를 맘껏 누리도록 하겠다는 다짐이었다. 남조선 역적패당들을 앞질러 승리의 본때를 보여주고야 말리라고 열변을 토하는 모습을 보면서 공화국 인민들의 한숨 소리가 낮게 깔리고 있었다.

　남조선에 녀성 대통령 박근혜가 등장하면서는 턱짓을 들까불며 박근혜 역적패당 정도야 단칼에 무찔러 무엇보다 경제 분야에서 인민들의 생활을 안정시키겠다고 떠들었다. 김정은은 아버지 김정일이 철저히 시장 억압정책을 취하면서 결국 경제에 실패하고 말았음을 인식한 나머지 은근히 시장경제를 허용하는 유화정책을 펼치고 있었다. 전면적인 시장의 개방은 아니면서도 은근히 인민들의 시장 활동을 눈감아주고 있었다. 이런 김정은의 전략은 북한의 시장이라 할 수 있는 장마당에 있어서 확연히 현실로 드러나고 있었다.

김정은 정권 출범 이후 공화국의 장마당은 200여 개에서 곱절로 늘어나게 되었다. 공화국 인민들 가운데 장마당의 달콤한 맛을 느껴보지 못한 인민들이 없을 정도로 활발히 움직이고 있었다. 이런 방식의 통치가 공화국 인민들의 생활에 절대적으로 도움이 된다는 것을 김정은 등은 분명히 료해파악하고 있었다. 따라서 지방의 농장이나 각종의 기업소 등지에도 어느 정도 자율성을 부여하기 시작했고 실적에 대한 이익을 조금씩 분배해주기 시작했다. 그러나 인민들의 생활이 예전에 비해 확실히 달라졌음에도 여전히 그들의 생활은 허기지고 억압과 공포에 둘러싸여 있었다.

김정은은 한편에선 장마당과 같이 시장경제를 허용하면서 한편에서는 인민들의 사상이나 행동 등을 통제하는 고삐를 여전히 조여대고 있었다. 이른바 장마당으로부터 해이해진 인민들의 사상이나 정권에 위협적인 행동 등을 공포통치로써 다잡은 것이었다. 공포통치는 조선노동당 간부들에서부터 시작해서 인민들의 안방에 이르기까지 미치지 않은 데가 없었다. 그런 신호탄의 포성이 바로 장성택 숙청이었다. 지어는심지어는 조선인민공화국에 반역하는 자 묻힐 땅도 허락하지 않는다는 말을 증명이라도 하듯 처형의 도구로 화염방사기나 대공 미사일 등

상상하기 어려운 무기가 동원되었다. 대공 미사일을 발사하여 장성택을 처형함으로써 누구도 예외일 수 없음을 김정은이 전 인민 앞에 본때를 보여주었던 것이다. 교수형이니 총살형이니 하는 것은 비교적 점잖은 처형의 방식에 지나지 않았다.

하루는 명호네 골목 안이 소란스러웠다. 날래 날래 서두르라는 보안원들의 목소리가 다급하게 돋들리고 있었다. 전날부터 무서운 소문이 돌았는데 인민들의 처형이 공개적으로 집행된다는 것이었다. 명호는 가족들과 함께 긴장된 마음을 가까스로 추스르며 골목으로 걸어 나왔다. 여기저기 골목에서 인민들이 웅성거리며 공터에 대기하고 있는 차량이나 써비차에 짐짝들처럼 채워지고 있었다. 공개총살을 당할 인민들은 구리선을 잘라서 중국에 팔아먹다 걸린 사람들이라고 입에서 입으로 전해지고 있었다. 김정은이 등장하면서 여차하면 총질임을 알면서도 누구 하나 섣불리 성토할 엄두를 내지 못했다. 명호네 마을에서 조금 떨어진 후미진 뒷터를 향해 차량들이 주민들을 태우고 열을 지어 올라갔다.

이른 아침, 인민학교에 다니는 아이들까지 모두 공개 처형장에 참석시키고 있었다. 명호네는 물론 기백이네 역시 얼음물을 머금은 벙어리처럼 잔뜩 얼어붙어 있었다. 마을 뒤쪽 후미진 곳의 강낭콩밭에서 인민들을 태운 차량들이 멈춰 섰다. 이미 처형장 주위에는 많은 인민들로 야단법석이었다. 강낭콩 밭둑 끝에 3명의 죄수들이 큰 말뚝에 열십자로 묶여 있었다. 명호는 이마에 주름을 만들면서 죄수들을 바라보았다. 그곳에는 해쓱한 모습의 20~30대 청년들이 축 처진 모습으로 고개를 늘어뜨린 채로 매달려 있었다. 청년들은 이미 질리고 체념한 듯한 모습이었고, 인민들의 입에서도 연신 혀를 차대는 소리가 들렸다.

　보안원들이 죄수들에게 걸어가서 하얀 천을 얼굴에 뒤집어씌웠다. 명호의 명치끝에서 갑자기 한 떨기 바람 같은 분노가 치고 일어났다. 처형을 당할 죄수들의 가족들인지 군데군데서 죄수들의 이름을 부르면서 서럽게 울어대고 있었다. 울음이라기보다 처절한 절규요 외침이 명호의 가슴을 헤집었다. 6명의 사수들이 10여 미터 떨어진 곳에서 각자 맡은 과녁을 조준하고 있었다. 죄수 1명에 2명의 사수가 배치되어 있는 모양이었다. 사수들은 적어도 자신의 총구가 아닌 옆 동료의 총구에서 총알이 발사될 것이라 믿고 싶을 것이다. 지옥의 현장에서도 총살에 대한 가책은 가슴속에 숨어 있었는지 이런 방식으로 스스로를 달래고 있었다. 고성기확성기에서 굵직한 저음의 목소리가 흘러나왔다.

　- 똑똑히 보시오. 우덜 자존심을 건드리는 반동새끼들이래 어디에 있든 결딴을 낸다는 것을 똑똑히 확인들 하기요!

　관중들의 마른침이 꼴딱 넘어가고 있었고 머리 위에서는 어느새 주검의 냄새를 맡은 것인지 까마귀들이 비잉비잉 날고 있었다.

　- 사수 총알 장전!

　하는 보안원의 외마디 소리에 찰칵, 하는 금속성이 허공에 흩어졌다. 상당수 인민들의 눈은 차마 말뚝에 매달린 죄수의 모습을 바라보지 못하고 있었다.

　- 발사!

　하는 최후의 명령에 탕! 탕! 탕! 하고 몇 발의 총성이 울렸다. 총성과 함께 난데없이 바람이 불어왔다. 하얀 천이 허공을 향해 펄럭일 때 죄수들의 가슴에서 피가 솟구쳤다. 시뻘겋게 뿜어지는 피가 영혼이 되어 죄수들의 몸을 빠져나갈 때 인민들은 놀라 외마디 소리를 질렀다. 그러나 인민들의 소리는 밭둑 위의 질긴 풀포기 하나의 흔들림보다 미약했다. 인민들은 맘속으로만 외마디 소리를 흘릴 뿐 겉으로 소리를 내지르지 못했다. 감시원들의 눈이 총구보다 더욱 고압적으로 인민들의 움직임 하나까지 감시하고 있었기 때문이다.

세상에 관한 아쉬움인지 가족들에 대한 미련 때문인지 몰라도 죄수들은 피를 흘리면서 마지막으로 몸부림을 쳐대고 있었다. 여전히 살아 있음을 증명이라도 하는 듯이 어깨가 흔들리고 견대팔이 미동하며 대퇴부 아래쪽이 파들거리고 있었다. 보안원은 이런 미미한 생명력조차 인정하기 싫다는 듯이 다시 한번 사수 총알 장전을 외치고 발사를 외쳐댔다. 아무리 질긴 생명체의 몸부림일지라도 2번의 총질에 초라한 영혼마저 완전히 내주어야 했다. 잠시 적막이 흐르더니 고성기확성기에서 누군가 외쳐대는 구호가 허공을 울렸다.

- 선군조선의 태양 김정은 장군 만세! 만세! 만세!
- 만세! 만세! 만세!

주민들의 후창 소리가 하늘을 찔렀다.

- 위대한 령도자 김정은 장군께 충성맹세 만세! 만세! 만세!
- 만세! 만세! 만세!

명호가 지금까지 보았던 어떤 공개처형보다 슬픈 아침의 비극이었다. 누구를 막론하고 김정은 시대에 역행하는 행위는 바로 죽음을 의미하는 것이었다. 명호는 집으로 돌아온 다음 콩닥거리는 가슴을 진정시키고 학교로 향하면서 아이들에게 약속했던 살기 좋은 미래에 대한 기대가 환상에 지나지 않을지도 모른다는 생각이 들었다. 아이들의 훗날을 위해 참고 이겨내며 죽음을 무릅쓰고 억눌리며 살아온 세월이 아니었던가 말이다.

공개처형이 있던 그 날, 북남 흩어진 가족이산가족 상봉 이후 입을 열 듯 말 듯 망설이던 아버지의 입이 결국 열리고 말았다. 명호가 학교에서 늦게 귀가하고 나서 잠을 이루지 못하며 뒤척이고 있는데 아버지가 조용히 밖으로 불러냈다. 명호는 약간 당황했지만 일부러 내색하지 않고 밖으로 나왔다. 아버지는 앞장서서 집 밖으로 걸어 나갔다. 명호는 숨을 죽이며 아버지를 뒤에서 따르고 있었다. 어둠 속에 몸을 낮게 웅크리고 아버지를 뒤따르는 순간은 마치 어린 시절로 되돌아간 느낌이었다.

아버지는 예의 어린 시절처럼 마을 어귀 작은 강가를 향하고 있었다. 명호는 뇌리에 지난 시절의 생각들이 강가 안개 입자 들처럼 떠돌기 시작했다. 기업소 주재원이 들락거리고 사회 안전성의 보안원이 들락거리던 일들, 이런 일들이 모두 아버지의 남쪽 가족으로부터 비롯되었음을 어렴풋이 알게 되었다. 그때 명호는 아버지로부터 남쪽의 큰어머니와 사이에서 태어난 자신과는 20살 정도 터울의 이복異腹인 명진 형에 대해 듣게 되었다. 아버지를 바람처럼 뒤에서 따라 걷는 그 순간이 명호는 매우 감동적이었다. 잊혀간 기억들이 새록새록 깊은 잠에서 눈을 뜨듯 되살아났다. 궁둥이를 흔들며 게사니거위에 대한 얘기를 하며 거리낌 없이 웃던 일은 기억 속의 편린片鱗으로 갈무리 되었음인지 강가에 가까이 다다르자 뇌리에 떠올랐고 아버지를 남쪽 사람으로 여기는지 북쪽 사람으로 여기는지에 대한 아버지의 당돌한 물음이 30년의 세월을 한달음에 거슬러 번개처럼 떠올랐다. 아버지는 당시 자신이 그저 공중에 떠있는 사람이라고 말씀하시면서 발을 어디에 두어야 할지 모른다고 하셨지만 누구보다 철저히 공화국 인민으로 훈장과 메달을 따내며 치열하게 살아오셨다. 강가에서 조금 떨어진 수세미 방죽에 당

도하여 아직도 이렇게 아버지와의 추억을 담고 있는 수세미 방죽이 존
재하고 있음에 대해 다행이라는 생각을 하고 있을 때 아버지는 불쑥
이산상봉 이후 담아두었던 말을 꺼내놓았다.

– 명호야.

하고 말의 꼭지를 열어젖힌 아버지의 입에서 무서운 얘기가 흘러나
왔다. 명호는 어둠 속에서 빤히 아버지를 올려다보았다. 어린 시절 아
버지와의 비밀을 간직한 이후 몇 차례 마음을 달래려 찾아왔던 수세미
방죽은 여전히 예전처럼 둘만의 추억이 서려 있는 장소였다.

– 말씀하십쇼, 아버지.

– 남쪽 느이 명진이 성 말이다. 느이 성이 명호 너를 한번 하냥꼭 만
나보고 싶다는데 너 생각이래 어드렇나?

아버지의 말씀에 명호는 적이 놀랐다. 북남 상봉 이후 아버지 가슴
에 여태 갈무리해둔 말이 바로 북남 이복 형제간의 만남이었던 모양이
다.

– 어째 너께이전에 말씀 안 하시더니~

– 한새한동안 아바지가 명호 너를 맏게맏아들로 여겼다만 난리통에
뿌린 핏줄이 살아있다는 걸 안즉슨 남쪽 성이 맏게 아이겠나. 너에겐
고저 성님이지 않가서~

아버지가 명호의 눈치를 보며 힘겹게 말했다.

– 아버지 말씀이야 맞지요. 하지만 그 성님을 어떻게 만나본단 말
입니까?

– 옛적 북남 연락책한테 통기를 하문 고저 죄 방법이 있다는 게야.
아바이 몸도 이래 쇠약해져 가는데 아무래도 이제 오래 살지도 못하겠
고 말이지~

아버지의 심중에 오랜 시간 갈무리해둔 말씀은 바로 남쪽 형님과 명호가 만나게 되는 일이었다. 북과 남 사이에 선이 그어져 있고 어디까지나 북과 남의 체제가 다른 상황에서 아버지의 말씀은 목숨을 건 모험과도 같은 것이었다. 목숨을 담보로 하지 않고서야 남쪽의 형님을 대놓고 만난다는 것은 결코 온당하지도 가능한 일도 아니라고 생각했다. 심정이야 당연지사, 아버지의 피를 나눈 형제로서 어찌 만나고 싶은 충동이 일지 않으랴. 명호는 아버지의 뜻을 가슴속에 담아두고 섣불리 내색하지 못했다. 감히 엄두를 낼 수 없는 것이 까딱 잘못했다가는 가족 전체가 몰살을 당하는 일이었기 때문이다.

그날 이후, 아버지는 자꾸 꿈에 관한 얘기를 자주 하셨다. 꿈속에 남쪽의 아내가 나타나서 자꾸 함께 가잔다는 말을 명호에게 들려주셨다. 아버지의 말년이 가까워져 오고 있음을 명호는 느꼈다. 왜냐하면 아버지의 기력이 형편없이 떨어졌고, 간혹 잠결에 헛소리까지 뱉어내셨던 것이다. 이따금씩 이제 죽어도 남쪽의 가족들을 만나보았으니 그나마 여한이 없다는 말씀도 잊지 않으셨다. 북남 이산가족 상봉 이후에는 예전에 쭈뼛쭈뼛 어머니의 눈치를 보시던 일도 이젠 크게 괘념하지 않았다. 눈을 감기 전에 명호가 남쪽의 명진 형님을 만나는 것을 한번 보게 되는 것을 가장 소중한 일로 여기셨다.

그러나 아버지의 바람은 끝내 그렇게 되지 못했다. 북남 이산가족 상봉 이후 몇 년 뒤에 아버지는 한 많은 살이의 멍에를 훌훌 털고 질긴 목숨의 끈을 놓아버렸다. 아버지의 영혼이 남쪽 큰어머니에 닿기를 명호는 아들로서 간절히 기원했다. 아버지는 강가 언덕 너머 수세미 방죽에서처럼 간곡한 당부를 명호에게 남기고 떠나셨다. 아버지의 유골을 광화문에 뿌려달라는 부탁이었다. 지난 시절, 남쪽의 아내와의 사이에 지키지 못한 약속을 이제 형제들이 이어서 반드시 지켜달라는 유언이었다. 광화문에서 만나자는 약속! 명호는 맘속으로 맹세하며 아버지의 마지막 떠나는 순간을 지켜드렸다. 남쪽의 청년 리병기는 6·25 전쟁에 참전한 이래 한뉘^{평생}를 마음의 감옥에서 지내다가 공교롭게 6월 25일 새벽 너덜거리는 누더기옷을 벗어버린 것이다. 그리고 지치고 닳은 육신을 온전히 바닥에 내려놓은 뒤에 마침내 자유로운 영혼의 나비가 되었던 것이다. 아버지가 한세상 허위허위 맘속에 부여잡았을 남쪽의 꽃다운 아내 송열녀 여사를 나비가 되어 찾아간 것이라고 명호는 생각하며 뜨거운 눈물을 흘렸다.

아버지의 부음을 남쪽의 가족에게 전하는 일은 쉽지 않았다. 공화국의 감시는 매의 눈보다 살벌하고 날카로웠다. 명호는 그래도 어떻게든 아버지의 죽음을 남쪽의 큰어머니에게 알려야 한다는 것을 책임처럼 받아들였다. 지난날에 은밀히 동료의 손전화기^{휴대전화}를 빌려 북남 연락책에게 연락을 취해봤지만 연락책의 전화번호는 이미 바뀌어 있었다. 손전화기를 가지고 있는 동무들이 명호의 주위에도 많이 있었지만 명호는 손전화기를 부러 지니지 않았다. 반쪽이라는 딱지를 달고 사는 사람에게 손전화란 항상 도청과 감시의 대상이란 것을 알고 있었기 때문이었다. 손전화기로 인하여 보위부의 감시를 받는 일보다는 손전화기를 지니지 못한 불편함이 명호에겐 백번 나은 선택이었다. 아버지 역시 생전에 손전화기를 지니지 않았다.

명호는 남쪽에 연락을 취할 수 있는 방법을 대충 들어서 알고는 있었지만 선뜻 행동에 옮길 수는 없었다. 상당한 돈이 있어야 해결되는 문제였고, 또한 목숨을 건 위험을 감수해야 하는 일이었다. 지난날에 다녀갔던 연락책과 연결만 되었다면 무슨 수로든지 아버지의 운명 소식을 남쪽 가족에게 알렸을 것이다. 하지만 연락책과의 연결이 끊긴 상황에서 명호는 나름대로 다양한 방법들을 생각해 보았지만 명호 입장에서 보면 그저 생각으로 끝이 나고 말았다.

그런데 뜻밖에도 지난날의 북남 연락책이 불쑥 명호에게 나타났다. 연락책은 이번에는 집으로 오지 않고 자연스럽게 명호가 근무하는 고등중학으로 찾아온 것이다. 지난날의 손전화기는 보안상 기간을 두고 번호를 변경해야 했기 때문에 당연히 전화가 불통이었다는 말을 하면서 교원들의 눈을 피해 뒤란으로 자리를 옮겼다. 명호는 뒤란에서 연락책의 서신을 전해 받기 전에 먼저 남쪽의 큰어머니가 돌아가셨다는 소식을 전해 들었다. 일면식 없던 큰어머니의 운명 소식에 까닭모를 전율이 발끝에서 머리끝까지 쩌르르 일어났다. 명호가 아버지의 운명소식을 전하자 연락책 역시 놀라는 눈치였다. 연락책은 자세한 사연이 담긴 편지를 주위의 눈을 피해 은밀히 명호에게 전해주었다. 뜻밖에 놀라운 일은 아버지가 돌아가신 바로 그날 같은 시각6월25일 새벽에 남쪽의 큰어머니 역시 운명했던 것이다. 오호, 약속처럼 두 분이 육신을 벗어던지고 자유로운 영혼이 되어 동행했구나, 하고 명호는 생각하며 눈시울을 붉혔다. 그런 순간에도 명호는 이런 얘기를 어머니에게는 결코 발설하고 싶지 않다는 생각이 들었다. 어머니가 항용 말씀하시기를, 아버지의 가슴속에 박힌 아내는 자신이 아니라 남쪽 송열녀 여사라고 입버릇처럼 되뇌던 것을 명호는 보아왔기 때문이다. 명호는 서신에는 적혀 있지 않지만 남쪽의 형님이 꼭 한번 아우를 만나고 싶어했다는 말을 아버지로부터 전해 들었던 것처럼 연락책으로부터 또 전해 들었다.

— 리 명호 동무, 남조선 성님하고 손전화로 통화 한번 나눌 의사 없

습니까?

　- 성님 목소리야 듣고 싶지만 어드런 방법으로 그 먼 남조선을 건네 바다볼건너다볼 수 있겠습니까?

　꿈속에서도 닿기 어려운 데가 남조선이라고 명호는 생각하고 있었다.

　- 리 동무, 쇠뿔도 단김에 빼라잖소. 고저 이녁하구 국경으로 올라가면 손전화기로 통화 할 수 있습네다. 내래 남쪽 성님 손전화기 번호 알고 있소.

　명호는 어디에서 용기가 샘솟았던 것인지 당장 북남 연락책의 차를 타고 국경 지방으로 달렸다. 마침 연락책이 남쪽의 명진 형님이 명호에게 보낸 달러를 지니고 있었기에 경비초소를 통과하는 데도 문제가 없었다. 멀리 압록강이 바라다보이는 국경 부근에서 연락책은 남쪽 형님에게 전화를 넣었다. 연락책은 공화국 손전화기가 아니라 중국의 손전화기를 사용했다. 공화국 손전화기는 남쪽과 연결되지 않는다는 것이었다. 그나마 중국의 손전화기를 사용할 수 있는 것도 이런 국경지역에서나 가능하다고 했다. 명호는 이런 정보를 인민들로부터 들어서 알고는 있었다. 국경 지역에서 중국 손전화기를 은밀히 사용하면 중국은 물론 남쪽에 있는 사람과도 통화가 가능하다고 했다.

　연락책이 두 번의 시도 끝에 가까스로 남쪽의 명진 형님과 통화를 할 수 있었다. 명호는 생전 처음 들어보는 남쪽 명진 형님의 목소리에 사뭇 가슴이 떨리면서 뭉클했다. 남쪽 형님과 명호는 이런저런 얘기들을 나누었다. 연락책에게 두 번째로 돈을 보냈다는 얘기, 어떻게 아버지가 운명하셨느냐, 아버지가 전쟁통에 남쪽 어머니로부터 건네받은 술병 같은 도자기는 잘 건사하고 있느냐? 언제 한번 중국 쪽에서나마 볼 수 있겠느냐? 남쪽에 북쪽 이탈주민들이 2만여 명이 넘게 내려와서 잘살고 있다 등등. 남쪽의 형님은 북쪽 작은어머니의 건강을 묻고 제수씨의 안부를 묻고 조카들의 안부도 물었다.

한참동안 통화 중에 연락책은 통화를 끊고 차를 몰아 다른 지역으로 이동을 했다. 한 군데서 통화를 오래 하면 공화국 해외 반탐국에 도청을 당할 수가 있다는 것이었다. 다른 지역으로 이동해서 다시 한참동안 남쪽의 형님과 통화를 했다. 명진 형님은 연락책에게 남쪽의 역사책을 몇 권 넣어 보냈으니 잘 받아서 은밀히 탐독해 보라는 말을 했다. 북쪽 공화국이 얼마나 왜곡과 날조의 공화국인지 아우는 배운 사람이니 알고 있을 것이라는 말도 빼놓지 않았다. 그리고 마지막으로 당부를 하듯 명진 형님은 떨리면서도 물기 어린 목소리로 물었다.

― 아우야, 우리 핏줄이 조선 천지에 또 어데 있니? 아우가 남쪽으로 내려올 수는 없겠느냐?

― 성님, 고저 그딴 소리 말라우요. 우덜이래 김정은 위원장 밑에서 잘살고 있습니다. 남조선이래 어데 핵덩이 하나라도 있습니까?

진심이 아닌 말들이 공연히 흘러나왔다. 명호는 이미 남조선에 대한 소문을 일찍부터 들었던 것이다.

― 아우야, 네가 모르는 소릴 하는구나. 우리마저 핵덩일 가지게 되면 우리 땅 천지가 어떻게 되겠니? 우리가 핵덩일 만들지 못해 보유하지 못한 게 아니라 평화를 위해 갖지 않는 거야. 우리들이 핵을 갖지 않겠다고 국제사회에 약속도 한 거니까 그 약속도 지키려고 핵덩일 갖지 않는 거란 말이지. 아우야 듣고 있니? 우리 남쪽은 말이야 세계에

서 아주 잘 사는 나라란 말이다. 먹을 것들이 지천에 널려 있고 능력만 있으면 세계에서 손꼽히는 부자도 될 수 있어. 너네들처럼 국민들에게 총질을 하는 그런 나라가 아니란 말이지.

– 글쎄 성님 말씀 안 듣겠습니다. 이거 자꾸 이런 말씀하시면 고저 반동분자 짓거리에요. 남조선 청년들이 북쪽 얘기 꺼내지도 말란다면서요? 한 핏줄이면서 통일이 되면 공화국 동무들을 먹여 살려야 한다고 잔뜩 겁을 먹고 있단 얘기 들었단 말입니다.

명호는 이제야말로 자존심을 꺾지 않을 생각이었다.

– 명호야, 그건 틀린 말은 아니다만 모든 젊은이들이 그런 생각을 하는 거는 아니다. 제대로 된 사람들은 그저 어찌 되던 통일을 해야 한단 생각들을 많이 한단다. 남북이 하나로 뭉치면 세계 최강국이 될 수 있다고 많은 남쪽 국민들이 생각하고 있단다.

– 흐어, 그런 분자들이 접경지역에서 대북 비방하는 고함을 외쳐대고 교묘하게 풍선을 띄워 삐라 전단을 살포합니까? 박근혜 역적패당 이래 주적이 어찌 미제국주의가 아니고 우리 동핏줄인 조선인민공화국이랍니까? 우덜 투쟁에 대방_{상대방}은 고저 미제들이란 말입니다.

옳지 않은 태도인지 알면서도 남조선 형님을 향해 말대포를 쏘았다.

– 아우야 진정해라. 그나저나 북쪽 동포들 통일 의지가 어느 정도 있느냐? 듣자니까 북한 동포들은 우리와 통일 원치 않는다는 말들을 한다는데 사실이냐?

– 승냥이처럼 고저 공화국 인민들을 찢어 죽이려고 덤벼대는 자본주의 반동들이 뭐가 좋다고 통일 운운하갔습니까? 그럴 바엔 차라리 영원한 형제국인 중국하고 합치는 게 낫지요. 우덜은 남반부 반동들처

럼 야비한 인민들이 아니에요. 고저 미제에 맞서 창창하게 준비해온 것이 핵이란 말입니다. 우덜이 가지고 있는 핵은 남반부 동무들을 노리는 게 아니란 말입니다.

대화가 이상한 쪽으로 흘러가고 있었다. 마침 남쪽의 형님이 삐딱한 말의 고삐를 바로 잡고 있었다.

— 아우야, 어째 이야기가 이상하게 흘렀구나. 암튼 형이 보낸 책을 잘 보기 바란다. 혹시 아느냐? 아우가 국경을 넘어 남쪽으로 내려오게 될 줄? 사람 운명은 한 치 앞도 모르는 거야. 아우가 역사를 가르친다니 남쪽 역사도 알아두면 혹여 나중에 도움이 될지 어찌 알겠느냐.

— 고저 명진이 성님에 아울 위해 마음 씀씀이는 고맙습니다. 남조선은 잘 산다 들었는데 원조나 좀 해주시라요.

명호는 하는 수 없이 자존심을 꺾고 말았다.

— 오냐 아우야. 이 형이 힘닿는 대로 아우한테 도움을 주마. 그저 건강이 최고다. 밥 잘 먹고 제수씨랑 우리 조카들 다 건강하기 바란다.

손전화기는 명호가 남조선 형님의 말에 미처 작별 인사를 하기도 전에 끊겨버렸다. 명호는 남쪽의 형님을 비록 손전화기라도 만난다는 생각에 가슴이 설레었지만 공연히 이야기가 빗나가버렸음을 알아차리고서 뼛속 깊은 후회가 되었다. 오랜 세월 남쪽의 형님을 보고 싶고, 만나보고 싶은 마음, 아버지에 대한 좋은 얘기들을 들려줄 생각이었지만 이상하게 북남의 날카로운 대치 상황으로 대화가 흘러가게 되었다. 명호는 연락책의 차를 타고 집으로 돌아오는 길에 일이 이렇게 가슴 아프게 빗나가버린 것을 후회하며 깊이 생각해 보았다. 아마도 연락책이 곁에서 그를 노려보는 눈빛이 강렬했던 때문인지 모른다는 생각이 들었다. 비록 연락책이지만 누구도 믿을 수가 없는 사회가 조선민주주의인민공화국임을 명호는 잘 알고 있었다. 남쪽의 형님이 이런 자신의 상황을 알 수나 있었을까 생각하니 공연히 눈가에 눈물이 흘렀다.

다음권에 계속